El vano ayer

Seix Barral Biblioteca Breve

Isaac Rosa
El vano ayer

Diseño original de la colección:
Josep Bagà Associats

Primera edición: abril 2004
Segunda impresión: julio 2004
Tercera impresión: septiembre 2004
Cuarta impresión: octubre 2004
Quinta impresión: enero 2005
Sexta impresión: julio 2005

© Isaac Rosa, 2004

Derechos exclusivos de edición
en castellano reservados
para todo el mundo:
© EDITORIAL SEIX BARRAL, S. A., 2004, 2005
Avda. Diagonal, 662-664 - 08034 Barcelona
www.seix-barral.es

ISBN: 84-322-1186-9
Depósito legal: M. 31.788 - 2005
Impreso en España

El vano ayer recibió una beca a la creación literaria
de la Junta de Extremadura

Para Marta

Leyendo a determinados escritores, oyendo a ciertos políticos y visionando algunas películas, se diría que militar en el antifranquismo fue hasta divertido.

N. Sartorius y J. Alfaya,
La memoria insumisa

El vano ayer engendrará un mañana vacío y ¡por ventura! pasajero.

A. Machado,
El mañana efímero

En las páginas de un libro: oculta entre la páginas de un libro, tenaz como flor desecada y en su interior prisionera de aniversarios o lecturas memorables; en la página cuatrocientos veintisiete, cincuenta y tres, ciento dieciséis, doscientos cuatro, en cualquier página de cualquier libro abandonado en los estantes superiores a la espera de un moroso rescate (el acceso es fácil: biblioteca pública, y un torniquete de entrada, cuchicheos de estudiantes y sudor industrial, los catálogos siempre en proceso de actualización, el ecuménico Sistema de Clasificación Decimal Universal, orden pervertido por el descuido del funcionario, por la trampa de quien cambia de lugar los libros favoritos), Ciencias Sociales, Historia de España, Siglo Veinte: el título puede ser elegido al azar o fruto de varios meses de dedicación. Una vez escogido, podemos ayudarnos de una lectura minuciosa y discriminadora o confiarnos a un veloz ojeo al índice onomástico en el que seleccionar aquellos nombres menos mencionados, y entre éstos los desconocidos, los completamente desconocidos, los olvidados, centrar la atención finalmente en uno de ellos y probar suerte: tirar de la lengüeta adjunta, del pliegue que inaugure un nuevo libro, un rincón poco frecuentado, invisible por pequeño o por gigante: esa despreciada anécdota que lleva décadas esperando nuestra atención y que no ha merecido hasta hoy el trabajo dilatado de los historiadores; ese cabo suelto que quizás sólo sea una breve mecha que concluya en sí misma, pero que también podría conducirnos a una vida singular, a una fábula no contada, a un misterio concentrado y a punto de extinguirse con sus testigos, a una novela, al fin, a una novela.

Las posibilidades son muchas, se diría que infinitas, porque cada pliegue se abre en nuevos abanicos, de tal forma que los jóvenes novelistas con afán de realidad, espíritu vindicativo o simple pereza imaginativa no deben preocuparse, pues siempre quedarán caminos por transitar en nuestro pasado reciente: vidas ejemplares que se agotaron en el margen de un tomo histórico, en un mortífero punto y aparte, sin anotaciones a pie de página, y cuya memoria, su existencia liviana, se ve amenazada por la inminente retirada de las librerías de ese tomo histórico que les presta accidental recuerdo (los fondos de catálogo de algunos editores están expuestos a la tropelía de la humedad y los insectos papirófagos). Por ejemplo, en un urgente vistazo al índice onomástico de Heine (*La oposición política al franquismo*, Crítica, 1983) encontramos un Martínez Díaz que sólo aparece una vez citado, en un párrafo aislado del libro (pág. 360): «El tercero era Miguel Ángel Martínez Díaz, empleado de la compañía del Canal de Isabel II, que había caído simultáneamente con Villegas (tres veces mencionado por Heine según el índice alfabético, no nos sirve por demasiado conocido) y los otros miembros de la ejecutiva. En los calabozos de la Dirección General de Seguridad sucumbió Martínez a las presiones de la policía, convirtiéndose en confidente de la misma. Puesto en libertad, no tardó en restablecer contacto con los compañeros que quedaban en la calle y, tras haber reorganizado, en unión de otros prohombres de la UGT, la dirección del PSOE, pasó a ocupar uno de los principales puestos de la nueva ejecutiva, es decir, se vio instalado en una situación sumamente ventajosa para informar a sus amos de la Puerta del Sol de las actividades del movimiento socialista.» Nadie podrá negar lo apetecible de este pliegue, que permitiría a un escritor medianamente hábil componer una novela de traiciones y sospechas, reservando para las últimas páginas la verdadera identidad del delator según los usos de la novela político-policíaca. O esta perla sinóptica cribada en el índice de figurantes de Tuñón (*Historia de España*, vol. 10, Labor, 1980, pág. 371): «Hubo presos que ingresaron en el manicomio y otro minero murió tras su paso por la Inspección de Policía de Sama de Langreo. Varias mujeres fueron maltratadas y se les cortó el pelo al cero, entre ellas Constantina Pérez, conocida militante comunista», que coloca a la altura de nuestra ambición un extenso relato de lucha social, dureza de la vida en las minas (con profusión de terminología profesional, herramientas, formas de trabajo y la oportunidad del sucio subsuelo como metáfora de la negrura franquista), camaradería obrera (documéntese en lenguaje popular asturiano de los años sesenta y no se descuide el abundante y emotivo cancionero de los pozos) y cuentas pendientes de la guerra civil, tomando como hilo conductor la biografía de Constantina Pérez, las penalidades vividas en la posguerra, los hijos muertos por el beso del grisú, el luto permanente (padre y marido fusilados en el treinta y seis), con algunos *flash-*

backs hacia la revolución del treinta y cuatro e incluso, hacia delante, la reconversión y los cierres de pozos de los ochenta (tanto luchar para esto, se lamentaría uno de los hijos en una jubilación herida de silicosis, probable narrador de nuestra elegía minera). Sin salir del exhaustivo Tuñón sorprendemos este poderoso material narrativo (*op. cit.*, pág. 179): «El general Vigón, ministro del Aire, en unión del almirante Canaris, pretendió que el teniente coronel Ansaldo, agregado español en la embajada de Londres, actuase allí como agente alemán. La negativa de Ansaldo fue el origen de su posterior exilio», invitación a construir una clásica novela de espionaje, con agentes dobles, oropel de la vida diplomática (recepciones de champaña y canapé, salón de fumadores sólo para hombres donde se susurran planes de desembarco continental, caballerosas puñaladas con abrecartas plateados que viviseccionan el corazón repujado del embajador), la inevitable *femme fatale* a sueldo que seduce con sus guantes de medio brazo a un ministro de la Guerra poco discreto, todo ello relatado bajo la infalible forma de unas memorias inéditas del coronel Ansaldo encontradas por un sobrino suyo en la residencia de ancianos mexicana en que fallece el exiliado. O este sugerente comentario que localizamos con fortuna en Carreras y Ruiz Carnicer (*La Universidad española bajo el régimen de Franco [1939-1975]*, Institución Fernando el Católico, 1991, pág. 327): «La detención y posterior expatriación del profesor Julio Denis fue probablemente un error más de un cuerpo policial que daba brutales palos de ciego en su lucha contra la conflictividad estudiantil. Las inverosímiles acusaciones contra el profesor fueron inmediatamente silenciadas y el asunto quedó en un episodio oscuro que ponía un reverso de bufonada a la tragedia de los muchos estudiantes y profesores represaliados», todo un desenfreno argumental que nadie entiende cómo ha pasado desapercibido para tantos novelistas que seguramente habrán consultado esta indispensable obra (nuestros autores contemporáneos son rigurosos documentalistas, las bibliotecas sufren la competición simultánea de decenas de escritores que incumplen la cortesía normativa de no utilizar dos libros al mismo tiempo, manuscriben con ferocidad cuadernos —el tamaño preferido es 15 × 11, hojas cuadriculadas— y cuartillas, y su esfuerzo se ve reflejado en narraciones ricas en detalles decorativos, jergas, descripciones costumbristas, exactitud callejera, precio de los productos y gracioso anecdotario), cómo es posible que todavía nadie haya usufructuado ese enganche novelesco que nos permite juguetear con la agitación estudiantil de los años sesenta, las asambleas de facultad, la persecución de los jinetes *grises* en el primaveral campus, los grupúsculos más radicales (la revolución permanente, la liberación del tercer mundo, el encanto de la guerrilla urbana), los alegres falangistas de bastón y cadena reventando reuniones, las canónicas lecturas marxistas, los profesores no numerarios enfrentados a los residuos franquistas...

Entendamos por fin que la realidad, fielmente recogida por nuestros historiadores, nos tiende puentes argumentales de enorme potencial, celebrados por nuestros críticos y teóricos (*la creciente promiscuidad de ficción y no ficción en la más reciente narrativa española, la comparecencia de lo real bajo el disfraz de reportaje, la subordinación de la imaginación narrativa a los términos de una realidad más o menos documentable*, aseguran en seminarios de verano y suplementos culturales), preferidos por el sabio público lector y por el no menos sabio cuerpo editorial. Pero además, las ficciones exclusivas, aquellas sin más concesiones a la realidad que unas coordenadas espaciotemporales (dónde y cuándo) y algunos personajes y sucesos secundarios que anclan lo narrado al espacio de lo probable, han acabado por agotar, mediante su saturación, las posibilidades del aparentemente limitado repertorio de esquemas de que disponemos para retratar el período conocido como «franquismo», a saber:

a) Un misterioso asesinato cuya resolución —tras la necesaria investigación policial— saca a la luz una venganza de origen guerracivilesco (o heredada en la cadena generacional, en su versión más rural-caciquil).

b) Un exiliado regresa al país y recorre los lugares y personas de su memoria, con el consiguiente desencanto, enlazando episodios pasados. En este caso cabe también el recurso argumental de la venganza pendiente.

c) Una célula de activistas prepara un atentado: asistimos a la vida clandestina con sus riesgos y atractivos, las disputas entre sus miembros, la necesaria traición, las dudas morales y el desastroso final.

d) El buen hijo recoge las pertenencias del difunto padre y descubre, mediante la lectura de su correspondencia o de un diario íntimo, lo que sufrió su progenitor en la guerra y la primera posguerra, el exilio interior en que ha vivido durante décadas, e incluso un amor imposible y trágico o un doloroso secreto.

e) *Les enfants terribles*: una pandilla de adolescentes con pretensiones artísticas y devaneos políticos se aburre en un entorno provinciano. El final aciago es de nuevo inevitable.

f) Historias entrelazadas, varios personajes tangenciales que actúan como perfectos paradigmas de sus respectivos grupos (el opositor, el intelectual, el camisa vieja, el comisario, el oportunista, etc.) y que acaban por colisionar en un final dramático.

Probemos con la historia del profesor Julio Denis (Carreras y Ruiz Carnicer, *op. cit.*), que de entrada muestra indicios razonables de raíz novelesca (¿por qué lo detuvieron y expatriaron? ¿Adónde fue expatriado? ¿Qué tipo de error pudo cometer la policía? ¿Cuáles fueron esas *inverosímiles acusaciones*?). Las preguntas a formular, sin embargo, son otras. ¿Seremos capaces de construir una novela que no mueva al sonrojo al lector menos complaciente? ¿Sabremos convertir la peripecia de Julio Denis en un retrato de la dictadura franquista (pues no otro será el objetivo de la posible novela) útil tanto para quienes la conocieron (y olvidan) como para quienes no la conocieron (e ignoran)? ¿Conseguiremos que ese retrato sea más que una fotografía fija, sea un análisis del período y sus consecuencias más allá de los lugares comunes, más allá del pintoresquismo habitual, de la pincelada inofensiva, de la épica decorada y sin identidad? ¿Será posible, en fin, que la novela no sea en vano, que sea necesaria?

Sin que el autor sea víctima de ese afán de realidad que enturbia tantos relatos, esa etiqueta concesiva (Basado en Hechos Reales) que puede transparentar algunas inseguridades del autor ante el siempre implacable examen de realidad de los lectores menos crédulos, ese encubrir ficciones con máscara de reportaje y que demasiadas veces acaba por falsificar realidades que son maltratadas en su paso a la novela; sin que el autor sea víctima de ese afán, sí cree necesario, o al menos recomendable, una breve aproximación bibliográfica al elegido personaje (llamémoslo ya como lo que es, un personaje), la curiosidad que nos lleva a contrastar nuestro inicial hallazgo en otros índices onomásticos del período, sólo por asegurar su insignificancia histórica, su completo olvido, para evitar así el citado afán realista y poder centrarnos en la ficción; pero también por aprovisionarnos con cualquier resquicio de verdad que pudiera enriquecer la escasa imaginación del autor —o, al contrario, templar su exceso imaginativo—. Así, comprobamos que no hay mención alguna al seleccionado Julio Denis en las obras de primera consulta (la ya citada *Historia* de Tuñón, pero tampoco en Tusell, *La dictadura de Franco*, Alianza, 1988; y *La oposición democrática al franquismo*, Planeta, 1977; Payne, *El régimen de*

Franco, 1936-1975, Alianza, 1987; Fontana, *España bajo el franquismo*, Crítica, 1986; Preston, *Spain in crisis. The evolution and decline of the Franco Regime*, Sussex, 1976). Pero tras varios días de disciplinada visita a la biblioteca nuestra pesquisa alcanza un minúsculo éxito, pues nuestro profesor es nombrado, sólo nombrado, por Hermet (*L'Espagne de Franco*, Gallimard, 1971, pág. 278): «A conséquence de leur participation aux incidents du campus de Madrid, les professeurs Aranguren, Tierno Galván, García Calvo, Aguilar Navarro, Montero Díaz et Denis ont été sanctionnés et expulsés de l'Université.» Lo cual, pese a seguir ajenos a esa ansia por entregarnos al relato real, nos decide a ampliar el plazo de búsqueda durante varios días: jornadas en las que el autor enlaza títulos a partir de las bibliografías recomendadas de cada período (también algunos días el autor se distraerá, inevitablemente, en lecturas que nada tienen que ver con nuestro propósito, pero una biblioteca es siempre un espacio de estruendosos reclamos, escritores recordados o descubiertos, azares librescos, sillones mullidos para la poesía, la prensa del día disponible, o la sirena puntual de los momificados tomos del *Espasa*, con la gozosa lectura de ciertos artículos). Decidimos al fin centrarnos en la sección correspondiente al movimiento estudiantil y una vez más la búsqueda resulta inútil (ninguna mención en Maravall, *Dictadura y disentimiento político. Obreros y estudiantes*, Alfaguara, 1978; Nieto, *La tribu universitaria*, Tecnos, 1984; Garrigo, *La rebeldía universitaria*, Guadarrama, 1975; Ruiz Carnicer, *El Sindicato Español Universitario (SEU), 1939-1965*, Siglo Veintiuno de España Editores, 1996), hasta que un par de referencias animan nuestra intención narradora y nos hacen rozar cierta euforia. En primer lugar, Farga

(*Universidad y Democracia en España: 30 años de lucha estudiantil*, Era, 1969, pág. 356): «La disolución de la denominada Asamblea Libre de Estudiantes y Profesores, el apartamiento de los profesores de sus cátedras y la expatriación del profesor Denis, sólo permitieron una falsa calma en la universidad madrileña en los meses siguientes, mientras la conflictividad se extendía a Barcelona y a otros núcleos universitarios en España.» Por su parte, Montoro (*La Universidad en la España de Franco*, CIS, 1981, pág. 193), aporta un destino inevitablemente literario: París: «El 13 de agosto se hizo efectiva la separación definitiva de la universidad de los catedráticos Aranguren, Tierno y García Calvo. Para Aguilar Navarro y Montero Díaz se decidió una suspensión por dos años. El profesor Denis, detenido pese a no haber tomado parte en las asambleas, fue obligado a dejar el país con destino a París. En la universidad de la capital francesa se instaló igualmente García Calvo, mientras que Tierno regresó a Princeton y Aranguren marchó a California.» Fin de la búsqueda, adelante la ficción.

Atención: la mecánica repetición narrativa, cinematográfica y televisiva de ciertas actitudes, roles o simples anécdotas descriptoras de un determinado fenómeno o período consigue convertir tales elementos en tópicos, más o menos afortunados clichés que, cuando son utilizados en relatos que no van más allá del paisajismo o el retrato de costumbres (dentro de un tránsito tranquilo por géneros habituales), provocan a la vez el malestar del lector inquieto y el sosiego del lector perezoso. Mientras éste se acomoda en unos esquemas que exigen poco esfuerzo y en el que reconoce a unos personajes bastante ocupados en conservar el estereotipo, el lector inquieto se desentiende con fastidio ante la enésima variación —pequeña variación, además— de un tema viejo, como una cansina representación de esa *commedia dell'arte* en que hemos convertido nuestro último siglo de historia, en la que los verdugos apenas asustan con sus antifaces bufonescos, inofensivos Polichinelas que mueven a la compasión o, por el contrario, crueles Matamoros cuya crueldad, basada en un complaciente concepto del mal (el mal como defecto innato, ajeno a dinámicas históricas o intereses económicos) logra que un solo árbol, el Árbol con mayúsculas, no permita ver lo poco que nos han dejado del bosque. De ahí el temblor del autor, que teme que el mero detalle de sus personajes sirva para esquematizarlos, para devaluar su dolor o invalidar su culpa, para convertirlos una vez más en tiernas marionetas que sólo entretienen. El temblor se vuelve epileptiforme cuando el autor se da cuenta de que deberá emplear determinadas palabras que, referidas al período llamado franquismo, la retórica ha convertido en lugar común, descargándolas. Palabras como *represión, clandestinidad, régimen, comunista, célula, camarada*. Y no sólo palabras, no sólo conceptos. También situaciones: porque para relatar la peripecia del profesor Julio Denis en la universidad madrileña de los años sesenta parece inevitable, en principio, cruzar territorios poblados por asambleas estudiantiles, manifestaciones disueltas por policías a caballo, calabozos húmedos, reparto de octavillas, homenajes a poetas andaluces, recitales de canción protesta, hijos de vencedores enfrentados a su herencia, agentes de la Social, cineclubs; en fin, todos esos elementos que han sido adulterados por novelistas de guante de seda, cineastas industrializados y hasta alguna serie de televisión que ha culminado la corrupción de la memoria histórica mediante su definitiva sustitución por una repugnante nostalgia. Entiéndanse, pues, las pertinentes cautelas y disuasiones del prudente autor.

Libres de toda responsabilidad histórica, ajenos a cualquier disciplina o exactitud —más allá de un nombre (Julio Denis), una fecha (febrero de 1965) y un lugar (Madrid) ya elegidos mediante azaroso sistema, así como la imprescindible verosimilitud del relato y el compromiso del autor con el sentido ético de la narración—, queda en nuestras manos decidir un boceto inicial del personaje, un somero apunte de su circunstancia que no puede ser demorado pues condicionará las páginas venideras. En primer lugar, deberíamos clasificar al profesor Julio Denis en cuanto integrante de la comunidad universitaria en los años sesenta, y como tal debemos situarlo en función de una coordenada básica: su posición respecto al resto de docentes y respecto a las autoridades. Podemos, por ejemplo, convertir a Julio Denis en representante del profesorado franquista, entendido como tal aquel que, en diversa gradación, asumía, demostraba o incluso exhibía con orgullo su servidumbre hacia el régimen, en muchos casos como agradecimiento por una posición que no obedecía a méritos académicos, opción esta que encadenaría al novelista en la obligación moral de ajustar cuentas con tales usurpadores mediante la descripción de las devastadoras purgas realizadas en el magisterio tras la guerra, y las consiguientes oposiciones patrióticas en las que nuestro Julio Denis consigue una plaza docente o incluso una cátedra que nunca alcanzaría por la vía ordinaria. Si por el contrario decidimos honrar la figura de Julio Denis, e inscribir su nombre en el todavía pendiente monumento a los opositores al franquismo, el novelista verá satisfecha su ambición confesa de convertir la novela en homenaje a quienes considera héroes civiles de nuestra historia, mediante la descripción hagiográfica y desmedida de un profesor Denis envarado en su propia estatua, maestro querido y odiado que convierte sus multitudinarias clases en espacios de libertad, broncínea cabeza visible en manifestaciones y asambleas, subido a un sartriano cajón de fruta como tribuna, promotor de manifiestos, varias veces llamado a comparecer en dependencias policiales, expedientado y finalmente expulsado bajo insólitas acusaciones. Más recomendable será, en cambio, que optemos por aliviar a nuestro profesor de tales oficios y lo situemos en un terreno intermedio, alejado por igual de franquistas y antifranquistas, una serena tierra de nadie en la que intentase no destacar, quedar instalado en un cómodo anonimato, construirse una celda de poesías barrocas y conferencias asépticas, blanquísimas, intemporales, alejado de todo lo que no sea vida académica en el sentido más estricto, encerrado en sus estudios como en una habitación acolchada frente al agitado exterior; aspirante a un término medio que resultaría dudoso a sus compañeros de facultad; o más que un término medio debemos hablar de un punto externo, puesto que él no establecería equidistancias entre adictos y opositores, simplemente se mantendría al margen de todo lo que ocurría, como si asistiera a una universidad distinta, en la que no había conflictos, en la que nada perturbaba el calendario escolar. Una actitud que, en una universidad tan politizada, le haría destacar y dificultaría su aspiración al anonimato, consiguiendo justo lo contrario: no pasar desapercibido para nadie.

—¿Se me permite opinar? Debo discrepar: tales afirmaciones equivalen a tropezar con estrépito en esos clichés que, según se ha dicho anteriormente, van a ser evitados. No resulta creíble que el profesor Denis destaque por tal actitud, como si por ello fuera un elemento extraño, como si su alejamiento de cualquier partícula de contenido político lo convirtiese en una excepción llamativa. Por el contrario, lo que más abundaba en aquella universidad, en esos años, eran los ejemplares como Denis. Todavía eran minoría los profesores que se atrevían a manifestar sus posturas, no ya políticas, aun teniéndolas, sino cualquier discrepancia académica o salarial.

—En efecto, el miedo era aún grande entre los profesores más jóvenes. Y los más veteranos procedían de las depuraciones anteriores.

—Había miedo, sí; pero no sólo el miedo a la cárcel, a los sótanos de la Dirección General de Seguridad, a la brutalidad policial, a que te apretaran los cojones hasta desmayarte o te metieran la cabeza en el váter y te patearan el culo. Tanto o más grande era el miedo a quedarte sin nada, a que te expedientaran y perdieras el trabajo. No todos tenían la facilidad de algunos para renunciar, salir del país y conseguir un buen hueco en Princeton, la Sorbona o México. Por eso la mayor parte no se implicaba en nada, huía de cualquier perspectiva de compromiso, o secundaba actitudes opositoras muy prudentes, participaba en las iniciativas más inofensivas, como firmar un manifiesto de los que suscribían tantos que las responsabilidades se diluían. Era una cobardía basada en el bienestar material, una forma elemental de conservadurismo. La sola idea de perder una vida cómoda o no tan cómoda o al menos no demasiado incómoda, y caer en las incertidumbres del desempleo, el expediente, la marginación, pesaba más para algunos que el miedo a una paliza, a la cárcel o al garrote que todavía seguía vigente.

—No obstante y pese a no ser una excepción, Julio Denis se ganó muchas enemistades con su actitud. Él destacaba a su pesar y concitaba el rechazo de unos y otros, franquistas y antifranquistas, debido a la terquedad con que llevaba su neutralidad. No es que alardeara de postura, al contrario: era una terquedad silenciosa, huidiza. Cuando se le reprochaba su rechazo miedoso a suscribir una protesta por alguna sanción a un profesor o apoyar la organización de seminarios con escaso contenido político, él no se defendía, no argumentaba su negativa como hacían otros, sino que escurría el bulto a la carrera. Apenas se relacionaba con dos o tres profesores y siempre con excesiva formalidad. Cumplía su jornada con puntualidad y marchaba. Recorría los pasillos a paso ligero, con la cabeza agachada u ojeando papeles. Llevaba en la cartera un termo de café y un bocadillo para evitar la cantina o la sala de profesores.

—Era objeto de habitual desprecio por parte de muchos docentes, pero su terquedad era más irritante cuando marcaba distancia con los leales al régimen que cuando se alejaba de los opositores. Porque la mayor parte de quienes se situaban en esa cómoda tierra de nadie acababan cediendo a cualquier trámite protocolario, celebración, homenaje, misa o lo que fuera, con tal de no destacar como desafectos. Pero Denis no. Sus ausencias eran notables, hasta cierto punto escandalosas para aquellos más franquistas que Franco. Le censuraban su tibieza, su inasistencia en los actos oficiales, su frialdad hacia un régimen al que, al parecer, el profesor Denis adeudaba en gran parte su posición. Hasta el sesenta y cuatro todavía algunos profesores, entre los afectos, tenían buena relación con él. Incluso el rector, que aprobaba su rigor, su exclusividad docente en un tiempo revoltoso. Pero Denis acumuló méritos para perder esa consideración, con sucesivos desplantes. El más sonado en ese año, 1964, cuando Franco celebró los veinticinco años de paz y se organizó un acto universitario, una eucaristía, donde quedó claro, por sus asistencias y ausencias, quiénes estaban a un lado y otro de la raya. Y en ese acto no estuvo Denis, lo que multiplicó sobre él las acusaciones de tibio, de desviado.

—Eso explica que nadie moviera un dedo por él cuando fue expulsado de la universidad y del país; nadie se preocupó por saber qué había sucedido, de qué estaba acusado. Su expulsión fue poco más que un chascarrillo de pasillo pronto extinguido, que además tomó la forma de sospecha hacia él: algunos opositores, que siempre desconfiaron de Denis, extendieron la convicción de que en realidad era un chivato, un colaborador policial que, tras cumplir su trabajo, había sido retirado de la primera línea. No sostuvieron tal acusación con evidencia alguna; simplemente se apoyaban en el carácter verdaderamente sospechoso que tuvo el proceso contra Denis: lo normal habría sido que le abrieran expediente, pasara por un tribunal y después, según la gravedad de los hechos, a la provincial de Carabanchel, una multa o el exilio. Pero todo fue demasiado rápido, se completó en sólo dos días, detención y salida del país.

Y una vez en el extranjero, desapareció y fin, nada más se supo de él.

—Un profesor español creyó identificarlo semanas después de su expatriación en el aeropuerto de París, mientras transbordaba de vuelo: le llamó por su nombre pero el tipo volvió la cabeza y se alejó a paso ligero.

Un error policial, una delación encubierta o un activista clandestino desenmascarado al fin. Las tres posibilidades están abiertas en el *affaire* Denis. Lo sugerente sería —la imaginación del autor y las expectativas de parte de los lectores así lo demandan— un ameno misterio, una investigación que descubre cómo tras el disfraz de un profesor pacífico, durante años encerrado en sus estudios y ajeno al fragor político del exterior, se oculta en realidad un agente durmiente, elemento clave en una inminente maniobra conspirativa. O mejor aún: escudado en su prestigio académico y en su conocida neutralidad, el profesor Denis ha actuado durante años como enlace de una organización política —preferentemente comunista—. Su papel consiste —aunque esto no se desvelaría hasta las últimas páginas de la novela— en transmitir consignas subversivas, mensajes ocultos que sólo sus destinatarios entienden (fechas, lugares de encuentro, nombres de camaradas) y que el profesor difunde —cifrados mediante una clave, claro— en artículos de prensa en apariencia inocentes (críticas literarias o teatrales en *ABC*, por ejemplo). Una variante aún más audaz, y que permitiría introducir algunos recursos humorísticos, propone que el profesor, en efecto, transmitía consignas en lenguaje cifrado, pero no en colaboraciones periodísticas, sino en las páginas de unas novelas de quiosco que escribiría mediante seudónimo —esa entrañable literatura de cambalache, de gran difusión en aquellos años: Hazañas Bélicas, los imposibles vaqueros de Estefanía, Silver Kane, los romances aristocráticos de Viky Doran; novelitas de consuelo redactadas por estajanovistas avergonzados tras un alias angloamericanizado y que completaban así sus parcos sueldos de abogados, administrativos, funcionarios medios o profesores, como nuestro Julio Denis.

Demasiado hermoso. El exceso aventurero acaba por degradar una realidad que reclama dilemas más prosaicos. En cuanto a la teoría del chivatazo, ya insinuada en las páginas anteriores, parece más verosímil y no por ello desmerece al misterio: Denis, tras décadas de terco aislamiento, de esquivar cualquier suceso que ofreciese un mínimo aspecto disidente, a la vez que renunciar a los beneficios de un trato cordial con el oficialismo, tiene conocimiento (¿cómo? Ya inventaremos algo) de una próxima acción opositora (una gran huelga política o, mejor aún, un atentado, incluso un atentado contra el Generalísimo aprovechando una visita a la Ciudad Universitaria) y alerta a la autoridad policial, denuncia a los implicados. Para ocultar su chivatazo, y quizás temiendo por su vida (y en ese caso optaríamos por la historia del atentado, un grupo terrorista, que nos permitiría introducir los típicos dilemas morales de sus integrantes sobre la posible muerte de inocentes al explotar una bomba, reflexiones en torno al derecho de los pueblos al tiranicidio, etc.), el profesor consigue salvar la cara mediante una operación de fingimiento en la que la policía le acusa, detiene y expulsa del país hacia un anónimo retiro dorado en cualquier país latinoamericano y con todos los gastos pagados en agradecimiento por su soplo.

La tercera opción, el error policial, es más calmada pero también presenta peligros: por algún equívoco fortuito (cuya resolución deberá esperar a la última pieza del puzzle, en el capítulo final) el profesor Denis es implicado por los investigadores policiales en una trama política, detenido y gravemente acusado. Al despertar de su torpeza, la autoridad propone al profesor un arreglo para que no llegue a conocerse un error que minaría el prestigio del cuerpo policial, por lo que le ofrece una compensación económica y la salida del país cuanto antes, cerrando el caso de inmediato. Aunque descartemos el tratamiento exclusivamente cómico que esta sinopsis sugiere (este país siempre ha sido tan aficionado a la comedia de enredo, el vodevil, diálogos ambiguos, personajes que entran y salen de los dormitorios en la noche loca), la posibilidad de la confusión tiene sus riesgos: podríamos caer, una vez más, en la denuncia del franquismo basada en el género esperpéntico (la incompetencia policial, en este caso), acentuando los elementos más risibles, la visión ridiculizante de un régimen que, antes que grotesco (que lo era y mucho) fue brutal. Consciente o inconscientemente, muchos novelistas, periodistas y ensayistas (y cineastas, no los olvidemos) han transmitido una imagen deformada del franquismo, en la que se cargan las tintas en aquellos aspectos más garbanceros (el estrafalario lenguaje oficial, el generalito barrigudo y de voz tiplisonante que provoca más risa que horror, la paranoia sobre los enemigos de la patria, la demasía freudiana de los sacerdotes, las sentencias de muerte pringadas de chocolate con picatostes, la épica caduca de los manuales escolares, la estética cutre del nacionalcatolicismo, los desmanes surrealistas de la censura). Se construye así una digerible impresión de régimen bananero frente a la realidad de una dictadura que aplicó, con detalle y hasta el último día, técnicas refinadas de tortura, censura, represión mental, manipulación cultural y creación de esquemas psicológicos de los que todavía hoy no nos hemos desprendido por completo. Se forma así una memoria que es fetiche antes que de uso; una memoria de tarareo antes que de conocimiento, una memoria de anécdotas antes que de hechos, palabras, responsabilidades. En definitiva, una memoria más sentimental que ideológica. Por ejemplo, en el caso que nos ocupa: mostrar un aparato policial torpe puede hacer olvidar la realidad de una policía que, realmente y para desgracia de tantos que lo comprobaron en carne propia, era sumamente eficaz en su trabajo.

La eficacia admite errores, graves incluso. El catedrático jubilado Emilio de Lorenzo, quien afirma haber tenido con Denis más relación que cualquier otro profesor («tampoco piense en una estrecha amistad: simplemente, Denis no tenía mucha vida social en aquella universidad, no tanto por su retraimiento como por la distancia que marcaban otros profesores con él»), es partidario de utilizar, como hipótesis de trabajo, la equivocación policial:

—Por muy eficaz que fuera, la policía se equivocaba y mucho. La sospecha generalizada sobre el conjunto de ciudadanos facilita los yerros. Si uno es culpable mientras no se demuestre lo contrario, hay un amplio margen para el error, para la injusticia.

—¿Descarta usted las otras dos opciones: que Denis fuera un delator, o que fuera un activista clandestino?

—Tan irreal la una como la otra. Decir que Denis era un agente subversivo, o esa tontería de las novelitas de quiosco, sólo es posible cuando no se ha conocido al hombre. En efecto, se mantuvo siempre firme en su actitud distante, ajeno a toda agitación, lo que le costó muchas enemistades y una indiferencia generalizada. Yo veía su comportamiento como una decisión muy profesional, pues no se dedicó a otra cosa en su vida docente que a estudiar y enseñar. Él estaba completamente entregado a su trabajo, era un gran conocedor de la literatura española, sobre todo la poesía del siglo XVII, de la que había publicado varios estudios. Mire usted a ver si introdujo algún mensaje político cifrado en sus comentarios a la *Epístola moral a Fabio*. Si escribió novelitas de detectives para sacarse un sobresueldo, eso es algo comprensible en unos años en que los profesores no estábamos precisamente sobrados en cuanto a salario. Eran muchos los que, junto a la labor docente, mantenían algún tipo de actividad para conseguir un dinero extra, como escribir a sueldo de otros, unas veces trabajando como «negros» para catedráticos de renombre, muchos de los cuales se han construido un admirable currículo a costa del trabajo callado de colegas necesitados. Si él escribió esas novelitas, lo hizo por motivos económicos. Él no estaba implicado en nada de lo que ocurrió en esas fechas. Fue sólo una víctima de la tensión de aquellos días, de la precipitación policial en unas jornadas nerviosas: los policías entraban en las facultades, de uniforme o de paisano, buscando estudiantes sobre los que tenían órdenes de detención. Irrumpían en las aulas en mitad de la lección, por supuesto sin llamar a la puerta, y gritaban el nombre de los buscados, repartían empujones y zarandeaban muchachos por los pasillos. Por la noche seguían su persecución en los domicilios de algunos profesores y alumnos. Denis me contó que se presentaron en su casa, de madrugada, algo insólito, era la primera vez que incluían a Denis en la ronda de visitas nocturnas. Le sacaron de la cama y le interrogaron brevemente, buscaban a un estudiante, un cabecilla estudiantil cuyo nombre no recuerdo. Y aquí es donde se origina la confusión que refuerza la hipótesis del error policial. Un día antes de la ronda de noche, Denis se había reunido con ese estudiante, al terminar las clases; algo extraño por cuanto aquel muchacho no era alumno de Denis. Estuvieron un par de horas encerrados en el despacho del profesor y eso alimentó todo tipo de rumores hasta el punto de provocar la visita policial al domicilio de Denis, quien al día siguiente del sobresalto nocturno faltó a clase, alegando unas décimas de fiebre, lo que bastó para que los rumores tomaran forma de increíbles teorías. Para complicar más la situación, el estudiante buscado se encontraba desaparecido. Fue entonces cuando comenzó a extenderse por los pasillos de la facultad el bulo de que este joven estaba en manos de la policía, detenido como consecuencia de una denuncia de Denis tras aquella reunión en la que, según los partidarios de la teoría de la delación, el estudiante desveló no sé qué información al profesor.

—Entonces, la posibilidad de que fuese un delator tiene algún fundamento.

—Ninguno. Eran sospechas malintencionadas. Todo el mundo en la facultad sabía qué clase de pájaro era aquel muchacho, no hacía falta que nadie lo denunciase, la policía debía de conocerlo bien. Pero los jóvenes disfrutan con esos juegos maniqueos, el estudiante bueno y el profesor malo, a lo que añaden todo tipo de truculencias policiales. Visto el ambiente, avisé a Denis para que se quedase unos días en casa hasta que todo se hubiera calmado, pero no me hizo caso y se presentó a la mañana siguiente en la facultad. Al verle llegar, le insistí en que se marchase y, por si fuera poco, unos estudiantes le llamaron «fascista» en un pasillo, a gritos. Denis los miró, perplejo, más triste que escandalizado, sin entender la acusación. Intentó una aclaración ante aquellos jóvenes, pero estaban muy exaltados y hasta le dieron un empujón. Me lo llevé a un despacho e intenté convencerlo de que se volviese a casa, le mostré por la ventana toda la policía que rodeaba el edificio, era evidente que allí iba a suceder algo grave. Pero insistió en cumplir su jornada con normalidad, cogió sus papeles y se marchó al aula, a dar la cara frente a los estudiantes; hay que reconocer que fue valiente. Aquella mañana las clases duraron poco porque, apenas comenzadas, la paciencia de los sitiadores se agotó, y en un par de minutos desalojaron a los que habían montado una asamblea en el vestíbulo. Entraron incluso a caballo en el edificio y lanzaron gases para que la gente saliera al exterior. Imagínese la que se organizó. Hasta cierto punto era incluso cómico, si me permite, dentro de la tragedia. En esos días había nevado mucho en Madrid, uno de esos febreros memorables como hay pocos, y el pavimento estaba helado, así que había que andar con cuidado. Cuando comenzamos a salir todos, a la carrera, entre empujones, los resbalones hicieron el resto, hasta los caballos acabaron en el suelo. En medio del desorden pude ver a Denis, que escapaba a paso rápido, traqueteado entre los estudiantes. Tenía una herida en la frente, sobre la ceja, que le sangraba bajo un pañuelo con el que intentaba cortar la hemorragia. No sé cómo se hirió, si tropezó o le dio un golpe un policía, o incluso algún joven furioso. Lo cierto es que presentaba un aspecto lamentable, anciano como era —siempre aparentó más años de los que realmente tenía—, con su habitual desaliño en el vestir, ahora con los faldones de la camisa por fuera, la chaqueta colgando del brazo, remangado pese al frío, con gotas negruzcas de sangre en la pechera, el escaso pelo alborotado, el pañuelo apretado en la frente y la expresión algo siniestra, pálido, la boca entreabierta. Intenté acercarme para ayudarle, pero bastante trabajo tenía con no perder la verticalidad entre tanto empujón y el suelo resbaladizo. Grité su nombre pero no me escuchó, allí todo el mundo chillaba, a lo que se añadía el fondo de sirenas de los furgones policiales. Ya en el exterior, cada uno huía hacia donde podía y los policías, sin ninguna disciplina de carga, se lanzaban a perseguir porra en mano a los estudiantes, en una competición de patinadores que tenía mucho de circense. Corrí tras Denis, que seguía su marcha tambaleante a paso ligero, pero me detuvo un agente con la persuasiva invitación de su bastón cruzado en horizontal y allí me quedé, buscándome la cartera para identificarme, mientras veía a Denis, que se alejaba en dirección a Moncloa, con su paso de funámbulo, una mano clavada en la frente sangrante y la otra mano adelantada, palpando el aire frente a él como si estuviera ciego o buscase algo donde agarrarse en medio del naufragio.

Mucho cuidado con los héroes, con los luchadores ejemplares, esculturas de una sola pieza que ni sombra proyectan bajo el sol; mucho cuidado con los héroes, especialmente si son jóvenes. De la misma forma que debemos tener precaución con los villanos, que como los héroes se burlan del autor y se enrocan en caracteres sin aristas, como marionetas del bien o del mal. Aparece ahora la figura del estudiante, el líder estudiantil perseguido por los policías día y noche, desaparecido de repente, acaso víctima de una traición, merecedor de la solidaridad de sus compañeros; y en seguida toma un hermoso perfil de moneda y pide, exige, necesita un final trágico, sangriento, subterráneo; reclama ser elegido como representante de otros jóvenes, pocos recordados, muchos olvidados, aquellos cuya trayectoria última acabó tomando forma de parábola descendente de la ventana al suelo, como Enrique Ruano (arrojado desde un octavo piso por agentes de la Brigada Político-Social, aunque la prensa dijo que aquella fallida ave se había suicidado empujado por sus supuestas tendencias homosexuales, en un miserable diagnóstico propio de Vallejo-Nágera, «los pecados producen a veces enfermedades»), como José Luis Cancho (desechado desde una ventana de la comisaría de Valladolid después de que lo dieran por muerto), como Ricardo Gualino (italiano, hijo de un productor cinematográfico, al que un guardia civil reventó la cara de un disparo cuando repartía propaganda cerca de Getafe); como otros que ya perdieron sus nombres y que fueron capaces de prodigios envidiados por Houdini: ahorcarse con las manos esposadas, bucear pantanos con el cráneo astillado a balazos, detener a voluntad la respiración y los latidos del corazón (parada cardiorrespiratoria lo llamaban los esforzados forenses) o lanzarse cual futbolísticos guardametas a atrapar con el pecho las balas perdidas que en las manifestaciones buscaban el cielo.

—No creo que sea éste el caso —apunta quien hoy es diputado autonómico madrileño y que en aquellas fechas todavía era adolescente, bachiller, pero ya se relacionaba con la oposición universitaria, echaba una mano en lo que le dejaban, con la multicopista, repartiendo panfletos. Confirma la delación: «Me contaron que el profesor Denis había denunciado a un estudiante, un tal Andrés Sánchez, cuya detención causó la caída de parte de la organización, y luego la policía se inventó una fantástica tapadera para salvarle la cara: acusaron al profesor de ser un agente de la subversión y de transmitir consignas encubiertas en no sé qué libros que habría escrito. Una historia increíble, aunque no tan extraña en un régimen tan paranoico. En cuanto a Sánchez, es cierto que estuvo un tiempo desaparecido, se dijo que no había salido vivo de Sol, pero no se precipite incluyéndolo en el martirologio, porque creo recordar que al final apareció, estaba encarcelado en Burgos.»

—Para ser más precisos no se llamaba Andrés, sino André, sin la «s» final, a la manera francesa, no sé si por algún origen galo o, lo que parece más probable, por pura coquetería, propia de un joven como aquél, agotador por intenso. Vino varias veces a mi piso de San Juan de la Cruz, donde recalaba todo tipo de elementos clandestinos, algunos no siempre bienvenidos, pero solidaridad obligaba. André Sánchez era un poco precipitado, incluso bocazas, sus propios compañeros de partido soportaban mal su prisa y su excesiva iniciativa. También era algo poeta, y en una reunión de aquellas que transitaban de lo político a lo lírico con la presencia de Hortelano, Pepe Caballero y algún otro, André se atrevió (digo atreverse, pues lo tomó como un desafío que le hacía recitar con brusquedad, agresivo) a leernos una composición propia, uno de aquellos espantosos cuelgaversos en los que todo camarada tropezó alguna vez, un canto amoroso a Pasionaria, de esos en que Dolores reemplazaba a la Virgen como Nuestra Señora de los Obreros y los Campesinos; rimas llenas de banderas, herramientas y sangre muy roja, rojísima, rojérrima. Por supuesto, tras el militante recitado nadie se atrevió a burlarse del vate, no sé si paralizados por la respetuosa ortodoxia o quizás impresionados por la vehemencia del muchacho, que nos miraba amenazante a la espera de cualquier comentario y se tranquilizó con un par de cubalibres hasta que unas horas después, en plena curda, alguien, creo que Pepe Caballero, se colgó del cuello de André y le soltó una grosería sobre su capacidad, su incapacidad, poética, que hizo que tuviésemos que separarlos antes de que el joven cantor estrangulase a su imprudente crítico —el anciano poeta y académico detiene su espontánea intervención para encender un literario cigarrillo y, tras varias caladas en homenaje al cuerpo médico, prosigue su relato: «Eso de que apareció finalmente en Burgos no lo tengo tan claro. Por lo que supe, su final fue terrible. Lo machacaron en la Dirección General de Seguridad, como a muchos, pero se les fue la mano, como con algunos, y no salió vivo de allí. Pero este extremo tampoco se pudo confirmar, hubo un vacío de conocimiento que se apoyaba en el muro informativo del régimen y en las debilidades de la oposición, que sufría un golpe tras otro y apenas podía seguir la trayectoria judicial y penitenciaria de cada compañero, por lo que era la familia, además de los propios compañeros de prisión, quienes atestiguaban la suerte de cada cual. Se ve que Sánchez no tenía familia que le reclamase y pasó el tiempo sin saberse nada de él.»

Escuálidas minorías, totalmente desconectadas del espíritu popular, intentan revivir el sentido faccioso que, antes de que la juventud de hoy hubiera nacido, informó el sobresaltado acaecer de la vida española. La paz les duele, les pesa, les sobrecoge. Los individuos que forman esta endeble minoría han aprovechado, no obstante, este firme período de estabilidad para labrar su propio bienestar. Unos son intelectuales; los más, seudointelectuales, y el resto forman la inevitable ganga de todas las situaciones.

Si la paz parece dolerles y abrumarles será, sin duda, porque no encuentran en ella su elemento. Infectados de una fiera rebeldía de salón, tratan de contaminar a los demás con el microbio de la disidencia, empezando por los sectores más jóvenes y, por tanto, más dúctiles y ardorosamente ingenuos de la sociedad. La consigna no puede ser otra que protestar; protestar por cualquier cosa; asimilar la protesta a la categoría de un ejercicio cotidiano para «estar en forma». Y el comunismo, que anda vigilando el juego desde una posición marginal no comprometida y que no ignora el pie del que cojea la burguesía, impone subrepticiamente criterios de prudencia. La táctica de la no violencia, el ritmo rebañego del pasacalle pacífico, el disimulado reclutamiento de pardillos y escuderos, más o me-

nos legítimamente adscritos a los escalafones de la intelectualidad, no pasan de ser meras innovaciones tácticas y estratégicas del principal por cuenta de quien se trabaja a veces ad honorem *y casi siempre a fondo absolutamente perdido.*

Justamente alarmada por el cariz que han tomado los últimos sucesos estudiantiles registrados en Madrid, la sociedad nacional, embebida en tareas constructivas que constituyen en sí una tácita protesta contra los protestadores que intentan perturbar el pacífico vivir del país, no ha podido evitar su sorpresa ante el uso ilícito y el abuso de confianza de que ha dado pruebas un reducido grupo de profesores que, al no saber o no querer ejemplarizar a sus alumnos, se han dirigido a ellos por el fácil camino del halago. Este respaldo, fundado en el torpe negocio de una auténtica malversación de la confianza, ha encendido con tan irresponsable como pintoresco fuego de artificio la atmósfera universitaria en la Facultad de Filosofía y Letras madrileña, imposibilitando el clima para la normal actividad docente. Por decoro de la jerarquía docente y mantenimiento de un principio de autoridad, que individuos llamados a sostenerlo han quebrantado y reducido a banderín de enganche para la ridícula aventura callejera, el Rectorado de la Universidad de Madrid se ha visto obligado a decretar la clausura de dicha facultad por tiempo indefinido.

El país tiene derecho a preguntarse en qué parcela del desarrollo militan los responsables de esta forzosa vacación que reduce un centro docente a la inactividad. ¿Cosas de estudiantes? El ingenuo lector, a quien se intenta perturbar el tranquilo disfrute de su cuota de paz, vistos los antecedentes del asunto, podrá obtener la atinada respuesta.

Una herida sangrante sobre la ceja (¿la ceja derecha o la ceja izquierda?): se trata de una zona dérmica donde un pequeño corte asusta con su profusión hemofílica, a veces el herido ni siquiera lo advierte, basta un mal golpe al entrar en un vehículo y no agachar la cabeza lo suficiente, la hoja de chapa incide en la frente, nos duele pero no imaginamos el espanto bermejo hasta que la savia nos escuece el ojo y entonces palpamos la humedad incoercible para la que no bastan apósitos ni pañuelos enrojecidos en todas sus dobleces, suele ser necesaria la mano del cirujano que pase la aguja y el hilo por los labios de la herida y el tiempo dejará una leve cicatriz que oblicua divide la ceja.

Una herida sangrante sobre la ceja es todo lo que conservamos del profesor Denis, en el que probablemente es el último recuerdo fiable que se tiene de él, las últimas personas que lo vieron —excepción hecha de los agentes que lo detuvieron si es que fue detenido, y de sus hipotéticos vecinos y quizás amistades en su incierto exilio—. Sobre el pavimento helado, el profesor marcaba pasos débiles mientras huía de la batalla, con una mano adelantada («palpando el aire frente a él como si estuviera ciego o buscase algo donde agarrarse en medio del naufragio») y la otra mano aplicada en contener la hemorragia con un pañuelo. La exitosa medicina forense podría decir mucho acerca del origen de esa herida: bastaría su observación detallada (previa limpieza de la misma) para determinar si fue producida por el golpe de la porra de un miembro de la Policía Armada que en el ejercicio de sus funciones no distingue estudiantes y profesores, revoltosos y pacíficos (hay que descartarlo pues la herida, podemos apreciarlo incluso bajo la mancha sanguinosa, no presenta hematoma circundante en la región afectada, arco superciliar y frente, ni se aprecian daños en el hueso frontal), por el puñetazo de un estudiante enfurecido (descartado por la misma ausencia de hematoma), por un tropezón (en cuyo caso el golpe debería haber afectado también otras zonas de la cara, como la nariz o el mentón, que no presentan marca) o, lo que parece más probable, por el impacto de un objeto puntiagudo tal como un bolígrafo o un lápiz mal afilado, arrojado desde una distancia mediana a gran velocidad (podemos apreciar que se trata de una incisión de mayor profundidad que diámetro), lo que nos lleva a concluir que el profesor salvó su ojo (¿derecho o izquierdo?) por una desviación (si es que el ojo era el objetivo del proyectil) de apenas dos centímetros.

—Un bolígrafo o un lápiz, así es. Le alcanzó en la ceja en medio de la desbandada, alguien se lo lanzó como un dardo aprovechando el alboroto. El profesor estaba de pie, sobre la tarima del aula, tras la mesa, y fue la silla, a su espalda, la que amortiguó su caída tras el impacto, yo sólo vi cómo se desplomaba en la silla, boquiabierto aunque sin quejarse y con una mano crispada que parecía sujetar el ojo, que por cierto era el derecho. Aquella agresión, de autor desconocido, fue el broche final a una aplaudida representación tragicómica de la que el profesor fue protagonista y víctima. La *mise en scène* fue brillante, redonda, parecía que sus ejecutores la hubieran ensayado a fondo para afinar cada entrada, cada parlamento, cada gesto afectado hasta la coda genial en forma de huida atropellada y lanzamiento de bolígrafo al profesor, quien había asistido a la obra como un actor senil que no recuerda su párrafo y desoye al apuntador. Los antecedentes son ya conocidos, su sola enumeración es redundante: agitación asamblearia en la facultad, presencia masiva de la policía en la Ciudad Universitaria (unidades antidisturbios, *jeeps*, caballos, tanqueta con cañones de agua), visitas nocturnas a domicilios, incidentes acumulados a la tensión ya existente (entrada de agentes en los edificios, detención de estudiantes, pequeñas escaramuzas en los jardines nevados) y, especialmente, rumores, rumores, rumores. Los pasillos de aquel edificio, reflejo de la disposición crédula de sus moradores, parecían poseer una acústica especialmente favorable para el eco de los rumores, que circulaban a una velocidad tremenda, cada vez más deformados: lo que en primera versión era la supuesta detención, sin confirmar, de un líder estudiantil, se transformaba por el mensajero en una desaparición que, en sucesivos correveidiles, podía llegar a tomar la forma de un asesinato policial. Aquel día el rumor triunfante era la desaparición de André Sánchez. Y a partir de esa afortunada cofradía de las palabras voladoras, alguno comenzó a apuntar en dirección del profesor Denis por su reunión, un par de días antes, con André Sánchez, en el despacho del profesor, durante dos horas a puerta cerrada y, como ya se ha dicho y ahora se recuerda, sin que hubiera vínculo de profesor y alumno entre ellos. Pocos elementos más se necesitaban para construir certezas en una universidad como aquélla, que, sin que sirva de menosprecio, tenía mucho de corral gallinero o patio de vecinas, aunque fuera un patio político. Fueron, claro, los compañeros de André Sánchez quienes extendieron el malentendido y calentaron un ambiente en inminente ebullición. Tras la imprudente aparición del profesor Denis aquel día en la facultad (cuando todos esperaban que prolongase su declarado resfriado hasta que la situación estuviera en calma), sólo quedaba montar el numerito final en su clase. En un principio la propuesta mayoritaria era boicotear todas las clases de aquel día, no acudir a ninguna, para que todos nos concentrásemos en la asamblea que se celebraba en el vestíbulo desde días atrás, verdadero motivo de la gran presencia policial en las inmediaciones. Pero en el último momento unos cuantos voceros convocaron a los estudiantes para que no faltasen a la clase del profesor Denis, por lo atractivo de aquella oportunidad para dar un escarmiento al chivato. Esta expectación hizo que los movilizados, unidos a los que habitualmente ignoraban las huelgas y a los estudiantes de otros cursos que quisieron estar presentes, acabáramos por llenar el aula con tal asistencia como sólo conocían ciertos profesores en sus politizadas lecciones. Precisamente fueron varios estudiantes que no pertenecían a nuestra clase los que montaron el numerito. Cuando apareció el profesor Denis, su primera reacción fue de sorpresa, poco habituado a una audiencia tan numerosa, con todos los pupitres ocupados y un buen número de jóvenes de pie al fondo de la clase y en los laterales, en lo que parecía más una asamblea en rivalidad con la del vestíbulo que una lección de literatura barroca. Además, cuando él entró se hizo un silencio completo, ordenado por los chistidos disciplinarios de los cabecillas, que se situaban estratégicamente en todo el aula, grandes coreógrafos de masas como solían. Cualquier profesor se habría dado media vuelta ante aquella visión, pero el viejo Denis no se encogió y susurró sus buenos días, tomó asiento, distribuyó sus libros y papeles frente a él y se propuso impartir su enseñanza con una normalidad tan sólo delatada por un temblor en la mandíbula más acentuado de lo normal, esa masticación incontenible tan común a los ancianos. Y sin amilanarse empezó a exponer la obra del poeta fijado por el temario, mientras los estudiantes, sorprendidos por esa reacción positiva de quien esperábamos un regate defensivo, permanecíamos en silencio y, de no ser porque el desorden estaba ya planeado de antemano, el profesor podría haber completado su lección ante tantos pupilos como nunca había imaginado, y con las mismas habría recogido sus cosas, reiterado sus protocolarios buenos días y marchado. Pero no fue así. Los organizadores iniciaron su teatrillo, entremezclados entre los estudiantes, repartidos por el aula para dar más sensación de espontaneidad asamblearia a sus intervenciones previamente acordadas. Así, cuando el profesor propuso hablar de tal o cual poeta, uno desde el fondo gritó que por qué no hablaba mejor de André Sánchez, lo que fue acompañado por los murmullos aprobatorios del resto. El profesor se fingió despistado, con gesto de no entender la propuesta del anónimo estudiante, a lo que un segundo alumno, ritualmente barbudo pese a su juventud, y que también formaba parte del reparto en aquella comedia, repitió desde el extremo opuesto del aula: por qué no habla de André Sánchez. Pues, ¿qué cree que hizo el profesor? No se le ocurrió otra cosa que, en medio de un ambiente tan poco adecuado para bromas, intentar su defensa mediante un increíble descaro, desmentido por el temblor de su boca y su voz escasa, al responder que ese tal Sánchez no estaba incluido en el temario del curso, que tal vez era un poeta de otra época, pero no del barroco. Él mismo debió de comprender lo inoportuno de su humorada un instante antes de que todos, como en un baile ensayado, nos pusiésemos en pie, amenazantes aunque aún serenos. El orador barbudo se adelantó y habló desde el frente, con retórica espesa que volvía inseguras sus palabras por utilizar un registro impropio en un estudiante, más bien parecía uno de aquellos peculiares procuradores en cortes, tan solemnes. Dijo algo así como, con tono educado, he sido elegido por mis compañeros aquí presentes para transmitirle nuestra posición ante los recientes acontecimientos, y otras frases del estilo, todo muy efectista, hasta un punto cómico. Le dijo al profesor, más o menos, que reprobábamos su comportamiento hacia el compañero André Sánchez, sobre el que había vertido falsas acusaciones que, transmitidas a la autoridad policial, habían significado la injusta detención del compañero, con consecuencias desconocidas. El profesor insistió en hacerse el no enterado, aunque probablemente nadie le había puesto sobre aviso de aquella encerrona antes de entrar en clase, y pidió al joven parlamentario que le aclarase de qué acusaciones estaba hablando. Como todo estaba ensayado, no fue el de la barba revolucionaria quien respondió, sino una chica, situada varios pupitres más allá, para que así pareciera que de la clase surgía un clamor unánime contra el profesor. Gritó algo como: no intente negarlo, todos sabemos lo que

49

ha hecho con André Sánchez; y el pobre profesor ahora sí empezaba a lamentar seriamente su osadía por haber entrado en aquella clase que más parecía un jurado furioso y presto a aplicar la vieja justicia de Lynch. El viejo intentó elaborar una frase coherente, una defensa para la que le faltaban palabras y le sobraban nervios, y ni tiempo tuvo de expresar algo con sentido porque ya estaba listo para saltar el siguiente resorte de la representación: otro estudiante que directamente exigió al profesor que desvelase el paradero y situación de André Sánchez, adónde se lo habían llevado porque nadie lo había visto desde unos días atrás; y para dar más dramatismo al momento y despertar el horror en los que todavía pudiéramos permanecer indecisos, el joven gritó al profesor: usted es la última persona que vio a André Sánchez con vida. Aquello ya se salió de madre: Denis parecía rozar el síncope, de pie y con las manos levantadas, mostrando las palmas en patético gesto de inocencia; el último declamador quedó mudo, asustado de la violencia de sus propias palabras; y los demás estábamos demasiado incómodos con todo este teatro, aunque muchos se unían al griterío, insultaban al profesor, le llamaban lo habitual, fascista el adjetivo más repetido, y cuando todo apuntaba a un inminente linchamiento colectivo como demostración de la justicia estudiantil, se abrió la puerta y apareció un lampiño que no debía de estar enterado de lo que en aquella aula se perpetraba, porque nos acusó de conformismo por acudir a clase mientras la mayor parte de universitarios secundaba la gran asamblea que en ese momento se desarrollaba en el vestíbulo; pero allí ya no había forma de hacerse entender, pues todos chillaban, el repentino mensajero insistía en que la policía estaba tomando posiciones para entrar y desalojar, cuantos más fuéramos más posibilidades tendríamos de resistir el desalojo, y en esto se escuchó un grito más alto que los demás, un alumno que, junto a una ventana, aseguraba que los *grises* estaban entrando en el edificio, así que todos salimos del aula a la carrera, a empujones, volcando los pupitres, y en el atropello alguien lanzó un bolígrafo al profesor, que cayó rígido en su silla, con la mano haciendo parche en el ojo, y en semejante postura quedó en el aula desierta, inmóvil en su dignidad de estatua herida, ajeno a la chillería cada vez más lejana y a la niebla lacrimógena que avanzaba por los pasillos.

Nuestra tentación ante el héroe es siempre la de franquear esa escasa distancia que lo separa de ser hermanado con el villano, porque en los comportamientos extremos, tensados sin ambigüedades por una inteligencia entregada al bien o al mal, basta un leve giro de intenciones para dar al traste con el planteamiento: puede que queramos construir un ser hermoso y en la mitad del camino nos topemos con un monstruo inesperado, pues los monstruos de la bondad asustan tanto como los del horror. Pero puede ser también, y será lo más probable por verosímil —siempre presente la exigencia de una apariencia verdadera—, que busquemos un héroe y acabemos por encontrar un hombre, un carácter débil como cualquiera, tan sólo laureado con algunos atributos fingidos, como tantos hombres que cruzan la vida exagerando sus gestos, forzando la pose excelsa ante posibles escultores hambrientos de modelos sobrehumanos, y cuya deformada memoria queda bajo la custodia de difamadores y aduladores, pues tales son los más habituales biógrafos y necrólogos de nuestro país:

—Cualquiera que conociera a André Sánchez sabía que su detención no requería ninguna denuncia...

—Era un fanfarrón, un majadero iluminado, de

esos que creen estar colocados en el lugar y el momento que un destino memorable les ha facilitado...

—Era abnegado, afanoso, agudo, altruista, animoso, ardoroso, austero...

—Confundía el valor con una imprudencia *kamikaze*...

—El sufrido marxista convivía en un mismo cuerpo con el exhibicionista, con el actor de su propia vida, demasiado preocupado por resaltar los perfiles de su retrato, si bien unos perfiles borrosos, con esa dosis de misterio que ayuda a los héroes...

—Bondadoso, bravo, brioso, clarividente, compasivo, concienzudo, digno...

—No era trigo limpio, era un protegido de la policía, de otra forma no podía entenderse su invulnerabilidad...

—Apoyado en no pocos aduladores —toda una camarilla de estudiantes que no parecían tener más oficio que el de cronistas de su héroe—, se construía, y dejaba que le construyeran los demás, una máscara que, dentro de sus dimensiones —pues no era más que un líder estudiantil— se pretendía legendaria, hermosa...

—Diligente, dinámico, duro, ecuánime, ejemplar, enérgico, entero, equitativo...

—Nadie vio su cadáver, si es que realmente murió...

—Confiaba plenamente en su propia capacidad, en su encanto político, porque sobre ciertos estudiantes, los más jóvenes, los recién llegados, su figura ejercía una fuerte seducción, a la que él contribuía con una parte de ambigüedad y otra, masiva, de ostentación sobre su fantástica biografía, en la que seguramente había mucha invención...

—Esforzado, espartano, ético, férreo, filántropo, firme, fornido, fraternal...

—En su boca, o en el relato de los demás, su vida resultaba desmesurada, imposible, llena de vivencias fabulosas que parecían desbordar el envase de un hombre tan joven, pero su pasado estaba lleno de contradicciones, fechas que no cuadraban, inconsistencias...

—Y con todo, no lo habían detenido nunca hasta aquel día, sólo alguna vez le visitó la policía en su casa por la noche, como a muchos otros, era una forma de presionar sobre la familia, pero nada más, nunca tuvo que presentarse en comisaría ni pisar un calabozo...

—Fuerte, gallardo, generoso, genial, hercúleo, honesto, honrado, humanitario...

—¿Qué pensar de alguien que cuenta, o del que cuentan, que nació en un campo de concentración francés, que su madre era una miliciana anarquista y su padre un brigadista internacional?

—El álbum familiar de André Sánchez parecía una novela de Hemingway sobre nuestra guerra civil, de esas llenas de palurdos y partisanos con boina que lo mismo disparan un trabuco que se ponen delante de un toro, pues a los españoles se nos presupone el valor en todo ese romanticismo sobrevalorado...

—Incansable, inconformista, incorruptible, independiente, indoblegable, indomable...

—Lo suyo parecía una forma, extrema, de protección: frente a la clandestinidad llena de riesgos, la transparencia militante que no esconde nada...

—Contaba que había realizado viajes por todo el mundo, en los que, por si fuera poco, decía haber conocido a los protagonistas de la época: al Che en Cuba, a Sartre en París, a Marcuse en California; escapadas veraniegas de las que no había más prueba que su desaparición por tres meses, período que seguramente había pasado en las milicias universitarias...

—Infatigable, ingenioso, inquebrantable, insobornable, íntegro, intrépido, juicioso...

—Tras su captura vino la habitual cascada de detenidos, su caída fue el principio del desmontaje de toda la organización universitaria e incluso la detención de otros dirigentes de más peso...

—Hasta su nombre, André, a la manera francesa, seguramente era una manipulación para reforzar su pretendido origen, y se irritaba cuando le llamaban Andrés, estirando la «s» final por puro placer como hacían algunos en las reuniones para provocarle...

—Justo, leal, magnífico, noble, pétreo, preclaro, precoz, probo, pródigo...

—Se dijo que estaba vivo, que lo mantenían incomunicado en Burgos, pero los compañeros allí encarcelados no tenían noticia de él...

—¿Qué pensar de alguien que presume de tener una pistola?

—Puntual, puro, quijote, rebelde, recio, recto, resistente, resuelto, robusto...

—Sus compañeros, especialmente en la dirección del partido, no veían con buenos ojos su forma de ser, lo consideraban un riesgo. Incluso se insinuó que había sido traicionado por su gente, deseosa de quitarse de encima a un elemento que, pese a su popularidad y su capacidad para movilizar a los estudiantes, era una puerta abierta a la trastienda clandestina de la organización. El autor debería darme las gracias porque le estoy poniendo en bandeja una nueva salida para su relato, pese a sus orgullosos esfuerzos por esquivar un misterio hinchado de traiciones y dobles juegos. La historia de la delación del profesor Denis, además de sucia, es aburrida. La del error policial da un poco más de juego, pero tampoco mucho. Los lectores agradecerán antes un desmadre policiaco, de infiltrados, agentes clandestinos, deslealtades y puñaladas traseras. Porque la policía no fallaba tan a menudo. Y a André no hacía falta que lo delatase Denis; su caída no tuvo nada que ver con lo ocurrido al profesor, sólo una coincidencia de espacio y tiempo, dos caminos independientes que en un instante se han cruzado de forma fortuita. Es hora de elegir uno de los dos caminos, una de las dos incógnitas, André Sánchez o Julio Denis.

—Roqueño, sensato, solidario, templado, tenaz, valiente, vigoroso.

Parece concretarse, aunque aún con prudencias eufemísticas, la militancia del joven estudiante que quizás fue delatado o no, que murió en las dependencias policiales o sufrió incomunicación en una prisión, o que incluso pudo ser un simple infiltrado policial. El autor sólo ha utilizado dos o tres veces la palabra maldita: «comunista». En otras ocasiones, ha preferido fórmulas suaves, giros del tipo «marxista», «cabecilla estudiantil», «el partido». Va siendo hora de afirmar, de una vez y para terminar con los titubeos, que André Sánchez militaba en la organización comunista universitaria, en la que tenía un lugar dirigente, actuando como enlace entre los universitarios y la dirección del partido en Madrid. El autor ha dudado hasta ahora mismo de la conveniencia de esta afirmación, acaso tentado por la preferencia de ciertos novelistas, a la hora de situar políticamente a sus protagonistas, hacia organizaciones minoritarias, de difícil recuerdo, o incluso inventadas; supuestos grupúsculos radicales denominados con atractivas siglas que suelen combinar las palabras «vanguardia», «revolucionario», «popular». Preferencia que traiciona estadísticamente la realidad de una mayoritaria movilización y organización comunista, siendo el Partido Comunista de España (al fin con todas sus letras, rotundo en la página, temerario) quien acaudala el mayor número de muertos, detenidos, torturados, años de cárcel. Quizás esa cautela es fruto del temor, consciente o inconsciente, de algunos autores a ser confundidos con vindicadores (y cuando hablamos de comunismo, pareciera que su sola mención ya es una declaración política) en tiempos en que el comunismo, tras su derrota en la guerra fría, malvive zaherido por ideólogos del nuevo orden, libros negros justicieros y teóricos que hacen de la equiparación nazismo-comunismo dogma de fe en periódicas comuniones. De ahí procede igualmente la tibieza en los reconocimientos, tanto en lo colectivo (agradecer al comunismo su lucha por la democracia en España o su papel en la derrota del Tercer Reich pone nervioso a más de uno, acostumbrados como estamos a próceres transicioneros y bellos soldados Ryan) como en lo individual (se regatea sin vergüenza el homenaje que merecen tantos hombres y mujeres comunistas mortificados en vida y muerte por el franquismo y cuyo resarcimiento moral, e incluso económico, sigue pendiente). Pero además, y esto nos preocupa más a efectos de la creación que nos ocupa, la exclusión del Partido Comunista de España (y cuanto más lo escribamos, más desactivaremos su reprobación literaria) de esa forma de historiografía que podría ser cierta novela sobre el franquismo (al menos así la perciben muchos lectores), contribuye de nuevo a falsificar el período, a *ficcionarlo* en exceso. La tentación, por tanto, es el silencio. Pero también, cuando no queda otro remedio que hablar del comunismo, su mención previo juramento (lejos de mí la funesta manía de defender al comunismo, parecen destilar algunas narraciones que cogen con escrupulosas pinzas al personaje comunista), cuando no directamente la maledicencia (surtir de la suficiente dosis de desgracia, inquina, cobardía, oportunismo o repugnancia al protagonista o secundario comunista; o presentar el partido como una caverna sin remedio habitada por idealistas bobos, secretarios purgantes, intrigantes y burócratas de poltrona fija, con historias del tipo: a) El honrado y esforzado militante choca contra la cerrazón sectaria de la cúpula y es expulsado; b) El honrado y esforzado militante choca contra la desconfianza de la cúpula y es vilipendiado; c) El honrado y esforzado militante choca contra la paranoia de la cúpula y es acusado de traidor; d) El honrado y esforzado militante choca contra la cerrazón sectaria, la desconfianza y la paranoia de la cúpula y es expulsado, vilipendiado, acusado de traidor y entregado a la policía o incluso asesinado por un camarada). Parece, por tanto, difícil referirse al comunismo si no es desde la excepcionalidad, desde la desmesura; no parece posible o apetecible una presencia ordinaria del mismo, testimonial, sin estridencias. Aunque algún relator, en páginas anteriores, ya ha sugerido la posibilidad de que André Sánchez sufriera una traición de sus propios compañeros, intentaremos evitar una narración acomplejada por prejuicios ideológicos. Sólo diremos: André Sánchez, que quizás fue delatado o no, que murió en las dependencias policiales o sufrió incomunicación en una prisión, o que incluso pudo ser un simple infiltrado policial, era militante comunista, enlace de la organización universitaria con la dirección del Partido Comunista de España en Madrid.

De nuevo el temor, ya mencionado, a que el simple detalle de una persona devenida en personaje sirva para esquematizarlo, convertirlo en un recipiente de herencias generales, en una representación ideal, increíble al fin a efectos de la novela. Vidas ejemplares, vidas representativas que, sometidas al inofensivo escrutinio del novelista que no da respuestas pero tampoco hace preguntas, son deshumanizadas, mera carnaza literaria cuya necesidad es sólo funcional. Así, por ejemplo, cómo podemos referirnos brevemente a Miguel Arnau sin que el lector vea sus vivencias, no como elementos de una vida en construcción, sino como artificiales recursos del autor, etiquetas necesarias para dar rostro a una época, a una generación, a un país. Como si su vida, singular, no tuviera validez por lo común de sus experiencias, por lo representativo de las mismas, por ser sólo *uno más*, un miembro del numeroso contingente de aquellos que compartieron destino con Miguel Arnau, quien se enfrentó a la guerra civil en la infancia; perdió a su padre sin más noticias; salió hacia Francia en el treinta y nueve de la mano de su madre y su hermana, confundido en el tropel embarrado de aquel sálvese quien pueda; sufrió el maltrato civil de las autoridades francesas y las incomodidades —sólo incomodidades, a su edad— de la guerra mundial; creció en un suburbio parisino donde mantuvo el contacto con otros españoles, numerosos en su barrio; trabajó en lo que pudo y le dejaron —y aquí se podría hacer un catálogo de ocupaciones propias de su situación, albañil, descargador en el mercado central, limpiador en el Metro—. Desde muy joven militó activamente en el partido comunista, al que dedicaba la mayor parte de sus horas libres en faenas variadas, lo que le pidieran, echar una mano en la agrupación, tareas administrativas, cualquier cosa a su alcance.

—Me solicitaron que acompañase a dos camaradas en un coche del partido, para recoger a una persona. Yo conducía, y de los dos camaradas sólo me acuerdo de uno, Vicente Dalmases, un valenciano al que todos conocían como Vicente Millones, por no sé qué historia relacionada con la guerra. Al tipo que fuimos a buscar, eso lo supe más tarde, era ese profesor, Julio Denis. Conduje hasta la dirección que me indicaron, una calle en la zona de Saint-Médard. Los dos camaradas me pidieron que esperara en el coche y entraron en el portal. Tardaron un buen rato, tuve que dar un par de vueltas a la manzana porque estaba mal aparcado y en una de las vueltas me los encontré en el portal, nerviosos porque no me veían. El Millones llevaba al profesor agarrado del brazo, aunque tampoco se diría que lo estuviera reteniendo, más bien le ayudaba a sostenerse en pie, porque el viejo parecía enfermo, tenía muy mal aspecto, pálido y ojeroso, con los ojos un poco humedecidos. Subieron los tres en la parte trasera del auto y me puse en marcha, en dirección a un piso que el partido tenía en Champigny y que hacía las veces de oficina, con un par de máquinas de escribir y archivadores. Durante el viaje los camaradas le hicieron algunas preguntas al profesor, sobre si le había visitado la policía española o la francesa desde que estaba en París, si tenía algún contacto con la embajada y esas cosas. Él no respondía, o si lo hacía era moviendo la cabeza para decir sí o no, porque yo no le escuché una palabra. Llegamos al piso del partido y allí nos esperaban varias personas. Se metieron todos con el profesor en un salón que usábamos como sala de reuniones y cerraron la puerta. Yo me quedé fuera, esperando alguna instrucción, charlando con un camarada que recortaba periódicos y protestaba por cada noticia. La reunión fue breve, diez minutos o poco más. No me enteré de lo que hablaban, aunque sí escuché algunos gritos tras la puerta. Tras unos segundos de silencio, o de hablar más bajo, se abrió la puerta bruscamente y salió el profesor, casi tropezándose de la prisa que llevaba. No me dio ni tiempo de apartarme, me empujó con una fuerza que no sé de dónde sacó y me tiró de espaldas contra una mesita baja de cristal que se partió bajo mi peso. El profesor salió del piso y, claro, ni esperó el ascensor, se bajó las seis plantas por la escalera, a tropezones más bien, aunque nadie le perseguía, porque ninguno de los reunidos salió tras él ni me ordenaron que no lo dejase marchar, si me hubieran dicho algo yo lo habría agarrado, no se me habría escapado.

El olvido impuesto sobre los muertos puede, en efecto, convertirse en una segunda muerte, un ensañamiento postrero sobre el que fue fusilado, torturado, arrojado por una ventana o baleado en una manifestación, y que desde su insignificancia en la memoria (colectiva, por su exclusión de los manuales de historia y la falta de reconocimientos; individual, por la inevitable desaparición de sus deudos y conocidos en cuya memoria mortal concluye; e incluso física, por la inexistencia de una lápida, de un lugar conocido bajo la tierra) se convierte en un depreciado cadáver que cada día vuelve a ser fusilado, torturado, defenestrado o baleado en el poco atendido espacio de las dignidades. Por el contrario, en otras ocasiones, la mala memoria sobre los muertos puede darles vida, o al menos negarles la muerte, lo que lejos de ser un consuelo puede convertirse en mayor oprobio: cuestionar lo único que le queda al finado, su propia muerte.

—Yo no estaría tan seguro de la muerte de André Sánchez. ¿Ha encontrado alguna evidencia, más allá de testimonios personales basados en el recuerdo aguado de cuarenta años atrás? No aparece en ninguna crónica de la época, ni en los libros de historia, ni en las hemerotecas, ni en los registros civiles. Nada ha quedado de aquello, un silencio absoluto. Porque en realidad no murió, nadie vio ni reclamó su cadáver, su historia fue flor de un día, apenas hubo protestas, ni abogados que pidieran información, ni investigación, nada de nada. Va siendo hora de tomar en serio las insinuaciones sobre la verdadera condición de André Sánchez, las sospechas sobre su invulnerabilidad, su probable connivencia con la policía. Además, la novela saldría ganando con una historia de infiltrados, antes que despeñarse por los barrancos del fácil homenaje a los caídos, a los desaparecidos, con toda esa retórica sobre la poca memoria de esta sociedad y etcétera.

—Mira quién fue a hablar de infiltraciones. Ni caso a este miserable. Tú sí que eras un agente policial, un chivato. Estuviste entre quienes extendieron con más ahínco las acusaciones contra André Sánchez y la falsedad de su desaparición. Eras uno de los que le hacían el trabajo a la Social en la facultad. No sé si lo hacías por dinero, como los más listos; por miedo, como algunos; o por gusto o inspiración familiar, que idiotas de todo tipo había en aquella universidad. El conciliador, el típico revienta-asambleas, de los que proponen una postura supuestamente prudente, racional, de diálogo; de los que decían que era posible reformar, abrir cauces más libres, lograr mayor representatividad, y lo único que buscaba era crear dudas a los resistentes, introducir discrepancias en las reuniones, alimentar la débil argumentación de los cómodos, de los miedosos, de los tibios; en el fondo, dividir el movimiento estudiantil. No es el momento de ajustar cuentas, pero seamos serios.

—Todo eso es falso. Yo era delegado de facultad, pero no por estar integrado en aquel sistema, sino porque sabía que desde dentro se podían lograr cambios, poco a poco. Lo contrario era pura provocación que sólo conseguía aumentar la represión, cerrar la universidad por meses, implicar a pobres ingenuos que pagaban su candidez con una costosa expulsión. Personas razonables como yo hicimos posible la transición a la democracia.

—Eso no te lo discuto; tú mismo te has definido. Los hombres razonables que decía Shaw.

—Además, yo participaba en manifestaciones, tuve que correr más de una vez.

—Seguro que estuviste en alguna manifestación, pero al otro lado, entre los policías, o como uno de los que se hacían pasar por estudiantes para provocar o detener desde dentro. Y hablando de manifestación, debo referir un episodio que ocurrió aquella mañana, tras la referida escena que terminó con el profesor herido en una ceja. No fue ésa la última ocasión en que fue visto el profesor en Madrid. Yo le vi horas después, en los alrededores de la manifestación que se improvisó en la calle Princesa tras la entrada policial en la facultad, y en la que se produjo una nueva carga y numerosas detenciones. Y allí estaba también el profesor Denis, como testigo en primera fila. Y, ¿qué hacía él allí? ¿Una casualidad? No lo creo. Como tampoco fue casual que tras la reunión entre Denis y André Sánchez comenzase la persecución contra André, incluida la mencionada ronda policial de noche. A mi casa vinieron cuando mi familia ya estaba en la cama. Mi padre salió en bata, impresionado por los timbrazos y golpes en la puerta, habló con los policías y los trajo a mi dormitorio. Los dos agentes, que eran los típicos fantoches de la Social (uno mayor y otro joven, como reproduciendo el guión de esas comedias norteamericanas de la parejita policial, el veterano y el novato, el blanco y el negro, el gordo y el flaco), me hicieron unas cuantas preguntas de rutina: si conocía a André Sánchez, cuándo lo había visto por última vez, si conocía algún domicilio distinto al habitual de Sánchez, y me pidieron que les facilitase los nombres de los más cercanos a André. Mi padre preguntó por qué buscaban a aquel muchacho. Laurel y Hardy le explicaron que había una orden de detención y enumeraron un rosario de aquellos vergonzosos cargos: asociación ilícita, manifestación ilegal, desórdenes públicos, propaganda ilegal. Cuando marcharon, mi padre vino a mi habitación y se sentó en el borde de la cama. Estaba demudado, como perdido, empezó a hablar con poca coherencia, dijo que él había luchado mucho para que yo pudiera estudiar, que joven y desagradecido son sinónimos, que si yo no me daba cuenta de cómo había comprometido a nuestra familia, así un buen rato. Después me hizo jurarle que yo no estaba implicado en aquellos delitos, que yo no participaría en nada parecido, que huiría en cuanto hubiera un asomo de manifestación, hasta que mi madre le llamó desde el dormitorio y marchó a dormir, en realidad más avergonzado que asustado. André desapareció de un día para otro, por lo que lo sucedido en la facultad esa mañana, aquel episodio con el profesor Denis en el aula, era normal, previsible. La situación se calentó sobremanera, hasta que con la entrada policial estalló todo y se fue de las manos. No se puede hacer una idea de cómo cargaron. ¿Le han pegado alguna vez en una manifestación? Es cierto que los antidisturbios de hoy dan duro, pero nada comparado con lo que repartían aquellos soldados urbanos. Luego, en la prensa decían que habían utilizado sólo las mangueras para dispersarnos y así de paso nos presentaban como unos niñatos que huyen del agua fría. Pero en realidad golpeaban sin contemplaciones, desde esa confianza, de bases ciertas, de que cuanto más fuerte te peguen, menos probable será tu asistencia a una próxima manifestación o, en caso de acudir, más pronta será tu retirada en cuanto asome una porra. A mí ya me habían calentado en otra manifestación anterior y me habían dejado más de un moratón en una nalga, en la espalda, en un brazo, todo disimulable con ropa al llegar a casa. Pero nada comparado con aquel día. Cierto que nuestro comportamiento tampoco fue el de otros enfrentamientos. La causa fue, quizás, nuestra superioridad numérica en comparación con anteriores manifestaciones, o que estábamos envalentonados, o rabiosos, o todo a la vez. Se incorporaron los de otras facultades, éramos por lo menos cuatro mil, así que la policía optó por una momentánea retirada. Echamos a andar hacia el Rectorado, gritando los pareados habituales y, animados los unos a los otros, confiados de nuestra fuerza numérica, no nos detuvimos y seguimos el camino por el Arco de la Victoria —todavía hoy los estudiantes de la Complutense deben pasar a diario junto al megalito de la victoria franquista— hacia la calle Princesa, con la vista puesta en el Ministerio de Educación. Nos atrevimos a más que otras veces: arrancamos papeleras, maceteros, bancos, aceras, todo lo que se podía arrojar. Un autobús, de aquellos de dos pisos que hacían líneas urbanas, quedó atrapado en mitad de la concentración. Los viajeros y el conductor salieron sin demora y nos ensañamos bien con el cacharro. Nos faltó quemarlo, y porque no hubo tiempo, no por falta de ganas. Por su parte, la policía demostró estar a la altura de las circunstancias. Aguantaron unos minutos, reculando hacia la plaza de España, hasta que llegaron refuerzos y nos cerraron por detrás. De tal encerrona salieron pocos ilesos. A mí aquel día no me cogieron, pero salí mal parado, con un ojo a la funerala y un oído sangrando. No me atrevía a ir a una casa de socorro ni a un hospital, porque muchas veces los de la Social hacían la ronda sanitaria para fichar o detener a los que no pudieran justificar sus heridas con motivos ajenos a la política callejera. Así que me fui a casa, esperando que mi padre no hubiera llegado todavía y así tuviera tiempo al menos para lavarme e inventar una causa deportiva para mis lesiones. Pero no hubo suerte. Fue mi padre quien abrió la puerta y, sin dejarme siquiera entrar al baño, sin escuchar mis titubeantes excusas, me agarró del brazo y me sacó a la calle. Yo protestaba, pero él no abría la boca, firme en su decisión, que yo desconocía. Me metió en el coche y se puso al volante. Dijo sus únicas palabras: que estaba asqueado de mi comportamiento y que me llevaba a donde me merecía, a la Dirección General de Seguridad. Yo me eché a llorar, no sólo por el miedo, que también, sino por lo humillante, familiarmente hablando, de aquella situación. Detuvo el coche en una calle lateral de Sol, me miró y, de mis lágrimas y mi maltrecho aspecto, debió de deducir un arrepentimiento suficiente como para volver a casa, cumplido el castigo con el susto. Luego, mientras mi aterrorizada madre me curaba el ojo, mi padre me hizo jurarle una vez más mil y un propósitos de enmienda, que por supuesto sólo tardé un par de días en incumplir. Pero he olvidado referirme al suceso que mencioné: la presencia de Julio Denis en la manifestación, que podría significar algo más de claridad en torno al papel que jugó el profesor Denis en esos días decisivos. En cierto momento de la manifestación, cuando más furiosa era la carga policial, un compañero recibió un pelotazo de goma en la cara, de frente, brutal. Cayó desplomado, con la nariz y la boca ensangrentadas. Estaba consciente todavía, así que le ayudé a levantarse y lo llevé hacia un lateral, a cubierto de la carga. Los establecimientos comerciales estaban todos cerrados; en cuanto había jaleo, los tenderos echaban la persiana. Pero quedaba un bar de Princesa que seguía abierto porque se había quedado dentro una docena de clientes que no tuvieron tiempo de salir cuando comenzó sin aviso la batalla. Me dirigí hacia este establecimiento, arrastrando con dificultad al estudiante herido que colgaba de mi hombro. Sólo pretendía dejarlo a salvo, echarle un poco de agua en la cara. Pero nada más entrar, entre la curiosidad y la reprobación de los clientes que miraban al ensangrentado, el dueño del bar agitó a pocos centímetros de mis narices una pata de mesa camilla, de esas de madera que hacen las veces de defensa, y me gritó que me largase, que no quería saber nada de nosotros, que éramos unos maleantes y ese tipo de lindezas tomadas de la prensa. Yo le supliqué ayuda para mi compañero herido, pero no logré ganar su compasión: levantó el palo y dio un paso hacia nosotros, como tomando impulso para sacudirnos. Así que me di la vuelta y busqué la puerta. Pero tuve unos segundos para observar la escena que quería referirle. En una mesa, junto al ventanal, estaba sentado el profesor Denis. Parecía ausente, miraba más allá del cristal los enfrentamientos, aunque sin expresión en la mirada, supongo que concentrado en su condición de testigo en primera línea. Varios clientes se apretaban contra su mesa para poder ver la carga policial, que como espectáculo no tenía desperdicio, y casi estaban apoyados sobre el profesor, que no parecía incómodo, simplemente era un cuerpo, lejano y ajeno a todo. ¿Casualidad? Puede que sí, pero parecen demasiadas casualidades en pocos días, qué pintaba otra vez allí el profesor, en el centro del conflicto, protagonista aunque fuera desde el margen. Con mi compañero herido salí de nuevo a la calle y después de dar unos pocos pasos me alcanzó por la espalda un jinete que con la porra iba batiendo a ambos lados a todo el que se encontraba, como el explorador que avanza entre la maleza. Me golpeó en la parte derecha de la cabeza, completamente desprotegida, y caí al suelo con aquel cuya estabilidad estaba ligada a la mía. Cuando me puse en pie, obsesionado por moverme y escapar, me olvidé de mi auxiliado, que allí quedó, bastante tenía yo también con el zurriagazo que me habían dado, que casi me arrancan la oreja. Busqué salida por una calle lateral, hacia el parque del Oeste. Había una barrera policial, pero entre los estudiantes que queríamos escapar, que éramos más en número, nos jaleamos y fuimos nosotros los que cargamos. Intercambiamos puñetazos y empujones y fue ahí cuando me llevé, no sé si un puñetazo, una patada o un porrazo, que me dejó el ojo de retirada. Pero aquella vez no me cogieron. Sí, en cambio, me pillaron meses después, en septiembre u octubre, al empezar el nuevo curso. Me sorprendieron cuando hacía una pintada en una pared del Rectorado. Éramos varios, pero yo el menos rápido y me detuvieron. En el furgón ya me fueron dando hostias, aunque flojitas en comparación con lo que me dieron en Sol. Al llegar, los policías se decían unos a otros, según me paseaban por los despachos: a éste se le van a quitar las ganas de decorar paredes. Me metieron en un despacho vacío, en el que sólo había un radiador en la pared y una silla. Me dijeron, fíjate qué suerte, te ha tocado una celda con calefacción, para que no pases frío, y me esposaron la mano derecha al radiador. Yo ya entendía que aquello no era un detalle de hotel, sino la típica escenografía para una paliza. Y como ellos sabían que yo me lo olía, me tuvieron durante horas esperando. De vez en cuando venían dos, entraban en el despacho y se reían de mí, se animaban el uno al otro a pegarme, pero decían, no, déjalo, a éste lo reservamos para el final, que le tenemos más ganas y se merece más atención. Y se iban, hasta que un par de horas después volvían y otra vez con el mismo teatro. El tiempo, la espera, me dejaba tiempo suficiente para imaginar los golpes, el dolor, la tortura, y esta imaginación, lejos de atenuar la realidad, la hacía más terrible, como un doloroso trámite de adecuación de la realidad al sueño, aderezada por todos los relatos de maltrato policial que circulaban en la universidad y que impresionaban nuestro temor. Pero además, la espera te hace acoger esperanzas débiles, que cuanto más tiempo pase más apaciguados estarán, se les pasará la rabia inicial, incluso puede que no te hagan nada, que acaben por entrar y decir, buen susto, ¿eh, muchacho?, ya te dejamos ir, no lo volverás a hacer, ¿verdad? Pero no fue así. No sé cuántas horas estuve esperando hasta que se decidieron. Yo, agotado por mi propia imaginación, había conseguido dormir sentado en aquella silla rígida. Me despertaron. No crea, no me despertaron con violencia. Eso habría sido una concesión hacia mí, que dormido no me enteraría bien de los primeros golpes. Me despertaron con cuidado, sin brusquedad, una mano sobre el hombro, una voz imperativa pero contenida, hasta estar seguros de que estaba despierto. Eran los esperados Laurel y

Hardy, dispuestos a rodar en una sola toma la escena en que el gordo y el flaco golpean a un detenido. Hardy me dijo, con una sonrisa amplia, oye muchacho, ¿qué te creías, que nos habíamos olvidado de ti?, nada de eso, aquí nos tienes. Te advertimos que se te quitarían las ganas de pintar para toda tu vida, ¿te acuerdas? Pues dinos, ¿se te han quitado? Y yo, en mi sincero papel de llorica atemorizado, juraba y volvía a jurar que sí, que estaba arrepentido, que no lo volvería a hacer. Y ellos, hablando uno con el otro, daban fuerza a la comedia, yo creo que no dice la verdad, yo creo que nos está mintiendo, no está arrepentido del todo, y así un rato. Bastaba con aquello, con el miedo sufrido, para que de verdad se me quitasen las ganas de pintar una sola letra en una pared en toda mi vida. Pero eso era demasiado fino, la sola tortura mental era un lujo para aquel régimen. Así que, sin más demora, empezaron a pegarme. Primero flojamente, con bofetadas, con la mano abierta, por turnos, esos divertidos guantazos del cine mudo que logran carcajadas en la platea. Después, la moviola acelerada, el piano loco, con la mano abierta pero con mucha fuerza, primero uno y luego el otro, cada vez más rápido y cada vez más fuerte, hasta que cerraron la mano y pasaron al puño y después a las botas, hasta que sólo cinco o seis minutos después se marcharon y me dejaron allí hecho un jirón, con dolores por todo el cuerpo y arabescos de sangre. Así me dejaron aquella noche, hasta que al día siguiente, por la mañana, un policía me libró de las esposas y me llevó a un lavabo donde pude lavarme la sangre reseca. Me condujo a las oficinas y todo volvió a la normalidad administrativa, la rutina policial de países más civilizados, el tableteo de las máquinas de escribir, las preguntas sencillas, nombre, edad, domicilio, familia y una breve declaración sobre mi participación en la pintada del Rectorado que firmé sin demora. Tras avisarme de que ya recibiría notificación judicial de la esperable multa, me dejaron libre, no sin antes avisar a mi padre para que viniera a recogerme. Allí estaba mi decepcionado progenitor, en la entrada trasera de las dependencias policiales. Por más que le explicaba no quería creerme; le habían dicho, como precaución frente a mi lamentable estado, que yo era poco menos que un terrorista, que junto a un grupo de estudiantes había atacado a varios agentes que intentaban detenernos tras unos destrozos en el Rectorado cuya cuantía se esperaba elevada, cuando me llevaban detenido seguía soltando puñetazos y patadas, costó mucho reducirme, me ataron porque me autolesionaba golpeándome contra las paredes; y yo le contaba a mi padre, camino de casa, que me habían pegado fuerte, que me habían tenido un día entero atado a un radiador, me acojonaron y luego me molieron a golpes, pero él callaba y sólo abría la boca para masticar en voz baja la versión oficial aunque, al llegar a casa, con sólo mirarle, al sorprender su mirada más horrorizada que preocupada, supe que finalmente me creía, que aunque aceptase las explicaciones policiales y el consejo de tenga cuidado con su hijo, que no se meta en más líos, él sabía la verdad: que me habían machacado, que habían machacado a su hijo por hacer una pintada en una pared.

Por alusiones, pide turno el chivato, figura imprescindible en esta narración hasta ahora: Denis puede ser un chivato, André puede ser un chivato, el relator que dudó de su muerte era un chivato, e incluso podríamos introducir algún chivato más en próximos capítulos. Es hora de hablar del chivato, para el que sobran denominaciones, rico nuestro lenguaje, hábil y algo exhibicionista el autor en cuya mesa no puede faltar un buen diccionario de sinónimos que enriquezca el texto, chivato, delator, soplón, malsín, cizañero, chismoso, alcahuete, azuzador, chirlero, parlero, acusica, denunciante, oreja, orejeta, corredor de oreja, noticiero, gacetilla, chismero, chismógrafo, chinchorrero, alparcero, cotilla, correveidile, corrillero, fuelle, cañuto y otros términos malsonantes (*peorsonantes*, deberíamos decir tras la anterior enumeración) propios de nuestra imaginativa lexicografía popular con sus incontables variaciones regionales, locales, sectoriales, generacionales, porque aquello que abunda recibe más atención de la lengua coloquial, y qué abunda más entre nosotros que el chivato, el gran olvidado de nuestra literatura, elemento central de nuestra historia civil y militar, de nuestra política, de nuestro periodismo, de nuestras relaciones laborales y amorosas, y sin embargo dónde está el monumento al chivato, cuándo un día

74

nacional del chivato, el reconocimiento que merece por su contribución a la cohesión social. El chivato:

«Pequeño mamífero del orden de los primates superiores, que con numerosas especies emparentadas forma la familia de los lenguaces. El prototipo de los lenguaces es el chivato español *(delātor hispaniolus)*. Es un animal esparcido por todo el mundo. Su zona de origen es la Europa Meridional, probablemente las penínsulas Ibérica e Itálica.

»Mide de 22 a 26 cm de longitud y pesa de 200 a 450 g; su cola tiene de 18 a 22 cm (es más corta que la cabeza y el tronco juntos) y lleva escamas que, colocadas como en un tejado, se solapan y se disponen en anillos.

»La cabeza del chivato español, vista de perfil, parece truncada debido a la implantación de una dentadura muy característica. Los dientes incisivos son muy fuertes, curvados, largos, de crecimiento continuo y se articulan en bisel con sus antagonistas. Los caninos están ausentes, y existe mucho espacio entre los incisivos y los primeros molares. La fórmula dental es:

»I 1/1, C 0/0, Pm 1/2, M 3/3

»El hocico del chivato español lleva pelos táctiles bastante largos, con movimiento rítmico hacia adelante y hacia atrás, para explorar el espacio circundante, sobre todo por la noche. Los pelos son de color gris-marrón, con algunos pelos negros más largos. La parte inferior del cuerpo varía del gris claro al blanco sucio. Los pies, desnudos y de color de la carne, presentan fuertes garras que les permiten cavar madrigueras.

»Fuera del hábitat humano, este animal vive en las alcantarillas, los taludes, los hoyos, los montones de madera, en los diques, a lo largo de los canales, cerca del agua. En el campo se halla en cuadras y graneros. En la ciudad prefiere instalarse bajo techado y en todas las partes húmedas de los edificios, siempre en lugares poco alejados del agua.

»El chivato español es muy gregario. Varios individuos pueden formar, por estrecha cohabitación, una banda compuesta por 150 o 200 animales que se reconocen entre ellos probablemente por el sentido del olfato, que está muy desarrollado. Por otro lado, existe entre los miembros de una misma banda una gran facilidad para comunicarse entre ellos. Cuando un chivato se halla delante de un cebo, lo examina, lo estudia largamente, lo olfatea, observa los alrededores y finalmente decide si pueden consumirlo o no sus semejantes. En caso de duda, les comunica sus recelos y, para evitar cualquier equivocación por su parte, deposita en la superficie del cebo orina o excrementos. De esta forma los chivatos inexpertos están protegidos de los accidentes.

»Sus espacios naturales de desenvolvimiento son variados. En realidad existen pocos hábitat donde no pueda desarrollarse una comunidad de chivatos; incluso se han hallado restos fósiles de chivatos en condiciones adversas, como las alturas andinas (ruinas de la civilización incaica) o el círculo polar antártico (base científica francesa Dumont d'Urville, 140º de longitud este, donde la acción invisible de un chivato motivó en 1993 el relevo del profesor Bayrou por uso inapropiado de las comunicaciones vía satélite).

»En la actualidad y entre nosotros, su espacio preferente es el centro de trabajo, donde la desintegración de los lazos de solidaridad de clase, la devaluación de las condiciones laborales y la acción decidida de los departamentos de personal han favorecido la aparición de un caldo de cultivo ideal, en el que los chivatos crecen y se reproducen en la horizontalidad y la verticalidad de las empresas, causando enfrentamientos, disoluciones, intrigas y una general desconfianza defensiva que impide acciones conjuntas del cuerpo asalariado. Aunque suele ser identificado y aislado, el chivato se beneficia de la alta movilidad laboral y de las inevitables relaciones de poder que se forman en la conspiración de pasillos, recreos de café y lealtades variables.

»Pese a su preferencia por el centro de trabajo, el chivato no ha desaparecido de otros hábitats en los que su presencia es endémica, tales como los centros escolares (donde podemos hallar ejemplares cachorros que ya prometen una memorable madurez, alentados por ciertos miembros incautos del cuerpo docente que no son conscientes del monstruo que están creando, y pese a las represalias ejemplarizantes que sufren por parte de los alumnos: la conocida fórmula "chivato paga el plato" que incluye castigos corporales a merced de la cruel imaginación infantil), las comunidades de vecinos (donde, junto a ejemplares ya identificados, como la "vecina cotilla de patio" o el "vecino-mirilla", reina sin discusión el tipo "portero", tradicionalmente considerado como la especie de chivato por antonomasia, y tradicionalmente aprovechado por su potencial informativo por las autoridades, aunque hoy en retroceso por la proliferación de porteros electrónicos y el recorte de gastos en las comunidades), el colectivo de taxistas (esos hombres ociosos que en las paradas empujan el vehículo en punto muerto y leen prensa deportiva pasada de fecha no pueden tramar nada bueno) y, por supuesto, ciertas alturas biológicas cuyo estudio escapa a nuestro alcance, tales como la comunidad política y la periodística, interrelacionadas de forma estrecha por méritos de la evolución y cuya ósmosis suele disfrazarse con el retórico nombre de "periodismo de investigación".

»Aunque su aparición entre nosotros tiene raíces milenarias (aquellos Audas, Ditalkón y Minuros que vendieron al lusitano Viriato para comprobar que Roma no pagaba a traidores), recientes investigaciones coinciden en señalar el carácter epidémico que adquirió en España entre los años 1939 y 1975 —o 1977, o 1978, discrepan los estudiosos—, período geológico conocido como "franquismo", en el que se operó la creación de una gran red de confidentes, extendida en ciertos colectivos más adecuados para la actividad informativa: porteros de fincas, serenos, taxistas, periodistas, curas de confesión, bedeles de facultad, camareros, estudiantes y trabajadores en general de los sectores más sensibles. Todo aquel que pudiera aportar cualquier información de alguna actividad sospechosa, salidas a medianoche, reuniones habituales, compañías. Información con la que los servicios de seguridad creaban extensas fichas, muy exhaustivas, que dieron lugar a unos archivos que, es de temer, no fueron destruidos, puede que sigan existiendo, esperamos que en un almacén cogiendo polvo y no en uso. Cuestión importante, por higiene civil, sería averiguar qué ocurrió con aquella gran red de confidentes, pues todo es aún muy reciente, hace poco más de veinticinco años que cesaron en la prestación de sus secretos servicios, e incluso algunos habrán seguido hasta su retiro dando información, recogiendo datos, informando de los vecinos, porque se trata de una práctica de la que nadie queda libre, el que ha sido soplón lo es de por vida, esa actividad crea tal hábito, tal sensación de poder sobre los demás, que cuesta cortar con ella; el chivato no cesa, sino que traslada su actividad a otros campos. Según afirman reputadas obras de investigación histórica, se trataba de una red de cientos, miles de personas que cobraban sus mordidas por delatar, por informar, y que hoy siguen siendo desconocidos, anónimos, nadie se atrevió a hacer públicos sus nombres, todavía hoy no se tiene acceso a los archivos de la Brigada Político-Social y de otros órganos represivos de la dictadura. Y esas personas, ¿qué ha sido de cada uno de ellos? ¿Cómo se reintegran en la vida democrática, qué ocurre con sus hábitos de soplones? Por ejemplo, en la universidad: el SEU, el sindicato estudiantil franquista, disponía de su propio servicio de información e investigación, que alimentaba un detallado fichero de cada estudiante, con sus antecedentes políticos, familiares, sus actividades, todo. ¿Qué ha sido de aquellos que formaron parte de ese servicio, o de los distintos servicios de información que operaban en la universidad? Algunos no tendrán hoy más de cincuenta años. Gracias a aquella red se rellenaron miles de fichas, informes, expedientes personales, que eran encargados por la Dirección General de Seguridad, por los gobernadores provinciales, por el secretario nacional de turno o, desde arriba, por el llamado Gabinete de Enlace, perteneciente al Ministerio de Información y Turismo de Fraga Iribarne, donde se coordinaban todos los servicios de información, porque cada organismo tenía el suyo, su propia red, cada ministerio, los sindicatos oficiales, la falange, el ejército, el SEU. Y con tantos tentáculos se redactaban fichas de miles de personas, con sus antecedentes, su historia familiar, su tendencia política, pero también detalles de su vida privada, de sus amistades, sus tendencias sexuales. Informaciones que se utilizaban

incluso para chantajear, para comprar silencios y servi-
dumbres, desacreditar opositores, controlar en fin. Eran
muchos los fichados: no había prácticamente nadie que
trabajase en el campo de la cultura, de la política, del
sindicalismo, del clero, o de la propia administración,
que no tuviera su ficha. Quizás algún día se levante el
secreto, las trabas administrativas que hoy existen, y
todo aquello se pueda investigar, aunque nos tememos
que los documentos más comprometidos fueron todos
destruidos. Qué sorpresas nos llevaríamos al saber que
nuestro vecino, nuestro jefe de personal, nuestro portero o nuestro compañero de pupitre lo sabían todo sobre
nosotros, eran unos espías cotidianos.»

Siempre habrá quien acuse al autor de vehemencia en su narración, de completa falta de rigor: «se escuda en la ficción con disfraz de realidad y en el juego literario para recuperar un gastado catálogo de lugares comunes: el estudiante que no sale vivo de comisaría, el chivato, los *grises* dando palos, etc» / «su paleoizquierdismo falsifica la memoria histórica de los lectores mediante elementos melodramáticos y apelaciones a una sentimentalidad ramplona» / «sus personajes, faltos de trayectoria y psicología, son sólo excusas instrumentales para un discurso caduco y vindicativo» / «arroja torpes paletadas de honor y sacrificio ejemplar sobre los horribles crímenes del comunismo en el siglo xx».

Para evitar —o al menos atemperar— tales acusaciones, de forma cobarde daremos voz a todas las partes. Caminemos juntos, el autor el primero, por la senda de ese perspectivismo indulgente del que somos hijos.

Una forma de contar los sucesos antes referidos es la siguiente:

INCIDENTES EN LA FACULTAD DE FILOSOFÍA Y LETRAS

UNA MANIFESTACIÓN, ENCABEZADA POR TRES CATEDRÁTICOS, FUE DISUELTA POR LA FUERZA PÚBLICA

Las autoridades académicas han adoptado medidas disciplinarias

En el día de ayer, un grupo de estudiantes y personas no controladas provocó una reunión tumultuaria en el vestíbulo de la Facultad de Filosofía y Letras de la Ciudad Universitaria. Este incidente sucede a otros de tipo análogo producidos en días anteriores en otras Facultades.

En los hechos de ayer, intervinieron tres catedráticos, quienes, después de hablar a los alumnos, se dirigieron en manifestación hacia el Rectorado de la Universidad, a la cabeza de un grupo de estudiantes que fue engrosando con personas procedentes de otros edificios universitarios, con el pretexto de hacer entrega al rector de las conclusiones de una pretendida Asamblea de estudiantes libres.

La fuerza pública que se encontraba en las cercanías de la Facultad de Medicina, haciendo uso de las mangueras de auto-tanques, disolvió a los manifestantes, algunos de los cuales respondieron con piedras. El agente de la Policía Armada Gregorio Serrano Arellano tuvo que ser hospitalizado por las lesiones sufridas. Otros cuatro agentes de la autoridad y dos estudiantes resultaron con contusiones leves.

Nota del Rectorado de la Universidad de Madrid

Con el fin de asegurar la normalidad académica que repetidamente se ha perturbado durante estos últimos días y adoptadas ya las medidas disciplinarias correspondientes, este Rectorado comunica, para general conocimiento:

1) Queda prohibido el acceso al recinto dedicado a Facultad a los estudiantes pertenecientes a otras y a cualquier persona que no posea la condición de estudiante. A tal efecto, se exigirá la presentación del carnet de las Facultades correspondientes y, en todo caso, a los infractores de aquella prohibición les serán aplicadas las sanciones que procedan.

2) Las autoridades académicas, haciendo uso de las disposiciones vigentes, utilizarán toda clase de recursos legales a que fuere necesario acudir, con el fin de que no se altere el orden académico y se garantice el derecho de los profesores y alumnos al normal ejercicio de las actividades docentes.

Otra voz a tener en cuenta en el relato de lo sucedido, desde un punto de vista similar, puede ser:

«Nos duele profundamente que en una sociedad en pleno desarrollo cultural, social, económico y político ˙se produzcan hechos como éste, más propios de países llegados recientemente a la nacionalidad que de pueblos que, como el nuestro, ofrecen abundantes superávit de madurez. Estas expresiones un tanto tribales de la opinión contrastan duramente con la alta jerarquía intelectual y social de la vida universitaria y comprometen al sedicente Magisterio que, con rudo desprecio a sus deberes de ejemplaridad, se convierte en fermento de algarabías callejeras. Toda alteración de la convivencia resulta punible, máxime cuando se genera en ámbitos que por su prestigio y responsabilidad están situados dentro del foco de atención general. Sangrar la vena de una demagogia acomodaticia para labrarse una pequeña reputación de espartaquistas de la docencia, no pasa de ser la repetición de una vieja pirueta incapaz de concitar unas dosis mínimas de respeto. Tales actitudes se pagan a un alto precio. La sociedad, por de pronto, se siente desilusionada ante tamaña prueba de abrumadora inconsecuencia y defraudadas y justamente alarmadas las familias que entregan sus hijos al seno de una institución donde el principio de autoridad y jerarquía no puede arriarse de su firme pedestal para ser enarbolado en un ruidoso pasacalle. Tenemos que registrar con amargura un suceso que en tan gran medida perturba el vivir de las aulas y que tan lamentable ejemplo brinda a una sociedad, serena y tenazmente entregada a fértiles tareas de superación colectiva. Con tales disidencias, el difícil y constructivo quehacer político que trata de fortificar la convivencia sobre sólidos principios morales y materiales no podría contemplar sin inquietud la insólita obstinación en las formas regresivas de quienes, por esencia y definición, constituyen selecta minoría en el mosaico de la vida nacional.»

Seguimos recibiendo interesantes aportaciones para completar nuestra visión:

DES CONFLITS À L'UNIVERSITÉ DE MADRID AVEC PLUSIEURS BLESSÉS

UN ÉTUDIANT DEMEURE EN ÉTAT CRITIQUE APRÈS L'INTERVENTION DE LA POLICE

De notre correspondant à Madrid, J.A. Novais.—
La tension dominante pendant les dernières semaines à L'Université de Madrid a éclaté hier avec d'énormes conséquences. Des centaines d'étudiants, qui étaient réunis à ce qu'on appele «l'Assemblée Libre», ont marché en manifestation vers le Rectorat où ils voulaient poser un document avec leurs demandes. Quelques professeurs éminents se trouvaient à la tête des manifestants. Les unités de la police, groupées dans le campus depuis quelques jours, ont interdit le pas à la manifestation. Selon les témoignages des participants, après avoir utilisé des canons d'eau froide afin de disperser les rassemblés, qui étaient assis sur le sol, la police s'est élancée sur eux agresivement.

D'après mes informateurs, au moins une vingtaine d'étudiants ont resulté gravement blessés, la plupart dans la tête à cause des coups reçus. Les blessés ont éte emmenés aux hôpitaux La Paz et Clínico Universitario. Quelques-uns, selon les déclarations des témoins, ont resté hospitalisés à cause de l'importance de leurs blessures. L'un parmi eux pourrait se trouver dans un état très critique, ayant même peur pour sa vie.

Le Rectorat de l'Université de Madrid a décidé la fermeture de la Faculté de Lettres, où les manifestants se trouvaient réunis, dû à la «répétition d'événements qui n'ont pas de rapports avec la vie académique».

Continuando el recorrido, las vueltas y revueltas a la misma montaña, las gafas con cristales de todos los colores, encontramos un sucinto relato de los hechos, o al menos de sus consecuencias:

«El 25 de febrero se reanuda la asamblea en la Facultad de Letras. Se lee un parte facultativo sobre el estudiante Luis Tomás Poveda, golpeado por la policía en la manifestación del día anterior: "hundimiento de la caja torácica, desprendimiento de retina en ambos ojos con pérdida sensible de la vista en un ojo y probable en el otro, rotura de cejas, traumatismo general". Se informa que Aranguren, García Calvo y Montero Díaz han sido suspendidos de sus funciones. Se informa igualmente de la detención de una docena de estudiantes. En protesta, se acuerda suspender las clases. Hay miedo a nuevos enfrentamientos y Tierno, el *Uve Pe*, salió a negociar con el oficial al mando de las fuerzas de policía armada. Acuerdan salir "con orden" y no se produce carga. Había, en ese momento, cuarenta *jeeps* llenos de policías, más una sección de caballería, tres microbuses de la Brigada Social y tres autotanques.»

Por fin y por último, comparecen por alusiones dos experiencias en carne propia:

«Asustado, sólo buscaba un hueco, una salida por donde escapar de aquella encerrona. Un jinete, al pasar junto a mí, me sacudió un golpe de porra que me alcanzó en el pecho, caí al suelo, me costaba respirar, vomité. Entonces dos estudiantes me recogieron, cada uno por una axila, y casi en volandas me sacaron de allí. Yo pensé que me salvaban, que me llevaban a lugar seguro, hasta que, a la vista de la dirección que tomaban, comprendí que mis dos ángeles custodios eran en realidad dos policías de paisano, que me llevaban hacia la zona desde donde los armados lanzaban sus cargas y donde se replegaban tras cada embestida. Intenté soltarme, zarandeándome, recuperando mis escasas fuerzas pese al dolor, me tiré al suelo pero me arrastraron unos metros más hasta soltarme y entonces me vi rodeado de ángeles grises que, varita en mano, me golpearon durante varios segundos. Duró poco pero fue suficiente; debí de recibir unos quince o veinte porrazos, en la cabeza la mayor parte, otros en las piernas y en el estómago, ya no recuerdo más hasta que desperté en el Hospital Clínico, no sé cuánto tiempo había pasado, estaba en una cama, con los dos ojos cubiertos por apósitos y todo el cuerpo dolorido. Me toqué la cara, descubriendo los moratones y los puntos que me dieron en la frente, en las cejas, en un pómulo. Me recorrí la boca con la lengua, notando la falta de un diente y cortes en las paredes interiores y en los labios. Mi madre estaba sentada junto a la cama, me tomó la mano, yo sólo la oía entre llantos, mi niño, mi pobre niño. Al segundo día me quitaron los apósitos de los ojos para practicarme una cura y descubrí que tenía problemas en la vista, con un ojo veía más o menos, pero con el otro sólo distinguía bultos, desprendimiento de retina, diagnosticó el doctor. Me hicieron una cura en los ojos y me los volvieron a cubrir, y en ese breve tiempo sólo pude ver a mi madre y a la pareja de querubines que estaban en la puerta y que me acompañaron en todo momento por un doble motivo: para evitar la entrada de periodistas extranjeros, pero también para evitar mi improbable fuga, porque yo estaba detenido, acusado de desórdenes públicos y resistencia a la autoridad. Inicialmente la prensa negó que hubiera heridos hospitalizados, pero finalmente, tras las noticias aparecidas en la prensa francesa, acabaron por reconocer mi situación, porque yo estaba de pronóstico reservado, sobre todo por lo del pecho, que estuve con respiración asistida y tuvieron que escayolarme todo el tronco, inmovilizándome por completo. A partir de ahí, durante aún varios días publicaron informaciones sobre mi estado, diciendo que yo mejoraba, que las perspectivas de curación eran optimistas, pero no decían que yo no era el único, que otros estudiantes estaban también ingresados con heridas y muchos otros sufrieron daños leves y prefirieron no acudir más que a una casa de socorro, o curarse en sus casas para no ser detenidos, pero también salieron de aquella manifestación con la cabeza abierta, o un brazo roto, o hematomas por todo el cuerpo. Sobre el origen de mis lesiones, los diarios se limitaron a recoger la nota de prensa ministerial que, junto a piadosos ruegos por mi pronta recuperación, afirmaba que yo había sido víctima, durante los enfrentamientos, de un «tropezón tumultuario», en el que poco menos que una manada de elefantes debería haber pasado sobre mi cuerpo tropezado. Pronto me dieron el alta hospitalaria y tuve que seguir la curación en casa, en contra del criterio médico que no aconsejaba aquel traslado por lo delicado de mi estado; lo hicieron para apagar la alarma, para poder decir eso de «el señor Poveda recibe asistencia facultativa en su domicilio», que era como decir que no era para tanto, que ya estaba curado, que habían sido unos rasguños de nada. Y aún quedaba por resolver un asunto, ya que a efectos penales yo estaba detenido, de hecho me tomaron declaración en el hospital y unas semanas después recibí en mi domicilio una citación judicial. Pero mi padre protestó en todos los sitios donde pudo protestar, amenazó con montar un escándalo, hablar con corresponsales extranjeros, porque su hijo había sido vapuleado y todavía querían encausarlo, y finalmente se archivó mi caso.»

«Aquello era un trabajo como otro cualquiera, un sueldo, una jornada, unas tareas, y cumplíamos, guardábamos el orden público, deteníamos a los ladrones, tranquilizábamos a la gente con nuestra presencia. No pegábamos a nadie por ser comunista o ser del Atleti, sino por armar bronca en la calle, cortar el tráfico, tirar huevos o piedras, lo mismo que hoy: que hay una manifestación, la policía se presenta para mantener el orden público, se dan las advertencias correspondientes para que la gente se disuelva, para que no corten una carretera, para que no tiren piedras, y si las advertencias no son escuchadas se pasa a la segunda fase, si hay que recurrir a la fuerza se recurre. Pues lo mismito hacíamos nosotros. Yo además, y no es que me defienda de nada, porque no tengo culpas que me puedan echar en cara cuando me muera y vaya donde tenga que ir, yo era más bien ignorante, como muchos compañeros, no sabíamos de qué iban las cosas, éramos unos mandados, hacíamos nuestro trabajo, nos curramos los años más duros, cuando te tirabas en la calle, encima del caballo, un día sí y uno no y el del medio. Me pasé veintitantos años siguiendo el jaleo desde la grupa y nunca me había caído hasta el día aquel. La culpa fue de los estudiantes, que dieron más caña de la habitual, pero además yo ya estaba perdiendo forma, no era el de antaño. Cuando la manifestación esa yo contaba los cuarenta y siete cumplidos, y eso se nota cuando tienes que controlar con la rienda y los estribos. Para dar paseos con el animal por la Ciudad Universitaria o por los bulevares, de presencia, todavía tenía porte. Pero como la cosa se complicase y hubiese que repartir leña, ya no estaba yo tan fino y acababa baldado por completo. Pero hasta entonces no me había caído ni una vez, tenía el casco como el primer día. Ya hacía años que había pedido el cambio de destino, a ver si me daban, no digo yo que un despacho, pero por lo menos una patrulla de a pie; pero ni caso, como era de los que más experiencia tenía, y siempre había cumplido, pues me iban dando largas, que lo suyo está ya a punto, Serrano, que si dentro de un mes y no más, y así un mes y otro, hasta que pasó lo que tenía que pasar y me di la hostia. Yo iba ya muy arrastrado, que el caballo le gasta más a uno, algunas noches llegaba a casa que no me sentía del pecho para abajo ni el esqueleto. Por si fuera poco, el suelo estaba helado de la nevada que había caído esa noche. Empezamos como siempre, a perseguir un poco, a amagar que cargábamos, pero esta vez los chavales no reculaban tanto como otras veces. Hasta que nos dieron la orden y nos lanzamos. Sólo tuve tiempo para soltar dos o tres palos, porque en cuanto me metí entre los manifestantes un degenerado le hizo algo al caballo, le debieron de pinchar en los cojones. El animal, que era tranquilo y me respetaba por mucho que le hicieran la puñeta, se levantó en cabriola y, cuando lo tenía casi controlado, se le fue una pezuña con el hielo de los adoquines y allá nos fuimos los dos: yo de culo al suelo y el animal que me cayó encima con una pierna doblada y me acabó de joder. Me pegó un crujido por aquí dentro que me quedé tieso, frío, sin poder ni querer moverme, como si me hubiera roto en varios trozos y faltara un pequeño movimiento para descomponerme. Encima, los manifestantes, qué mala leche tan jóvenes, no vaya a creer que vinieron a socorrerme, joder, que bien que vieron mi caída y el costalazo. Pues no. No sólo no me ofrecieron una mano para levantarme, sino que un malnacido me soltó una patada en el costado que me acabó de hacer la pascua esa mañana, qué juventud, mucho hablar de democracia y de libertad, y luego a un viejo que se cae del caballo no hay uno solo que le socorra. Claro que tenían motivos para patearnos, porque nosotros pegábamos fuerte, así ha sido siempre, ahí no valen democracias ni dictaduras: la policía pega fuerte en todas partes, porque eso te lo enseñan en las academias, es la única forma de que se tomen en serio tus advertencias para la próxima vez. Si no, ¿qué pasaría? Unos cuantos cortan la calle, llegamos nosotros y amenazamos pero luego no hacemos nada. Seríamos el pito del sereno. Y pegar suave y no pegar son la misma cosa. Si das, tienes que dar en serio, para que sepan que la cosa no es broma, que cuando dices disuélvanse es una orden, no una invitación. Y no me importa que digan que somos unos salvajes por dar tan fuerte como damos. Desde fuera se ve así porque la primera vez que coges una defensa en la mano te dices, mecachis, como le dé a alguno con esto en la cabeza lo mato, y se te encoge el brazo de pensarlo. Pero para eso vas a la academia, allí te quitan los miedos de momento. Además, nos calentaban antes de cargar, dentro de la furgoneta o en la comisaría antes de salir para una manifestación. Nos ponían rabiosos, que si no sé cuantos compañeros estaban heridos, que si nuestros hijos no podían ir a la universidad y esos niñatos malgastaban el dinero público echándose a la calle en vez de estar en clase, y cosas por el estilo. En correspondencia, ellos nos tenían ganas, y si caías sólo podías esperar que los compañeros te sacaran. Allí me quedé yo aquel día, dolorido por todas partes, con una patada de regalo en el costado y la mano que me la pisó un compañero sin querer y me fracturó el meñique. Estuve un par de meses de baja hasta que me pude poner en pie, pero ya me quedé jodido para toda la vida y el traslado que me habían regateado me lo tuvieron que dar porque no quedaron más cojones; no es que no me pudiera subir al caballo, es que ni para hacer guardia en la puerta de la comisaría servía, tenía que andar con bastón, me sentaba con problemas y luego para levantarme era un espectáculo. Me hicieron hueco donde el DNI, archivando papeles y tomando las huellas a los que se hacían el carné y luego les daba un trozo de papelito para que se limpiasen la tinta, y cuando no había gente me dedicaba a cortar tiras de papel como quien pela vainas, con un cojín bajo el culo y buscando la postura menos dolorosa.»

Tiene gracia que ahora alguien se preocupe por André Sánchez, casi cuarenta años después, cuando en su día nadie lo hizo. Está comprobado que la memoria en este país funciona habitualmente con una morosidad de cuatro o cinco décadas, cuando ya las preguntas, los homenajes, los rescates o ataques son plenamente inofensivos. Porque hasta ahora, desde el día en que André Sánchez desapareció —o lo desaparecieron—, nadie se había preocupado por su suerte: ni el partido, ni los compañeros universitarios, ni los supuestos amigos. Unos, por haber caído al tiempo que él. Otros, por desconfianza, con esa intoxicación que se hizo sobre si era un infiltrado. Y los más, por puro desinterés. Sólo su abuela, único familiar que le quedaba a André, mantuvo vivo su recuerdo en los pocos años que le quedaron de vida. La anciana iba todas las semanas a la Dirección General de Seguridad a preguntar por su nieto, y pedía entrevistas con todos los directores generales, secretarios de Estado o hasta ministros, se plantaba en un despacho y no se movía de la puerta, hasta que alguien la recibía, normalmente un funcionario cualquiera que se hacía pasar por subsecretario o viceministro con tal de dar largas a esa señora y decirle lo de todos, de su hijo no se sabe nada, nunca estuvo detenido, no consta en los registros de entrada, denuncie su desaparición, quizás se ha marchado del país. Mandó cartas a ministerios, embajadas, a la iglesia, incluso a Franco y señora; cartas que yo le redactaba, no por analfabeta sino por pérdida de visión. Yo le escribía aquellas misivas porque yo fui, junto a ella, la única persona que se interesó por André. Yo seguí inquiriendo por su final hasta que marché del país en 1968. Y tampoco me olvidé. Cuando regresé a España por una temporada, en 1984, creyendo que habían cambiado suficientemente las cosas, intenté algunas gestiones para averiguar qué pasó con André, quería saber algo, aunque sólo fuera averiguar dónde estaba enterrado. Probé con varios conocidos, antiguos camaradas arrimados ahora al nuevo calor y que tenían cargos en la administración socialista, pero ni caso: la consigna de la desmemoria llevaba ya casi dos lustros arrasando con cualquier intento serio de recuperación, mejor era no remover viejas historias, me decían en todos sitios. André y yo éramos casi hermanos, pese a que en los últimos años, desde que entramos en la universidad, nos habíamos distanciado. En realidad me distancié yo, porque André era ajeno a cualquier movimiento que no fuera el suyo propio, su fatal línea recta, su velocidad, y éramos los demás quienes nos acercábamos o alejábamos de su estela. Digamos que nuestras diferencias eran fundamentalmente políticas, yo era más ortodoxo que él, pero había también distancias de tipo personal entre nosotros, porque André había cambiado mucho y todo me irritaba en él, su impostura, su falsedad. Se había creado un personaje, una careta imperfecta; todos lo hacemos, claro, pero en su caso era especialmente desagradable porque, entre la envidia y la admiración de unos y otros, destacaba su esfuerzo por sostener su mentira, el intento incansable por poner pilares a su vida inventada apoyándose en los demás, en el conocimiento que quería compartir con cualquiera, buscando en cada individuo un testigo de su historia. Supongo que en el fondo era disculpable, era un mentiroso forzoso, obligado a inventar por la necesidad de crearse un pasado del que carecía y que además era el pasado que su entorno le imponía, que sus propios actos demandaban. Porque por no saber, André no conocía ni siquiera su fecha de nacimiento, ni el año, y esto no era impostura, romanticismo, sino una realidad. En su carné de identidad figuraba el uno de enero de 1942, una fecha arbitraria surgida de la escasa imaginación de cualquier funcionario. Pero su abuela, en ocasiones, aseguraba que había nacido en el último verano de la guerra; otras veces, por el contrario, juraba que la madre de André se presentó embarazada en Madrid en el otoño del cuarenta y tres y que había dado a luz en su piso, que ella misma asistió el parto y recordaba perfectamente la fecha —que sin embargo variaba en sus relatos— por tal o cual chisme que ocurrió ese día. La anciana sufría de una senilidad que tenía más de emocional que de patológico, como tantos otros españoles enloquecidos, en mayor o menor grado, por tragedias familiares. A partir de ese desconocimiento original, André había construido su historia personal, la pasada pero también la más inmediata, la presente incluso, a partir de invenciones y desproporciones. Siempre con ese propósito de edificar un personaje, el admirable luchador André Sánchez, que estuviera a la altura de no sabemos qué futuro que le aguardaba. Así hizo con su origen, por ejemplo, del que ignoraba todo, pero al que puso hechos, contexto, nombres, detalles. Su versión extendida hablaba de una madre joven, libertaria, que sale por Francia en los últimos meses de la guerra civil y sigue en la resistencia pasando por algún campo de concentración; y de un padre, cómo no, brigadista en la guerra española, irlandés, aviador. André sabía que nada de eso era cierto porque no existía, no tenía una sola prueba, y sin embargo él era una de esas personas —todos lo somos de una u otra manera— que inventa sus recuerdos hasta acabar creyéndolos ciertos, que asume un pasado extraño como propio; y eso en el fondo debería bastar para darles realidad, la invención no es despreciable en el acontecer de los hombres porque igualmente acaba influyendo sobre sus decisiones, sobre sus actos. Por decirlo más sencillo: si André no se hubiera creado y creído su hermoso y trágico pasado, tal vez su comportamiento heroico se habría moderado un tanto. No quiero decir que su muerte sea consecuencia de su invención, de su arrojo fruto de una pretendida vida al límite. Pero alguno sí insinuó que aquella muerte era la única posible, justa por tanto, para una vida desorbitada. Al morir de forma violenta completaba una biografía perfecta, icónica. Lástima que olvidada, aunque quizás este relato complete, con un retraso de décadas, el círculo estético de la vida de André. Quién sabe si ahora, con retraso, no se consigue renovar la leyenda que André quiso y no tuvo en su momento. La historia acaba haciendo justicia, irónica, implacable. Su forma de conducirse era, por lógica, coherente con su pesada memoria, consciente de que a cada momento estaba construyendo su personal épica: cada gesto o palabra parecían pensados para no defraudar a sus espectadores, vistiéndose de ese malditismo de manual del que en realidad muchos en aquellos años participaron; sólo hay que leer las memorias de tantos prohombres que refieren una juventud similar, de excesos, intoxicaciones, genialidades, peligro. Yo mismo confieso que, como joven nada distinto al resto, caí en similares representaciones, forzando insomnios por el mero valor que sin merecerlo se otorga a la noche, abusando de la ginebra cuando sabía que me sentaba fatal y las resacas eran continuos ejercicios de renuncia. André y yo nos conocimos de niños, en uno de aquellos hogares del Auxilio Social donde recalamos los miles de huérfanos de guerra y posguerra. Era una prisión infantil en las afueras de Segovia, a la que yo llegué tras la casi simultánea desaparición de mis padres: fusilado él en 1945, muerta ella por enfermedad pocos meses después —una tuberculosis pulmonar: algún día alguien debería hacer un recuento de los muertos por enfermedad en los años cuarenta, tanto en las cárceles como en las miserables ciudades y aldeas, las víctimas de la fiebre tifoidea, de la difteria, del paludismo; y anotarlas en el haber de los vencedores, para tener así una cifra más aproximada del número de víctimas del franquismo—. Yo llegué al hogar con apenas tres años (y aquí el lector quizás espera, desde el momento en que se ha mencionado el hogar del Auxilio Social, la habitual narración sobre las condiciones de internamiento de los niños, la carestía total, el frío y el hambre, la bestialidad de los curas y demás. Recomendamos, a cambio de omitir ese meandro descriptivo de indudable interés, la lectura de la certera serie *Paracuellos*, de Carlos Giménez). André llegó al internado pocos meses después que yo y se llamaba a efectos administrativos Andrés Expósito, porque el afrancesamiento de su nombre es fruto de sus tiempos universitarios —en el carné de identidad siempre fue Andrés—, y su apellido materno, Sánchez, sólo lo recuperó cuando, años después, su abuela lo localizó, reclamó y llevó con ella a Madrid. Parece que —y esto sí tenía más apariencia de real en su inverosímil memoria— al terminar la guerra en Europa, su madre, con el niño en brazos, liberada por los cinematográficos soldados aliados del campo de concentración en que probablemente nació André —hijo, según las versiones envidiosas que circulaban en la facultad, de un gabacho que en aquel presidio abusó de la joven madre—, se presentó en la atrincherada frontera española, quizás con intención de regresar a casa, acaso pensando, desde su desesperación prisionera, que los aliados no se habían frenado en los Pirineos. Tal como llegó la detuvieron de forma preventiva, hasta comprobar su historial de guerra, tras lo cual convirtieron a su hijo en carne de inclusa, mientras ella seguramente acabaría en cualquier cárcel de mujeres, donde la estadística nos aconseja pensar en una muerte por enfermedad. Nos hicimos amigos, muy amigos, unidos como otros niños por la memoria dramática y confundida de nuestros padres y madres represaliados, una memoria tanto más fuerte cuanto más escasa era. André estuvo apenas cuatro años en el hogar, hasta que su abuela averiguó su paradero y se lo llevó a su piso de la calle Arapiles. Yo seguí allí hasta que me mandaron a un internado madrileño para el bachillerato. Una vez en Madrid, en mis continuas escapadas, así como en mis salidas reglamentarias cuando ya tuve edad para ello, recuperé a André, convertidos en niños de la calle en aquella ciudad miserable de los años cincuenta (y aquí de nuevo pondremos dique al probable afluente que la narración nos abre, un relato según los patrones del realismo literario de entonces, con cabecitas rapadas, piojos, ropas remendadas, caza de ratas, juegos de guerra en las ruinas de la Ciudad Universitaria con hallazgo de cadáver incluido, profesores violentos y mucha consigna imperial, un relato amenazado por plagios y lugares comunes, quién sabe si el actual narrador no será también víctima de su propia memoria inventada, hecha de sus particulares deformaciones, lecturas, oscuridades). Ya en los últimos años del bachillerato, antes de la universidad —a la que llegamos en conflicto con nuestro origen social: André por voluntad y trabajo de su abuela, gran mujer; yo por beneficio de un cura de mi internado que tenía un sentido de la justicia distinto del oficial en su iglesia—, comenzamos nuestra temprana militancia política, relacionándonos con la organización estudiantil comunista, cuyos dirigentes universitarios poco menos que nos apadrinaron, nos tomaron como cantera para cuando les diéramos el relevo. Pero nuestra militancia no era un juego de niños, una inconsciencia adolescente, sino un compromiso sincero, y lo digo también por André: su fingimiento no era tal en lo político, él creía realmente, incluso cándidamente, en la lucha, en el marxismo, no como muchos otros que militaron por emulación de una cierta bohemia política y así se ha visto después, dónde han acabado. Fue a partir de nuestro ingreso en la universidad cuando nos distanciamos: André cambió hasta convertirse en arquetipo generacional, o quizás el que cambié fui yo, porque hasta ese momento fuimos de la mano en el mismo camino y tal vez a mí, como a otros compañeros, también me correspondía seguir un estilo vital del que André no era un elemento aislado, sino simplemente el ejemplo más extremo en medio de una ficción muy extendida. André, por ejemplo, desaparecía de Madrid cada verano y en septiembre regresaba contando historias fabulosas, en las que yo, lo reconozco, no sabía distinguir lo cierto de lo inventado, aferrado a un simple criterio de posibilidad. Contaba que había estado en Francia, que había visitado a Malraux, quien, según pretendía André en su relato a los más crédulos, conoció a su brigadista padre, por cuya amistad le habían puesto el nombre de pila del escritor francés. O que había estado en Moscú, que había conocido allí a Pasionaria y a Líster, y además regresaba cargado de material, libros, carteles, toda una colección de *souvenirs* bolcheviques que reforzaban, es cierto, la credibilidad de su relato. Incluso alguna fotografía, un retrato de grupo en el que en efecto figuraban Dolores y Enrique Líster, junto a un grupo de camaradas entre los que aparecía un joven que, alejado y borroso en la imagen, bien podía ser André como cualquiera. Otro verano lo pasó, según contaba, en Cuba, dentro de aquel turismo político a que decía entregarse. Y el de Cuba parece ser el viaje más creíble, por testimonios que pude recoger en la isla cuando me instalé en ella a finales de los sesenta. No digo que necesariamente fueran falsos sus viajes; probablemente eran ciertos y lo exagerado eran los detalles, las circunstancias. O incluso lo único exagerado puede que fuera su relato, su forma de narrarlo. Y apuesto a que habrá quien señale en mí alguna forma de resentimiento, de envidia, que me llevaría a negar los hechos y dichos de André. Quién sabe, uno nunca acaba de ser del todo consciente de sus propias debilidades. Espero que todos mis reproches a André sean entendidos en su justo término. Yo le quería, ya he dicho que éramos como hermanos. Y sentí mucho su muerte, aunque fue un dolor diferido, porque en esas fechas yo me encontraba temporalmente expulsado de la universidad y algo alejado de la actividad política, y tardé un par de meses en conocer su final, hasta que su abuela me pidió ayuda. Porque André fue olvidado por todos, nadie lo reclamó, sólo aquella buena mujer que no descansó un instante en los tres años que todavía vivió, buscando por todos los medios —escasos como eran para ella— a su nieto, que era su último rastro en la tierra, su único legado; desaparecida su familia entera, no soportaba que su nieto corriera la misma suerte que su hija, ambos borrados de la vida, sin una fecha, sin una lápida donde llevar flores los domingos, vivos tan sólo en el recuerdo: en el suyo, alterado por la edad y pronto a extinguirse con su muerte; en el mío, desplazado de España y algo renegado de un país del que me sentía maltratado. Una memoria, por tanto, tan débil, tan insuficiente. Pero parece que quedó algo: una mínima brasa ha permanecido y aún es posible recuperar a André, aunque sea mediante un esfuerzo aislado e incluso, hay que reconocerlo, algo inútil.

Una vez más, para demostrar que la novela es un territorio participativo en el que todos tienen su oportunidad, además de un afortunado género híbrido en el que no se aplican exclusiones, el autor reconoce que no piensa escatimar recursos ajenos a la ficción. Son demasiados meses de documentación y lecturas obligadas como para permitir que ciertos tesoros, de imposible encaje narrativo, sean sustraídos al interés del lector. No obstante, advertimos al tranquilo leedor que sólo busque el relato de una acción más o menos intensa, que puede prescindir sin remordimientos de estas pocas páginas añadidas por el incontinente autor. Damos en esta ocasión voz al coronel José Ignacio San Martín, jefe de los Servicios de Información de la Presidencia del Gobierno con Carrero Blanco, que realiza un insólito ejercicio de sinceridad en su *Servicio Especial. A las órdenes de Carrero Blanco (de Castellana a El Aaiún)*, Planeta, 1983:

«9. Reclutamiento de colaboradores

»Para el reclutamiento inicial de colaboradores, me puse personalmente en contacto con algunas personas que conocían el ámbito en que nos íbamos a desenvolver. Estas personas actuarían como "señaladores". Posteriormente la cantera se encontraría en los cursos básicos a los que me referiré más adelante.

»A nuestros informadores potenciales, "señalados" por los primeros, se les puso una carta, antes de establecer contacto con cada uno de ellos, con un cuestionario en que se les invitaba a la colaboración y se establecía el sistema inicial de enlace, por teléfono y correo.

»En una primera fase, los colaboradores reclutados proporcionaban informes buenos, en ocasiones, pero, en otras, totalmente inexactos (...).

»Simultáneamente se empleó el método de captación directa para aquellos colaboradores que por el hecho de no estar definidos eran susceptibles de ser empleados en misiones de "infiltración". En este campo de la información, encontramos los mayores obstáculos. En primer lugar, porque a la gente joven y con ideales les repugnaba, cosa lógica, que les tacharan de "chivatos" y, en segundo lugar, porque la "infiltración" es operación que encierra en sí grandes dificultades (...). En cuanto a los "infiltrados" había que tener presente que irían "quemándose" a medida que se cerraban los casos u operaciones.

»La red de bedeles, montada con guardias civiles retirados, fácilmente detectada en la universidad, no dio resultado (...).

»Pero los colaboradores no eran solamente informadores sino que desempeñaban otras funciones, como las de contrapropaganda, en la acción psicológica positiva y especialmente en el fomento de organizaciones adictas o neutras respetuosas con la legalidad vigente (...).

»Los "infiltrados" tienen que hacer méritos para consolidarse en la organización contraria, con lo cual se llega a situaciones límites de conciencia, que no hay más remedio que cortar. Otro aspecto delicado es la "salida" de un colaborador cuando se debe producir el desenlace de una operación. En tal caso, lo prudente, es que el afectado "ponga tierra de por medio", y que no ejerza ninguna acción legal contra otros elementos, de modo que se desvíe la atención y no se sospeche de él como confidente o incluso delator. Es la infiltración, por tanto, una operación muy delicada, siendo asimismo de las acciones más "sucias" de la batalla de la información, aunque, sin ningún género de dudas, la más eficaz.

»Las colaboraciones llegan a niveles muy elevados de la escala social y suelen ser gratuitas, en apariencia, y digo en apariencia porque en la mayoría de los casos siempre hay una exigencia: la concesión de una audiencia con una autoridad; la resolución de un problema de carácter particular y, a veces, la solicitud de un cargo público de relevancia o el hacer méritos para conseguirlo. Ahora bien, hay algo, en cambio, que no hay que olvidar: cuando se apela a sentimientos patrióticos o se sabe que los interlocutores son cuadros de las fuerzas armadas, es difícil que no se logre, al menos, algún resultado positivo.

»Pretendimos ampliar la información en el ámbito universitario a través de jefes y oficiales que ejercían puestos de profesorado en facultades y escuelas técnicas o eran alumnos de las mismas. En casos aislados obtuvimos una colaboración intermitente (...).

»La labor de captación llevada a cabo sin interrupción y el encuadramiento de los colaboradores fue dando sus frutos y a finales de mayo de 1970 se disponía de trescientas ochenta personas de ambos sexos, distribuidas en la geografía española (...).

»11. Formación

»Con los cursos básicos se pretendía:

»—Facilitar los conocimientos básicos de cómo podrían oponerse al adversario.

»—Dar a conocer los fundamentos necesarios para desarrollar tareas informativas, de contrapropaganda e, incluso, de creación de movimientos adictos.

»—Señalar los principios en que debía basarse la formación de cualquier ideal (...).

»Al término de los mismos se les entregaba a los asistentes un sobre con sus misiones, seudónimos, enlaces, etcétera (...).

»Como fruto de la experiencia formativa, se introdujeron modificaciones encaminadas a *enseñanzas prácticas* y a un conocimiento *más* concreto de la *ideología comunista*, presentando de ésta precisamente su parte vulnerable, que podía ser utilizada como puntos de argumentación en los enfrentamientos dialécticos y para tener mejores posibilidades de entrar en el juego de la información.

»Si los cursos servían para lograr la motivación inicial, debían ir seguidos de sucesivos contactos con el fin de obtener una participación activa, sincera y sin reservas, y en particular de jornadas de convivencia para núcleos reducidos que se conocían entre sí pero que ignoraban las misiones que a cada uno se le habían asignado, a excepción de los que pertenecían al mismo "grupo" operativo (...).

»12. Acción psicológica positiva
»(...)
»El único medio legal que existía en los últimos

años de los sesenta para crear movimientos adictos en el ámbito estudiantil, era la creación y fomento de asociaciones de estudiantes. Y así actuamos, impulsando tanto a las nuevas como a las antiguas (...).

»Dentro del campo de la acción psicológica positiva, se pretendía, además del fomento del asociacionismo, orientar, por un lado, a la masa estudiantil respecto a la acción del extremismo y, por otro, crear un estado de conciencia en la sociedad que no debía desentenderse de la rebelión estudiantil que había sido atizada dolorosamente con fines extraacadémicos (...).

»En realidad lo que más nos preocupaba era la indefensión en que se encontraba la juventud sana estudiantil ante la cantidad de publicaciones, conferencias y recitales, de signo opuesto y el escaso arsenal de material dialéctico de que podía disponer para completar su formación ideológica, que le permitiera defenderse de la contaminación marxista y al mismo tiempo refutar las argumentaciones de los líderes de la oposición.»

Peor que la delación es la imprudencia, el descuido temerario que abre puertas traseras, transparenta sótanos y coloca rótulos luminosos sobre las organizaciones en tiempos de persecución. Al menos en el caso de la estructura universitaria, la policía siempre se ayudó más de la imprudencia que de las infiltraciones, atenta a la debilidad del eslabón estudiantil, que no siempre era consciente de los riesgos ni las consecuencias, esa alegría suicida de los jóvenes que olvidan las más elementales precauciones, demasiado habituados a la relativa comodidad de los recintos universitarios —esos campus que funcionaban como una reserva natural de revoltosos, construidos lejos del centro urbano, en el extrarradio, para evitar que la agitación fuera visible—. Eso llevaba a una parte de los universitarios comprometidos a desatender las cautelas necesarias, ligereza que acabábamos pagando otros que sí vivíamos sobre la cuchilla del peligro real. A mí, por ejemplo, que era enlace del partido en mi empresa y en mi sector en la provincia, aquélla fue la primera vez que me cogieron. No me habían identificado en doce años pese a los soplones y a las detenciones masivas, pero aquella vez sí, por culpa de los universitarios. Se decidió darles un protagonismo decisivo en la gran huelga que se preparaba, como prueba de confianza ante el grado de movilización que estaban demostrando en esos meses, y la consecuencia fue desastrosa para toda la organización. Porque cogieron a los niños de la universitaria y detrás fuimos todos, así funcionaba normalmente, caía uno y a partir de ese eslabón inicial íbamos cayendo en tropel a la velocidad que avanzasen los interrogatorios. Detenían a uno y se activaban rápidamente las alarmas, corría la voz y cada uno se ponía a salvo como bien podía. Tampoco es necesario forzar un relato desenfrenado de clandestinidades, contactos con un periódico bajo el brazo como identificación, contraseñas teatrales y heroicas resistencias ante el flexo del tercer grado. Las cosas eran más simples: una detención, fruto de la imprudencia o de la infiltración, un compañero que en comisaría se desmorona a las primeras de cambio —allí pocos aguantaban, los interrogadores se aplicaban con devoción—, un enlace que no acude a una cita prefijada ni a un segundo punto de encuentro de seguridad, y a partir de ahí la histeria programada, cancelación de reuniones, cambio de domicilio momentáneo, ocultación de documentos, la vacación temporal del furtivo que sabe que no puede más que esperar a que el círculo se cierre pronto y esta vez quede fuera. Ese día no pasé la noche en casa, supuse que irían a buscarme pues me había reunido varias veces en funciones de coordinación con aquel muchacho, André Sánchez, y si él caía había muchas probabilidades de que después fueran a por mí pese al uso de nombres de guerra y toda esa parafernalia necesaria de ocultaciones. No pasé la noche en casa, aunque sabía que era una solución inmediata, de corta duración, que incluso aumentaba más las sospechas sobre mí; me quedé esa noche en una pensión de la Ballesta, de esas que no preguntan filiación y que tampoco visitaba la policía si no era para otros menesteres. Pero al día siguiente me incorporé a la empresa para no despertar más sospechas con mi ausencia y en la puerta me esperaban dos policías de paisano, reconocibles a primera vista, con ese aspecto de obreros de sastrería con el que intentaban pasar desapercibidos. Me metieron en un coche y me llevaron a Sol. Desde que entré por la puerta me estuvieron pegando hostias, durante tres días, así que de allí fui directo a la enfermería de la cárcel. Me sacudieron de lo lindo aunque en realidad no era un interrogatorio, porque no me preguntaron nada, al menos nada que fuese muy comprometido. Pero cuando llegué a la Provincial me encontré con la sorpresa de que los camaradas creían que yo me había ido de la lengua y que por mi culpa habían caído ellos y otros, y yo venga a insistir que no, que no había dicho una palabra, pero ellos me miraban con lástima, me daban palabras de consuelo, como si yo hubiese fallado y no hubiese resistido. Supongo que fueron los propios de la Social quienes corrieron el bulo de mi confesión, así conseguían invalidarme como dirigente de por vida, porque yo había caído una vez y había sido débil, ya no era de confianza. Pero no fui yo, fueron los universitarios, que cayeron los primeros, seguramente por su imprudencia. A André Sánchez lo conocí en un par de reuniones de coordinación, era nuestro enlace con las células universitarias. La última reunión que tuvimos fue justo un día antes de que detuvieran a Sánchez y a los demás de su grupo, dos días antes de que me cogieran a mí y a la mayoría, y una semana más o menos antes de la fecha fijada para la huelga nacional. Nos reunimos en una casa abandonada que usaban los universitarios del partido, era algo así como su cuartel, fuera de los recintos estudiantiles donde estaban más vigilados. Pero lo que en principio se presentaba como una medida de cautela era en realidad una de las imprudencias más grandes. Se trataba de una quinta de labranza en la carretera de Valencia, al salir de Madrid, en una zona de desmontes, a media hora andando desde donde te dejaba el último autobús, en uno de esos sitios donde se amontonaban las chabolas de los que venían a la capital y cambiaban la miseria de sus pueblos por la miseria de Madrid. Era un lugar apartado, pero no demasiado discreto, porque los de algunos sectores íbamos en coches o motocicletas y los vehículos eran visibles desde la carretera aunque los aparcásemos en la parte trasera; aquello llamaba demasiado la atención porque supuestamente se trataba de una casa abandonada. Nunca nos gustó aquel punto de reunión, nos parecía un capricho de los universitarios. Si aparecía la policía o la guardia civil no había escapatoria, no podías correr por los barbechos al descubierto. Así que normalmente nos citábamos con el responsable universitario en lugares más seguros. Pero en aquella ocasión no hubo alternativa, porque la policía estaba sobre aviso y vigilaba los pisos que usábamos habitualmente, así como los domicilios de compañeros que nos acogían en algunos casos y a los que no podíamos comprometer tanto. De forma que los diez o doce que teníamos que coordinar todo nos reunimos en aquella casa de campo, y maldita la gracia que nos hacía, estábamos en realidad acojonados, porque bastaba que una pareja de civiles observara el movimiento desde la carretera, se acercasen a curiosear, y pillaban a la mitad de la cúpula del partido en Madrid de una sola tacada. Además, este chico, André Sánchez, era demasiado descuidado, había que llamarle la atención constantemente. Era capaz de salir de una reunión cargado con un montón de revistas y octavillas para repartir en las facultades y llevarlas bajo el brazo, sin ocultarlas. Incluso allí mismo, en la casa de la pradera, acumulaban material del partido, papeles, revistas, una ciclostil, de modo que si aquel día aparecía una pareja de la benemérita ya podíamos quemarlo todo a la carrera y disimular como que hacíamos una barbacoa. Pero lo peor no era su descuido, sino su arrogancia, su actitud hacia nosotros, que éramos mayores que él y teníamos mucha más experiencia. Parecía creerse imprescindible, le daba más importancia a veces al movimiento universitario que al obrero, lo que no tenía ni pies ni cabeza. Es verdad que, hasta que cayó, hizo un buen trabajo en la universidad, pero al final fue su actitud la que lo echó todo a perder. Por ejemplo, en esa última reunión, cuando llegamos nos lo encontramos que estaba allí con su novia, que sería muy buena chica y muy comunista y todo lo que quiera, pero qué pintaba en aquella reunión que era sólo de los enlaces de sector. Pero él, cabezón, decía que la chica era de confianza, no se daba cuenta de que no se trataba de desconfiar, que también, sino que era un riesgo añadido porque podían detenerla y lo soltaría todo, que a las mujeres no las respetaban en Sol. Pues con todo, y con la tensión que teníamos por la cercanía de la huelga, el niño encima se puso chulo, agresivo con nosotros, entre otras razones para defenderse cuando le echamos en cara que estaba perdiendo el control de lo que pasaba en la universidad. Además, no estaba teniendo en cuenta a otras organizaciones estudiantiles que, aunque minoritarias, eran indispensables para el éxito de una movilización. Volvimos a reprocharle su falta de cuidado, y en ese punto teníamos toda la razón, ya que al día siguiente le cogieron con todo el equipo, a él y a toda su célula y detrás fuimos los demás. Pero pese a todo, mi desconfianza nunca fue más allá. Aquel muchacho era un listillo, y un poco inconsciente, pero no creo que fuera un traidor. Si no ha quedado nada de su memoria y aquel incidente se ha olvidado, puede explicarse por cómo ocurrió. No fue como con otros que no salieron vivos y la policía lo reconoció, aunque lo encubrieran con un suicidio. Con Sánchez no se dijo nada. Y como la mayor parte de los cuadros caímos al día siguiente y el que menos tardó tres o cuatro meses en volver a la calle, nadie siguió el tema como para preocuparse por él, porque nos incomunicaban, nos dispersaban y, aunque en las cárceles funcionaba bien la comunicación, no era fácil controlar dónde estaba cada uno en cada momento. Nuestros abogados habituales, aparte de que algunos también cayeron, estaban desbordados por la cantidad de camaradas pendientes de juicio en aquellos días. Sin duda fue la propia policía político-social quien difundió rumores sobre Sánchez, eso de que en realidad era un infiltrado, que nunca había entrado en Sol, e historias por el estilo. Pero me temo que nada de eso era cierto y realmente murió allí.

Las casualidades no existen, son despreciables, o al menos deberían serlo en el territorio de esta novela, lo contrario será un fraude, acabar recurriendo a las mismas trampas para lectores que se dice repudiar. Puedes seguir estirando el equívoco, jugar con cartas bajo la mesa hasta el último momento como un tahúr jubilado. O puedes, de una vez, girar las figuras y mostrar su rostro definitivo, quién es quién, se acabaron las indefiniciones. Aunque sé que no tienes decisión, que volverás a dejarte llevar por las artes del retruécano, la anfibología —de nuevo diccionario en mano—, los rodeos argumentales; aunque sé que renegarás de los buenos propósitos antes de que pasen veinte o treinta páginas para reincidir en los enigmas huecos —que si André era un infiltrado, que si Denis fue víctima de una equivocación policial, que si las novelitas de quiosco—, me veo obligado a afirmar ahora la línea precisa, la única posible: la responsabilidad de Denis, su participación en lo ocurrido desde el momento en que advirtió a la policía de lo que se preparaba y denunció a André y luego hizo mutis con una honrosa careta y un retiro pensionista a elegir en virtud de su colaboración, porque Roma sí paga a los traidores, siempre ha sido así y las casualidades, ya lo he dicho, no existen, son despreciables, no deberían existir. Porque, de lo contrario, fueron demasiadas casualidades en pocos días. No puede ser casual que, justo tras la reunión de André con el profesor, la policía se lanzase a la búsqueda de André, en la facultad, en su domicilio y en los de otros estudiantes y profesores sospechosos. Y a mí no me consta eso que se ha afirmado páginas atrás en el sentido de que también visitaron el domicilio del profesor Denis. La conexión parece clara, no hay que dar muchas vueltas. André no quiso contarnos por qué se reunió con Denis, de qué hablaron durante horas. Si le reprochábamos su poca prudencia, se volvía agresivo, un tanto autoritario en su papel de coordinador de la universitaria. Imagino que en esa entrevista trató de conseguir el apoyo del profesor para las asambleas libres que sacudían la universidad en aquellos días, dentro de una serie de reuniones que mantuvo con varios docentes para tantearlos e intentar romper de una vez el equilibrio que había en la universidad y que siempre favorecía al régimen. Pero con Denis fue distinto, estuvieron demasiado tiempo reunidos, encerrados en su despacho. Cierto que el viejo era una pieza valiosa, por sus buenas relaciones con el rector y por su terquedad en mantenerse al margen de todo. No sé si André llegó a cometer una negligencia, si reveló más de la cuenta, si habló de la venidera huelga, o simplemente el profesor se imaginó el pastel y fue con el cuento a la autoridad. Porque Denis jugó esos días su papel como confidente de varias formas, en varios momentos. Y no pudieron ser tantas casualidades. El profesor intentó acercarse a nosotros de manera un tanto torpe. Por ejemplo, tras la violenta manifestación de la que ya hemos tenido un par de relatos, se produjo un nuevo cruce entre el profesor y nuestro grupo, extrañamente fortuito: una estudiante que formaba parte de nuestra organización, Marta Requejo, que además era la compañera sentimental de André, estuvo a punto de ser detenida mientras escapaba de la carga policial, pero el profesor la ayudó y la sacó de allí. La tomó del hombro como si fuera su hija y caminaron juntos mientras circulaba junto a ellos un furgón en el que iban metiendo a los estudiantes detenidos. Marta estaba muy nerviosa, creo que incluso herida por algún golpe. Y el profesor la llevó a su casa, a la del profesor me refiero, donde ella pudo curarse y tranquilizarse. ¿Un gesto altruista? Podía ser, claro, otra casualidad, que el profesor estuviese en las inmediaciones de la manifestación justo en aquel momento y viera a la muchacha en apuros y etcétera. Hasta ahí nada anormal. Pero una nueva *casualidad* pocas horas después hizo todo más sospechoso. Ocurrió al día siguiente. Estábamos reunidos en una cafetería de Moncloa, un local discreto en el que solíamos citarnos. Nos encontrábamos esa mañana cinco miembros de la célula; no André, que se ocultaba en esos días mientras era buscado por la policía. Estábamos allí como cinco estudiantes que desayunan antes de ir a clase, comentando lo de la jornada anterior, la carga policial, y lo que se preparaba ese día, con el previsible cierre de la universidad. Y de repente apareció el profesor, Denis. ¿De nuevo otra casualidad? Nos dimos cuenta de que el viejo nos seguía desde que cruzamos Argüelles. Después, vimos cómo permanecía en el exterior de la cafetería, mirando por el ventanal, sin mucho disimulo. Finalmente entró y se sentó en una mesa junto a la nuestra, nos dio los buenos días educadamente. Debió de pensar que íbamos a seguir hablando sin importarnos su presencia, pero quedamos todos en silencio. Entonces el tipo se acercó por el lado en que estaba sentada Marta e intentó hablar con ella, creo que invitarla a desayunar, todo muy ridículo, como un viejo verde que quiere algo con una jovencita, como un novio antiguo, formal, educado. Todos estábamos desconcertados con su comportamiento. Alberto y yo aconsejamos al profesor que se marchase, que nos dejase tranquilos, le dijimos que ya conocíamos su juego, a lo que él respondía con balbuceos. Le acompañamos, un poco a la fuerza, a la calle, donde perdimos la calma, le gritamos, le amenazamos, le dijimos que se estaba metiendo en líos, incluso Alberto le enseñó una navaja, sin llegar a abrirla, sólo las cachas con su nombre grabado. El profesor se marchó por fin y seguimos con nuestra reunión, aunque sin poder olvidar lo extraño de su comportamiento, demasiado torpe para ser un confidente, quizás era una estrategia, aparentaba ser un viejo ridículo y descuidado para que nos confiásemos. Pero yo tenía claro que Denis era un confidente. Siempre mantuvo una postura imparcial, distante, aunque en realidad era uno más, porque aquella universidad, como bien se ha relatado aquí, era territorio preferente de chivatos: algunos profesores, casi todos los bedeles, incluso camareros de la cafetería y, por supuesto, no pocos estudiantes. Aunque es cierto que la policía nos tenía más controlados de lo que creíamos, el profesor jugó su papel, lo aceleró todo con su denuncia, porque ese mismo día, tras el episodio de la cafetería, la policía estrechó el cerco, esa misma tarde fueron a por nosotros. Estábamos en la casa que usábamos para las reuniones de la célula universitaria, una quinta abandonada en las afueras que, como ya se ha dicho, no era del agrado de la dirección, porque en efecto era poco discreta, muy visible desde la carretera. En ella se ocultó André en sus últimos días, cuando le buscaban en las residencias de otros estudiantes y profesores. Nosotros seguíamos el trabajo en la universidad y al terminar el día nos encontrábamos todos allí, para ultimar detalles. Esa tarde apareció la policía cuando estábamos en pleno, mientras discutíamos qué hacer ante el inminente cierre de la universidad. Llegaron en varios coches sin distintivos, eran unos veinte agentes y nosotros éramos ocho, los que formábamos la célula universitaria, la mitad de Letras y el resto de Ciencias. Estábamos revisando el texto que íbamos a repartir en octavillas en las asambleas y fijando citas para el día siguiente, cuando oímos los coches. Ya era casi de noche, así que no los situábamos en el camino, llevaban los faros apagados, sólo oíamos sus motores, que al principio no se distinguían demasiado sobre el ruido lejano de la carretera de Valencia, pero que pronto se destacaron, cada vez más próximos mientras quedábamos en silencio, hasta que Marta se asomó a una ventana y los vio cuando ya estaban frente a la casa. Dos o tres salieron por la parte trasera y echaron a correr campo a través. Los demás nos quedamos y tratamos de destruir las octavillas, quemándolas en una pequeña salamandra, así como las agendas con nombres y teléfonos; eliminamos todo lo que pudimos hasta que entraron los policías, todos pistola en mano, nos gritaron «al suelo» y obedecimos. Permanecimos más de una hora así, boca abajo, con las manos esposadas, mientras registraban todo y se llevaban lo que quedaba sin destruir. Finalmente nos cogieron por separado y nos fueron sacando a intervalos. Se llevaron primero a Marta, después a André y en tercer lugar me cogieron a mí. Me tumbaron en el suelo del coche y se sentaron dos agentes en el asiento trasero, colocaron los pies sobre mi espalda sin ningún cuidado. Sentía bajo mi cuerpo la mecánica del vehículo, los engranajes, el cambio de marchas, la mala amortiguación sobre el camino, el suelo firme de la carretera. Si giraba la cabeza podía ver una esquina de la ventana delantera, el cielo oscuro, hasta que irrumpieron las primeras luces eléctricas y me entretuve en recrear mentalmente el trayecto que ya suponía, el destino era evidente, calculaba las distancias, los cruces, el semáforo en que nos deteníamos, el estruendo familiar del tráfico, ciudadanos que volvían a casa tras la jornada laboral, la barahúnda tranquila de la ciudad, y llegamos a Sol, donde el conductor eligió la calle lateral, buscando la entrada trasera. Me sacaron del coche entre dos, en horizontal, a rastras, y me dejaron en el adoquinado del callejón. Después me levantaron y tuvieron que sostenerme porque casi no me tenía en pie, algo mareado, del tiempo que pasé tumbado, entumecido, en el coche; pero también, sobre todo, de miedo, del miedo que tenía, porque era la primera vez que me detenían y me llevaban a la Dirección General de Seguridad y además me habían cogido por un asunto grave. En ese momento tenía presente el relato de los compañeros que habían caído, narraciones espantosas recogidas en las publicaciones del partido, historias de interrogatorios brutales, del legendario Conesa, de Campanero o de otros comisarios de la Brigada Político-Social; había escuchado tantos casos, en primera persona o referidos por otros, desde las palizas más salvajes —puños, patadas, golpes con porras— hasta las torturas más detallistas. Y tenía muy presente, como todos, lo ocurrido con Grimau un par de años antes, cuando lo machacaron en Sol y después lo tiraron por una ventana, le golpearon con tanta saña que cuando llegó al hospital penitenciario tenía un hundimiento craneal en el que cabía un puño, lo curaron apenas para que se tuviera en pie y poder fusilarlo. No temía un destino similar, pese a la fijación de aquel régimen con las ventanas como punto de cierre a las investigaciones policiales, porque yo era menos importante, pero sabía que las palizas eran una constante con cualquier detenido, por insignificante que fuera, como castigo ejemplarizante para el futuro. Yo conocía poco, mi información no era muy valiosa, pero sabía que intentarían sacarme cualquier cosa y en esos momentos, mientras te introducen a empujones por una puerta estrecha de la casa de los horrores, no piensas en callar, no te atribuyes valor, no te convences de tu resistencia, sino que una cobardía natural, una debilidad elemental, te aconsejan hablar cuanto antes, no esperar a que te pregunten. Mi miedo se acentuaba precisamente porque yo tenía poco que contar y temía que no creyesen en mi ignorancia, que pretendieran extraerme aquello que yo no podía ofrecerles. Me llevaron por un pasillo sencillo, de oficina, en el que me cruzaba con funcionarios que ignoraban la presencia del nuevo detenido por habitual; estaba paralizado, me transportaban casi en volandas, pero al mismo tiempo quería pensar a toda velocidad, trazaba planes, imaginaba situaciones, me concentraba en mi cuerpo, como midiendo su resistencia al dolor, recordaba las últimas horas antes de la detención, cada minuto último, intentando encontrar el instante en que se produjo la fractura presente, porque siempre pensamos, cuando estamos ya dentro de la tragedia, cuando ya es demasiado tarde, siempre tratamos de averiguar en qué momento empezó todo, qué gesto o palabra hicimos o dijimos u otros hicieron o dijeron y que lo torció todo, atribuimos responsabilidades y azares, negamos cualquier noción de destino. Tras subir unas escaleras estrechas recorrimos un nuevo pasillo hasta detenernos ante una puerta de madera con cristal esmerilado. Entramos y me dejaron suelto pero no me sostuve y caí de rodillas. No me levantaron y ahí quedé, genuflexo en lo que no era el gabinete de tormentos esperado, sino una vulgar oficina, con un par de mesas metálicas, grandes archivadores, estufas a los pies, tubos fluorescentes y paredes blancas peladas, sin más adorno que un calendario con fotografía de la plantilla del Real Madrid en formación, de pie y arrodillados con balones; recuerdo bien cada detalle porque en esos momentos lo asimilas todo, no se produce un vacío como cuentan algunos, sino que sientes cada instante como último y quieres atraparlo, exacto. Podría detallar la escena, aportar elementos que no sirven para la narración pero que no he olvidado, el color plomizo de las mesas, el desgaste de los tiradores plateados en los archivadores, los rostros de los funcionarios, sus perfiles angulosos bajo la luz azulina de los fluorescentes, la mirada indiferente, administrativa, del mecanógrafo que colocaba el folio en la máquina de escribir, con cuidado de centrar la hoja de papel en el carro, podría dibujar su rostro, cómo eran sus gafas de pasta ancha, sus patillas descuidadas, su raya del pelo desplazada por la calvicie. Uno de los policías me tomó entonces por las axilas y me obligó a ponerme en pie, concediéndome el beneficio de la pared como apoyo en mi dudosa verticalidad. El oficinista me miró con fastidio, como lo que realmente era: un trámite más en su jornada laboral quizás alargada por la tardanza en llegar el último detenido, rotos sus planes de salir temprano, quizás un propósito de ocio, cine o teatro donde reír un buen rato después de todo un día registrando el ingreso de hombres esposados. Colocó los dedos sobre las teclas y comenzó el interrogatorio preliminar, nombre, apellidos, dirección, fecha de nacimiento, datos inofensivos, ordinarios, que lo mismo sirven para rellenar una ficha policial que el carné de la piscina, preguntas a las que yo contestaba sin demora, como si mi disciplina pudiese suavizar futuros castigos, hasta que el funcionario se decidió por otro tipo de preguntas menos habituales y que pensaba unos segundos antes de formularlas, como si estuviese improvisando o no recordase el cuestionario: última ocasión en que salió del país, personas a las que avisar en caso de no ser puesto en libertad, y esta pregunta, con o sin intención, me arrojó a la cara un instante de esperanza, *en caso de no ser puesto en libertad*, como si aquello pudiese ser sólo una equivocación, una comprobación rutinaria tras la que iba a ser puesto en libertad. Cuando el encuestador decidió que ya eran suficientes datos revisó lo escrito, leyendo en voz alta mis respuestas y esperando en cada una mi asentimiento. Después tomó el folio, buscó en uno de los archivadores, extrajo del mismo una carpeta y salió con los papeles del despacho a paso ligero, como si realmente tuviera prisa por acabar, cine o teatro, pensaba yo en mi deriva mental, quizás se le hacía tarde para la sesión de las ocho. Quedé como estaba, de pie, apoyado en la pared, intentaba frotarme las manos, adormecidas por las esposas, sin más compañía que los dos policías que me escoltaban. Tardaron unos segundos en reaccionar hasta que, sin que se hubiera producido ninguna señal ni llamada, me tomaron por los brazos y me sacaron de aquel despacho, me empujaron por el pasillo siguiendo el camino por el que habíamos entrado, pero en algún momento hicieron un requiebro hacia otro pasillo porque yo no reconocía ya el trayecto, en realidad todo era muy similar, los suelos, las paredes, las puertas, era fácil perderse, un recurso arquitectónico a propósito para dificultar cualquier huida, una nueva curva en el pasillo, otra escalera ascendente y eso me daba esperanzas, porque subir en aquel edificio era alejarme del sótano temido, de los calabozos. Nos cruzábamos con funcionarios que charlaban amistosamente, que se vestían los abrigos, la jornada acabada, discutiendo la vieja canción de las oficinas, a quién le toca hoy pagar las cervezas, qué pasa con la quiniela de la semana, o las pequeñas miserias laborales, el sueldo, el comportamiento de algún compañero, el descuido del jefe. En uno de los pasillos nos tropezamos con un funcionario al que reconocí, era uno de los policías que nos detuvieron en la casa, el que se llevó a André, al pasar junto a nosotros me saludó con una media sonrisa y subió y bajó las cejas, como el conocido que te saluda en el transporte público. Salimos por fin a un corredor más amplio, con ventanas por primera vez, suelos acuchillados y techos nobles, pero en seguida entramos por otra puerta que daba paso a una nueva escalera, esta vez descendente, como si me estuvieran dando un paseo para despistarme, parecía excesivo tal recorrido. Bajamos de uno en uno, por la estrechez de la escalera, un policía abría paso, yo iba en medio y el otro policía, a mi espalda, me empujaba a la vez que me sujetaba por las esposas para evitar que cayese en el descenso. Al llegar abajo tomamos un pasillo por el que creía haber pasado ya, aunque en realidad eran todos iguales. Nos detuvimos frente a una puerta de madera, sin cristal, y uno de los policías llamó con los nudillos. Esperó unas palabras de respuesta que no obtuvo, abrió y me empujó al interior. Entré así en la habitación donde iba a ser interrogado y lo primero que observé fue la ausencia de ventanas, y esa carencia me tranquilizó, por la ya comentada afición policial a la defenestración. La habitación era un cuadrilátero pequeño, con las paredes desnudas excepto una en la que colgaba una pizarra limpia. En el centro había una mesa, sobre la que se amontonaban papeles, entre los que reconocí varias de las octavillas que preparábamos antes de la detención. Había poca luz, sólo un flexo sobre la mesa, aquello tenía mucho de escenografía, de decorado de película norteamericana, sólo faltaba el típico espejo que por un lado refleja y por otro deja ver. En la pared que quedaba más en penumbra, tardé en darme cuenta hasta que las pupilas se adaptaron a la escasa luz, había una puerta cerrada, sólo reconocible por el pomo, porque estaba pintada en el mismo tono ocre de las paredes, sin marco y con apenas espacio en las junturas. A cada lado de la mesa había una silla, rígida, pequeña, escolar. Me empujaron hasta sentarme en una de ellas, de frente a la puerta camuflada, sin soltarme las esposas, las manos ya insensibles por la falta de riego sanguíneo. Los policías que me habían escoltado salieron del despacho, cerraron la puerta y me quedé solo durante unos minutos, supongo que era una técnica investigadora más, dejar al detenido unos minutos consigo mismo, para que recapacite y se ablande. Por fin se abrió la puerta y entró mi interrogador, que a primera vista no presentaba un aspecto muy fiero: un hombre de cuarenta y tantos años, con camisa blanca y corbata oscura, lisa. Un tipo delgado, no muy alto, con mucho pelo gris peinado hacia un lado aunque le caía en mechones sobre la frente, el rostro estrecho, bien afeitado, muy ojeroso, los ojos cansados y algo enrojecidos, como si llevase toda la vida allí metido, con la luz del flexo. Ésa fue la única vez que vi a aquel tipo, aunque en adelante lo he buscado, no sólo en los rostros que encuentro por la calle, añadiéndole el natural envejecimiento según pasaban los años, sino también en posteriores detenciones, en el relato de otros detenidos que describían a sus interrogadores, pero nunca lo he encontrado, ni sé su nombre, nada de él, como si no existiese fuera de aquel edificio, o su existencia hubiera sido breve, apenas la duración de mi interrogatorio. Al principio se mostró educado, me dio las buenas tardes, me preguntó si me habían tratado bien, le dije que me molestaban las esposas y avisó al policía que estaba en el pasillo. Éste entró, me soltó las manos y quedó de pie a mi espalda, en la penumbra, yo lo sentía como una presencia amenazante, un golpe que podía llegar en cualquier momento sin preverlo. El interrogador se sentó en la otra silla, frente a mí, ojeó una carpeta que debía de contener mi ficha, todos mis datos, el informe que habría redactado algún agente del SEU tras meses de observación y que ofrecería informaciones elementales: mis datos personales, mis hábitos en la facultad, amistades, círculos que frecuenta, relaciones con profesores, asistencia a seminarios, reparto de propaganda subversiva, voz cantante en asambleas, y así todo, con algunas fechas precisas en mi breve historia política. El policía me ofreció un cigarrillo que no acepté, yo fumaba pero no lo acepté porque no quería su confianza, su falsa amistad que no sería más que una técnica aprendida en la academia, tratar bien al interrogado al principio, erosionar ligeramente su resistencia;

no acepté el cigarrillo aunque me arrepentí al momento, porque pensé, sé que es una tontería, pensé que en mi ficha figuraría, entre otros datos, mi condición de fumador, por lo que el interrogador averiguaría que yo quería fumar pero no fumaba porque creía conocer su truco y desconfiaba, mi cabeza trabajaba muy rápidamente en aquellos momentos, pensaba todas las salidas posibles de cada situación, las consecuencias imaginables de cada palabra o gesto en los que me jugaba seguir intacto el minuto siguiente. El tipo me miró en silencio durante el tiempo de su cigarrillo, como si esperara que yo tomase la iniciativa y empezase a hablar, hasta que lo apagó en un cenicero limpio sobre la mesa, se frotó las manos, se colocó en la silla y adelantó el cuerpo, con ese gesto común de bueno, vamos allá, no demoremos más nuestra tarea. Empezó a hablar y me soltó el discurso esperado, eso de «tenemos que hablar de muchas cosas, queremos saber, que nos cuentes algunos detalles, que respondas a algunas preguntas, puedes contestar por las buenas o por las malas, te aseguro que acabarás hablando, porque aquí habla todo el mundo, así que tú eliges, si es por las buenas podemos charlar tranquilamente el tiempo que sea, yo pregunto y tú respondes, y después te llevamos al calabozo para que descanses un rato. Si es por las malas, la cosa ya no es tan previsible, depende de ti, nosotros haremos nuestro trabajo, tampoco podemos perder mucho tiempo pero no te confíes, no hay plazos, no se acaba a una hora u otra, si es necesario no duermo hasta que acabemos. ¿Entendido?» Yo respondí eso de no tengo mucho que contarle que usted no sepa, y él dijo ya veremos. Me habían contado muchas historias de la Social, me habían referido toda una tipología de comisarios, de interrogadores: el violento, el frío, el

125

tranquilo, el que parece bueno pero luego te machaca, el que habla de fútbol o de cine o de cualquier tema para abrir un resquicio amistoso. Pero el que me tocó a mí, el que me interrogó, a primera vista aparecía simple, funcional, sin rodeos, pregunta y respuesta, eficaz. El interrogador me contó lo que ellos conocían, supongo que para ir al grano y ahorrar informaciones obvias, me dijo que sabían que estábamos preparando una huelga nacional, que controlaban nuestros movimientos, las reuniones de sectores, conocían por supuesto la fecha, así que sólo esperaba que le diera nombres; así de sencillo, me dijo, sólo dame unos cuantos nombres, quiénes están en la célula universitaria, quiénes en la coordinadora, quiénes son los enlaces con otros sectores. Yo le dije que no sabía nada, que no conocía a nadie. Él no se alteró con mi respuesta, me repitió la petición, dame nombres, yo insistí, no conozco a nadie porque yo no soy importante, no voy a esas reuniones, y él pareció impacientarse levemente, me dijo mira muchacho, a lo mejor no me entiendes, a lo mejor no te das cuenta de en lo que te has metido, o quizás me tomas por idiota, yo negué con la cabeza y dije, con temor, no le tomo por idiota, le prometo que no sé nada. Entonces él hizo un gesto al policía que estaba a mi espalda, apenas frunció el ceño, levantó las cejas mirándole y el solicitado obedeció, yo me encogí en la silla esperando el golpe, puse en tensión el cuerpo hasta recibir el puñetazo en la cabeza, una sacudida brutal, los nudillos se clavaron contra mi cráneo, me removí en la silla y me agarré la cabeza, intentando protegerme del siguiente golpe que no llegó. El interrogador me preguntó qué tal estaba, si me había dolido, yo no respondí y él optó por monologar, deshaciendo mi impresión inicial sobre su concisión;

me vaticinó que yo no resistiría mucho, es curioso, dijo, lo poco que aguantamos el dolor, la mayoría se derrumba en los primeros golpes, luego salen de aquí contando heroicidades pero son pocos los que aguantan, no el dolor, sino la mera perspectiva del dolor, los chicos de hoy, continuó diciendo, son muy delicados, de porcelana, se descomponen en seguida, llegan aquí esperando métodos de tortura medievales, pero pocas veces es necesario recurrir a la segunda fase, suele bastar con unas cuantas hostias, meter la cabeza en el váter, unas patadas en el culo, aquí se tortura menos de lo que se cree, porque normalmente no hace falta, antes la gente resistía más, vuestros padres eran más sólidos, hoy vale con unos bofetones bien dados, un crujido en los cojones como mucho. Yo miraba al policía mientras continuaba su discurso: la culpa de todo, dijo, la tiene la medicina, el progreso de los médicos, porque a nuestros abuelos les sacaban las muelas sin anestesia, a lo bruto, ahora vas al dentista y ni te enteras, te pueden quitar toda la dentadura y tan fresco, por eso aquí llega un detenido y le acercas las tenacillas a la boca y ya se viene abajo. Lo mismo con las medicinas, seguía diciendo, cuando yo era niño los constipados se curaban solos, ahora cuando un niño tiene unas décimas de fiebre lo inflan a jarabes y aspirinas, así le debilitan el cuerpo y el alma, estamos creando generaciones flojas, delicadas, sin defensas ni resistencias. Seguramente, me decía el interrogador señalándome, cuando repartes panfletos en la universidad y corres en las manifestaciones te piensas que el día que te cojan resistirás, te crees un campeón, no temes a la tortura, pero ya verás como no. Sólo te hemos dado una hostia, incluso floja, pero si no hablas irá creciendo en intensidad y luego te llevaremos a otra sala y probaremos otros métodos. Pero tú eres un muchacho inteligente, ¿verdad?, me preguntó. Yo estaba hundido, pero al mismo tiempo rabioso, aunque el miedo podía más que la rabia y mis silencios no eran resistencia ejemplar sino pura ignorancia. Negué la respuesta otras dos veces, lo que fue seguido por sendos puñetazos en la cabeza, el segundo de ellos más fuerte, que me dejaron algo mareado. Entonces el policía me preguntó por Guillermo Birón, me preguntó quién era Guillermo Birón y yo le dije que no sabía nada, y no mentía, porque en realidad supe del nombre clandestino de André tiempo después, hasta entonces lo desconocía porque entre nosotros, en la coordinadora, André era André, no usábamos nombres falsos, André sólo utilizaba su seudónimo en las reuniones con los camaradas de otros sectores, que lo conocían como Guillermo o Birón o los dos nombres juntos, y de esta forma, en caso de detención e interrogatorio era más difícil continuar la cadena, porque nosotros no sabíamos nada de Birón, y los compañeros de otros sectores no habían oído hablar de André Sánchez. Así que negué conocer a ese Guillermo Birón, lo que fue seguido por una ronda de golpes que me hizo caer de la silla, y una vez en el suelo los puñetazos se convirtieron en patadas, que tampoco iba a molestarse en agacharse mi agresor, claro. Me encogí en el suelo, tapándome la cabeza mientras me pateaban, hasta que cesaron los golpes. Entonces el policía interrogador se levantó y se acercó a la puerta camuflada del fondo. Llamó con los nudillos, se abrió y se asomó alguien a quien no pude ver. Después, entre dos esbirros trajeron, desde la habitación contigua, un cuerpo a rastras, que dejaron en el suelo, junto a mí, casi rostro con rostro. La poca luz del flexo y lo amoratada que estaba aquella cara hicieron que tardase en reconocerlo. Era André. Tenía las facciones deformadas a golpes, con un ojo cerrado bajo la enorme hinchazón violeta de los párpados, la frente igualmente hinchada y la boca ensangrentada. Él sí me reconoció, porque abrió al máximo el ojo sano y movió los labios, como queriendo hablar. Además, observé que estaba desnudo, aunque no pude ver si tenía marcas en el cuerpo. El interrogador me preguntó si conocía a aquel muchacho y yo dije que no, a lo que respondió dándome una patada en el estómago. Volvió a preguntarme si conocía a aquel muchacho. Miré a André y él me hizo un gesto afirmativo moviendo apenas la cabeza, concediéndome permiso para una traición. Respondí que sí, que lo conocía, que era André Sánchez. El policía me dijo que eso ya lo sabían, me preguntó si Andrés Sánchez era Guillermo Birón. Yo respondí que no lo sabía, no estaba mintiendo, porque yo no había oído hablar todavía de Birón. Si lo hubiera sabido, no sé qué habría hecho, supongo que habría mentido, habría respondido que no, porque de haberlo reconocido, era evidente que se concentrarían en torturar a André, a Birón, era quien realmente podía dar información para seguir la cadena de detenciones. Pero también pienso que, quizás, de haberlo sabido, yo podría ser débil y confesar, decir que sí, que André era Birón, porque eso sería una forma de salvarme, el egoísmo de las víctimas, aquellos policías buscaban a Birón y una vez que lo encontrasen los demás estaríamos a salvo, se centrarían en él. Pero aquel dilema no se me planteó porque yo no conocía a Birón, aunque no me creyesen los policías. Recogieron a André Sánchez-Guillermo Birón, que no se tenía en pie y tenía las manos esposadas a la espalda, se lo llevaron de vuelta a la otra habitación. Ésa fue la última vez que vi a André, y no puedo evitar pensar que quizás fui, descontados quienes lo mataron, la última persona que lo vio con vida. Me sentaron de nuevo en la silla y lo que ocurrió después lo recuerdo peor, es a partir de ese momento cuando se me confunde la memoria, cuando alterné el estado consciente con el desmayo por los golpes, no sé qué más me preguntaron, en realidad pienso que no siguieron interrogándome, que se convencieron de mi ignorancia y que el resto de la noche fue ya puro sadismo, por hacerme daño, para que no olvidase mi paso por Sol, para grabar en mi cuerpo el tamaño de mi culpa. Recuerdo, pero sin noción del tiempo transcurrido a cada momento, que todavía me golpearon varias veces en aquella habitación, hasta que el policía que me sacudía me levantó por las axilas y me llevó a la estancia contigua, donde ya no estaba André. Era una habitación más grande, de la que sólo recuerdo la mesa central en la que me tumbaron. Me vendaron los ojos y me taparon la boca con esparadrapo, y la ceguera en esos momentos es aterradora, no poder adivinar los golpes, no poder cubrirte. La ceguera es aterradora como también lo es la desnudez, porque seguidamente me desnudaron. La desnudez suele estar presente en la mayor parte de torturas por lo que tiene de humillante, pero sobre todo por lo que tiene de vulnerable, de cuerpo desprotegido, ofreciendo todos los puntos débiles, cada centímetro de piel como un foco de dolor.

(EL QUIRÓFANO)

1. Tomamos al individuo, lo desnudamos, amordazamos y cegamos.

2. Lo tendemos en la mesa con las piernas y la rabadilla sobre la superficie, y el tronco, en su mayor parte, fuera de la mesa, al aire, forzando al individuo a que se mantenga a pulso (ver ilustración en anexo). De esta forma lograremos una tensión adecuada en sus músculos, lo que permitirá una optimización en la energía empleada.

3. Con una vara fina —recomendamos el mimbre por su flexibilidad y resistencia, o el vergajo, también conocido como «verga de toro»— comenzamos a golpear el cuerpo; primero de forma suave aunque constante, incrementando progresivamente la intensidad y la potencia de los varazos.

4. Se aconseja iniciar los vergajazos en la zona genital, distribuyendo desde ahí a los muslos, el estómago, el pecho y la cabeza, aunque siempre sin descuidar la zona genital.

5. Simultáneamente, un segundo operario puede utilizar un travesaño de madera para golpear las plantas de los pies del individuo.

6. Concéntrese el tormento en sesiones rápidas y decididas, cesando a continuación durante unos minutos antes de comenzar una nueva sesión. De esta forma el individuo puede recuperar entereza para mantener la necesaria tensión muscular, y los responsables de la fustigación pueden tener descanso, necesario para evitar pérdidas de frecuencia en los azotes. En casos de necesidad, no obstante, pueden turnarse varios operarios.

(La barra)

1. Tomamos al individuo, lo desnudamos, amordazamos y cegamos.

2. Seleccionamos una barra resistente, que no admita deformaciones, de un diámetro suficiente (entre 5 y 15 centímetros) y suspendida a una distancia del suelo equivalente a 1,6 veces la estatura del individuo. Son especialmente recomendables, por su dureza y por el calor que despiden, las tuberías de los sistemas de calefacción central.

3. Atamos las manos del individuo —preferiblemente con unos grilletes comunes— por encima de la barra de forma que ésta quede entre sus brazos, y el cuerpo cuelgue por debajo de ella (ver ilustración en anexo).

4. Colocamos un taburete bajo los pies del colgado. La altura del taburete —servirá cualquier tipo de asiento sin respaldo— debe ser tal que el individuo sólo llegue a rozar la superficie del mismo con la punta de los dedos de los pies. De esta forma intentará apoyarse de puntillas, lo que conseguirá un estiramiento espe-

cialmente dañino en la columna vertebral que, de prolongarse, puede ocasionar lesiones fatales. 5. Tiempo aproximado de empleo: no menos de seis horas. El tiempo máximo está en función de la resistencia del individuo y del objetivo que persigamos: aviso (máx. ocho horas), escarmiento (máx. diez horas), castigo ejemplar (máx. quince horas) o confesión (hasta que ceda).

GRIMAU, PLENAMENTE RESTABLECIDO

La campaña internacional sobre Julián Grimau pretendía que ha sido juzgado sin haberse restablecido de las lesiones que se produjo al lanzarse a la calle desde un balcón de la Dirección General de Seguridad cuando prestaba declaración, inmediatamente después de ser detenido.

Conviene precisar:

—Al lanzarse a la calle, el choque contra el pavimento le ocasionó la fractura de ambas muñecas y una importante lesión craneal en el lado izquierdo, además de cortes en la cara producidos por la rotura de cristales.

En el hospital penitenciario, en el que ingresó el 13 de noviembre de 1962, fue tratado por los competentes especialistas con que cuenta su cuadro médico, logrando tal mejoría que el 19 de enero siguiente fue dado de alta y trasladado a la Prisión Provincial de Hombres (Carabanchel).

Según informe médico posterior, en la enfermería de la citada prisión de Carabanchel, Grimau realiza vida normal: come con apetito, se asea él personalmente y pasea cuanto quiere. Únicamente presenta secuelas postraumáticas de las lesiones sufridas que no precisan ningún tratamiento especial. El informe añade: «Julián Grimau anda solo, sin ayuda de nadie. Se orienta en el tiempo y espacio. Responde con lucidez y coherencia a las preguntas.

»Tiene buena memoria de fijación, repite con presteza y facilidad dígitos de cinco cifras. Su memoria remota, conservada. Evoca con lentitud, pero con precisión fechas y nombres.

»La capacidad de juicio y raciocinio del recluso en cuestión están perfectamente conservadas. Duerme bien, sin ensueños ni pesadillas.

»Lee con facilidad, distingue los objetos y los reconoce con los ojos cerrados.

»Su pulso es de 70 por minuto. Temperatura, 36,8. Tensión arterial: Máxima, 13,5, y mínima, 8,5.

»Las radioscopias de las muñecas demuestran buena consolidación de las fracturas.

»Por último, la exploración de su psiquismo revela que es persona que conserva íntegramente sus facultades mentales.»

—Esta campaña mundial organizada por el Partido Comunista pretendía que fue torturado. Que no es así lo demuestran los informes médicos a que antes se alude y que señalan con precisión las lesiones y su causa.

—A consecuencia de las lesiones que se produjo Julián Grimau se siguió un procedimiento de oficio ante la jurisdicción ordinaria, que ha sido sobreseído, lo que demuestra de manera terminante que las lesiones se las produjo él al lanzarse por un balcón de la Dirección General de Seguridad, y no por haber sido maltratado por ninguna otra persona. Reconoció ante el juez que no había sido torturado. Ex-

135

presamente requerido para hacerlo, no presentó querella contra la policía.

—Por otra parte, su presentación ante el Tribunal que le ha juzgado en audiencia pública, y sus contestaciones y alegatos al responder a las preguntas de los miembros del Tribunal, del fiscal y de su abogado defensor, demuestran su total restablecimiento y el pleno funcionamiento de todas sus facultades.

El autor, en plena atribución de sus facultades y en ejercicio del derecho a la propiedad intelectual que le asiste, acaso decepcionado por la deriva que desde páginas atrás viene tomando la presente novela, o advertido por el mohín disconforme de algunos lectores —y el abandono temprano de otros—, se ve en la obligación de hacer una serie de afirmaciones que a) reconduzcan la atención sobre el personaje principal de la aventura, ...es..decir,..el..profesor Julio Denis; b) iluminen la acción hasta disipar aquellas confusiones que no permiten que se defina con mediana certeza la peripecia del personaje; y c) recuperen una serie de elementos indispensables para el éxito de una narración, tales como el humor, la actividad sexual o la coherencia argumental, que están siendo gravemente sacrificados. Tales afirmaciones actuarán a su vez como desmentidos sobre tres recientes giros que perjudican la posición del profesor Denis y acentúan la poco creíble teoría de la delación: se ha dicho, en páginas anteriores, que el profesor Denis se encontraba en las inmediaciones de la manifestación estudiantil, como testigo en primera línea, lo que puede hacer pensar en una función policial en su comportamiento. En segundo lugar, se ha relatado el encuentro entre el profesor Denis y una estudiante a la que auxilió como un intento de, escudado en la casualidad, entrar en contacto con el grupo subversivo a que pertenecía la mencionada joven. En tercer lugar, hemos podido leer una negación absoluta de la posible casualidad en los hechos, a partir de un nuevo cruce entre el profesor y el citado grupo, esta vez en una cafetería, pocas horas antes de que sus integrantes fueran detenidos por las fuerzas de seguridad. Ante tales aseveraciones, de las que evidentemente no son responsables los sucesivos relatores —que no juegan más que un papel secundario, instrumental— sino la torpe intención del autor por anegar una historia que quizás merecería un tratamiento lineal y nítido, se ofrecen las siguientes aclaraciones:

1. Respecto a la presencia del profesor Denis en las inmediaciones de la manifestación, sentado junto al ventanal de un bar desde donde asistía en inmejorable mirador a las evoluciones violentas del exterior, debemos explicar que el profesor eligió este establecimiento como refugio antes que como observatorio, después de ser sorprendido por la concentración estudiantil y policial en plena vía pública, estudiantes a un lado, policías al otro y Denis entre ambos sin más salida que una calle lateral por la que vio avanzar unidades antidisturbio, y un bar que, a diferencia de otras pequeñas empresas del entorno, no había bajado la persiana pues quedaban en su interior un número indeterminado de clientes a los que la inesperada manifestación había alcanzado en plena pausa laboral para el café con churros y decidieron permanecer en el interior, bien por temor ante el pronto lanzamiento de piedras, pelotas de goma y bombas de humo, bien porque aquel suceso ofrecía coartada para prolongar el siempre flexible tiempo del desayuno

en sus respectivos centros de trabajo. En el caso del profesor Denis, el motivo de su entrada en el citado local fue sin duda el miedo, después de haberse visto envuelto, apenas treinta minutos antes, en un desagradable incidente durante su horario lectivo, cuando un irritado tribunal estudiantil le condenó a ser fusilado con una herramienta de escritorio que lanzada por mano anónima le acertó en plena ceja, causándole una aparatosa hemorragia que no podía contener con su pañuelo mientras dejaba el edificio académico a paso ligero, los ojos escocidos por el empleo de gas lacrimógeno. En los jardines universitarios, Denis se mezcló entre quienes huían y perseguían, y sólo detuvo su marcha para contemplar el deslucido salto de un joven que, para vergüenza olímpica, no pudo franquear el seto vegetal que le cerraba el paso en su fuga y cayó sin acierto sobre el pavimento pedregoso, desollándose las rodillas y el codo derecho, daño escaso en comparación con el que se propusieron causarle los dos miembros de la Policía Armada que, sin concesión a su torpeza, golpearon al caído con sus porras en gesto mecánico tantas veces repetido. Ante tamaña muestra de eficacia policial, el profesor consideró más prudente no continuar su carrera, no fuera a ser confundido con un revoltoso y tratado en consecuencia, y buscó parapeto tras una conífera cercana donde, sentado sobre el manto rígido de las agujas caídas, la espalda apoyada en la corteza trizada que le rasgó levemente la camisa, aguardó a que se alejasen cazadores y presas mientras se aplicaba en contener la sangrante cisura con el empapado pañuelo. El tiempo de espera le dejó los huesos doloridos de un frío cadavérico —incluso llegó a considerar, hipocondríaco, que podía morir repentinamente por un improbable daño cerebral y lo encontraría un paseante horas después, cubierto de escarcha y recostado contra el pino, como uno de esos cuerpos sin vida que aparecen de vez en cuando en los bosques, arropados de hojarasca en hermosa composición natural que hace las delicias por igual de los fotógrafos de prensa y de los microorganismos necrófagos—. Tras sacudirse la tierra húmeda de los pantalones y recomponerse como pudo la camisa, tomó el camino de la ciudad, con paso más calmo ahora, y sólo cuando ya estaba en la calle Princesa se giró, alarmado por el griterío, y descubrió la marcha humana que se acercaba con prisa, lo que le hizo continuar su ruta a mayor velocidad, hasta que se topó con la simétrica marcha humana, policial ésta, que se aproximaba desde el otro extremo de la avenida buscando la colisión, momento en que, tras analizar la situación, buscó cobijo en el antes mencionado establecimiento, donde se instaló en la única mesa libre, junto al amplio ventanal. Cuando se iniciaron los enfrentamientos en el exterior, varios clientes envidiaron el emplazamiento del recién llegado y se situaron junto a él para presenciar las escenas de lucha, acorralando al profesor contra la cristalera, momento en que se produjo la ya relatada entrada en el lugar de un estudiante que sostenía a un combatiente herido y que fue espantado por la persuasión armada del propietario, aunque en su retirada pudo ver al profesor en su privilegiada atalaya, coincidencia que alimentó el rumor que desde días atrás recorría la facultad sobre la supuesta colaboración entre el profesor Denis y los cuerpos de seguridad del Estado.

2. En cuanto al auxilio que tras la misma manifestación prestó el profesor Denis a la estudiante Marta

Requejo, integrante de la célula comunista universitaria, a la vez que compañera sentimental del desaparecido André Sánchez, lo sucedido no tiene nada que ver con la sugerida estrategia de espionaje y acercamiento a dicha célula, sino más bien, como ya habrán adivinado algunos lectores, con las debilidades de un hombre como Julio Denis, quien en su vetusta soltería pocas veces sucumbió a su tímida preferencia por los cuerpos más jóvenes, aniñados, y cuando lo hizo siempre fue mediante transacción comercial, con sólo dos hechos destacados en sus últimos veinte años de existencia, a saber: en la noche del 7 de marzo de 1959 fue bruscamente frenado durante un paseo nocturno en calleja solitaria y mal iluminada por una mano pequeña que le apretó con todos los dedos la zona genital, una mano que siguiendo la línea del brazo concluía en el cuerpo de una joven ramera, demasiado joven, una de aquellas niñas que llegaban a la capital para trabajar en lo que se pudiera, sirviendo en casas, fregando suelos, cosiendo trapos doce horas diarias por cuatro pesetas en talleres escondidos en pisos interiores, hasta que un día una desavenencia con la patrona las dejaba en la calle, primero como una excepción, algo temporal, finalmente como una elección sin remedio que las resignaba a recorrer el barrio desde el atardecer, huyendo de los guardias y los vecinos moralistas, para asaltar por un par de duros una entrepierna aventurera como la de Julio Denis, cuyos testículos encogidos apretaba con dolor y placer a partes iguales aquella envejecida adolescente de ojos enfermos y un rosa estridente falseándole los labios; llevaba una falda corta y ausencia de medias pese al frío para unas piernas flacas y amoratadas, con los pies a salvo en unas hogareñas pantuflas; la niña habló con voz algo quebrada, no te dejaré marchar, abuelo, amenazó a Denis, quien conmovido más que excitado soltó un billete que la chica guardó doblado en la zapatilla, pensó en pagar y marchar antes que consumar el trato con aquella desgraciada, pero su debilidad le hizo seguir a la muchacha hasta el portal sombrío de un edificio cercano, cueva donde la ninfa desabotonó el pantalón del nervioso profesor y mordisqueó sin éxito un pene lacio que dejó marcado con el color destemplado de sus labios cuando se escuchó el grito del habitual sereno que sacudía su chuzo cual temible venablo, momento en que la chica empujó al nocturno funcionario y ganó la calle a la carrera, Denis lo intentó pero fue sujetado por el velador, quien le tomó un brazo mientras con el otro agitaba el palo frente al azorado anciano que ni tiempo tuvo para esconder el flácido miembro ante la urgencia de entregar los últimos billetes de su bolsillo junto a unas palabras de disculpa, dinero que no era mucho pero suficiente para lenificar la escandalizada conciencia del guardián de la noche y las buenas costumbres. El segundo momento sucedió el 23 de mayo de 1962, cuando uno de sus irregulares paseos nocturnos desembocó por primera y última vez en un local noctámbulo y prohibido, al fondo de un callejón sin tráfico, tras cuyo cristal sucio se distinguían las formas borrosas de los hombres callados y apoyados en la barra y las mujeres maquilladas para falsificar su decrepitud y que se acercarían al bebedor solitario para ofrecerle el consuelo barato de una noche en su escote mohoso, una copulación veloz en un catre arruinado a golpe de cadera o, como obtuvo Denis tras beber con repugnancia un sorbo de un sucedáneo de ginebra, una masturbación maquinal en un cuarto de baño demasiado iluminado, con un espejo ajado que le devolvía el retrato de su rostro apretado en avergonzado gesto. Aparte de estos dos incidentes, la trayectoria sexual de Denis incluía poco más: mensuales citas con Onán, indiscreciones episódicas en la oscuridad de un zaguán desde el que observaría el combate de gemidos y manotazos torpes de parejas sin techo ni lecho, el juego perverso de seguir a una mujer desde la distancia en la noche peligrosa de la ciudad y causar su miedoso paso ligero, el espionaje fortuito de una vecina nada atractiva a la que una tarde sorprendió en la ventana abrochándose un sujetador, y los muy remotos noviazgos de su adolescencia con niñas pánfilas a las que nunca pudo tocar más que la mano y enguantada. En el interminable ocaso de su sexualidad se encontraba Julio Denis cuando apareció aquella estudiante, Marta Requejo, recién cumplidos los diecinueve años y cuyas formas corporales contradecían la menor edad que demandaba su cara aniñada. Concluida la violenta manifestación, el profesor Denis se alejaba de la zona en dirección a su cercano domicilio cuando chocó con el cuerpo temblón de la joven, que salía con prisa de un portal en el que se había escondido del acoso policial. Asustada y con una dolorosa hinchazón en el antebrazo bajo la manga de su jersey, la muchacha chocó con el anciano en el momento en que entraba en la calle un furgón gris por cuya ventana enrejada se adivinaban los ojos atemorizados de los detenidos. Marta, que mostraba en las mejillas restos de un reciente llanto, se apretó contra el profesor, intentando ocultarse tras su cuerpo, pese al escaso volumen corporal de Denis, quien en respuesta tomó del hombro a la estudiante y la hizo caminar calle arriba, abrazándola contra él de forma que los policías del furgón pensaron que era un viejo con su hija, su nieta o su pecado. Pasado el peligro, la muchacha dejó escapar un llanto angustiado y Denis, atrevido como pocas veces, la abrazó con naturalidad y la apretó contra su pecho, su camisa recogió las lágrimas agradecidas, e incluso se atrevió a pasar una mano indecisa por el pelo sucio de la manifestante. En el prolongado abrazo, el profesor se sentía de repente más viejo y cansado que nunca, como si el cuerpo joven de ella fuese un espejo negro que le arrancaba la vida. Pese a que el profesor reconoció en aquella estudiante a una de las organizadoras del acoso sufrido horas antes en el aula, Denis llevó a la joven hasta su casa, no lejos de allí, sin encontrar resistencia en ella. Poco después, en la penumbra de la cocina, con el fondo sonoro de una radio en el patio de vecinos, el profesor observaba a la joven que sentada en un taburete bebía un tazón de leche tibia, vestida únicamente con el albornoz de Denis que dejaba al descubierto un escote enrojecido. Marta, recuperada del temor, contaría al día siguiente a sus compañeros, divertida, lo nervioso que parecía estar el viejo, con el que incluso se permitió cierta provocación, aceptar el ofrecimiento de usar su ducha, vestirse sobre el cuerpo desnudo la bata que encontró tras la puerta, cruzarse de piernas sobre el taburete para regalar un muslo al anciano, en juego pero también en agradecimiento. Ella le pidió disculpas por lo ocurrido en clase esa mañana, reconoció que habían montado la encerrona para ambientar más la facultad, que sabían que André no estaba detenido, y Denis, en lugar de disgustarse, se mostró comprensivo, al hablar le temblaba la boca y se trababa en las palabras largas, hasta que ella se marchó hacia el dormitorio en busca de su ropa, el profesor la siguió hasta la puerta y la invitada decidió obsequiar a su admirador con un desnudo, se quitó la bata y se vistió despacio, fingiendo no saber que el profesor la observaba desde la puerta entornada, incluso se giró con presunto descuido para mostrar su pubis rizado y la línea suave del vientre, los pezones endurecidos del frío al soltar el albornoz, tranquila, aunque contó luego a sus compañeros que le asustó pensar que el viejo pudiera estar masturbándose, por lo que se vistió con lentitud, tardó el tiempo que calculaba que podía durar una eyaculación de anciano. Cuando finalmente se marchaba, Denis se envalentonó y le propuso, entre balbuceos, que se quedase unos días en su casa para ocultarse de la policía, la chica contenía la risa ante la repentina temeridad de quien hasta entonces huía de cualquier leve aroma a subversión. Se despidió de él dándole un beso corto en los labios, de nuevo entre el agradecimiento y la diversión. El profesor quedó paralizado, incapaz de tomarla por los hombros y morderle la boca como hubiera querido, obtuso para decir cualquier palabra a la muchacha que ya salía del piso y cerraba tras de sí la puerta, sin haberle preguntado siquiera el nombre, rígido en su perplejidad mientras escuchaba los pasos rápidos escaleras abajo, temeroso de mover los labios y perder el beso breve allí dejado.

3. En consecuencia con la anterior aclaración, no son necesarias muchas explicaciones para entender el tercer episodio, en principio confuso: el acercamiento del profesor Denis a los jóvenes comunistas reunidos en una cafetería de Moncloa entre los que se encontraba Marta Requejo. Evidentemente, no hubo intención alguna de obtener información susceptible de ser trans-

mitida a los investigadores policiales que a esa misma hora ultimaban la operación que en la noche daría con la célula al completo en los calabozos de la Dirección General de Seguridad. Al contrario, el profesor fue víctima de su incontinencia, del inesperado pellizco sentimental que la muchacha le había producido con su juego un día antes. Tras una noche en la que había dormido con dificultad, apremiado por el recuerdo del muslo expuesto a su vista por quien sólo dio dos sorbos cortos al tazón de leche —que Denis recuperó cuando ella marchó y se bebió con avaricia como si pudiera atraparla en el borde cerámico del recipiente—, tras una noche de increíbles proyectos de seductor, de preparar frases valientes para cuando encontrase a la joven en el pasillo de la facultad, tras una noche de renaciente juventud, Denis amaneció a la mañana del desengaño, al alba implacable que siempre abofetea al soñador y le expone lo ridículo de sus ensoñaciones; se vistió con insoportable rutina y salió a la calle, forzando el olvido de sus irrealizables planes de enamorado, colocando el recuerdo de la muchacha en el lugar que le correspondía, en el recodo cerebral donde se pudren las fantasías; cuando de repente, al alcanzar Argüelles, observó un grupo de estudiantes que cruzaban la calle unos metros más allá y el pecho le dio un vuelco juvenil al reconocer entre ellos al objeto de su deseo. Los jóvenes, que eran tres, caminaban deprisa en dirección al parque del Oeste, y Denis, sin darse cuenta, llevado por un arrojo insólito, se encontró cruzando la calle tras los estudiantes, uno de los cuales sorprendió al perseguidor al girar la cabeza y comentó algo a sus compañeros, que miraron hacia Denis, quien disimuló con torpeza mirando un escaparate de zapatería, hasta que doblaron una esquina y él, convencido en su osadía, aceleró el paso para no perderlos, justo a tiempo para verlos entrar en una cafetería, donde les esperaban otros dos estudiantes para la reunión prevista. Denis quedó detenido a pocos metros del establecimiento, trataba de recuperar la tranquilidad, el bombeo normal de la sangre, hasta que decidió alejarse, desechar su arrebato y volver a su miseria íntima. Con las manos en los bolsillos giró la primera calle hacia la derecha, en dirección contraria a la universidad, olvidado de su obligación académica, volvió a girar en otra esquina, rodeó la manzana a ritmo creciente hasta que completó el círculo y se encontró frente a la fachada acristalada de la cafetería. Comprobó en su reflejo el nudo de la corbata y adelantó la cabeza para distinguir el interior, donde pudo situar a los reunidos en una mesa al fondo del local. Marta estaba sentada de espaldas a la calle, pero uno de los jóvenes señaló al exterior y ella se volvió para descubrir a su admirador tras el ventanal, y esa mirada, antes que rendirle, sirvió como invitación para Denis, que abandonado definitivamente a la temeridad empujó la puerta y se encaminó hacia los perplejos jóvenes, que se revolvían nerviosos, hablaban en voz baja, señalaban furiosos al anciano. Ordenó un descafeinado y se sentó junto a ellos, en la mesa próxima, pese a que el resto de mesas estaban desocupadas. La muchacha se giró y miró con reproche a Denis, mordiéndose el labio inferior, pero el viejo pensó que ya no tenía nada que perder e intentó unas palabras, frases que la estudiante no entendía por inesperadas, que si le permitía que la invitase a desayunar, que si había llegado bien a su domicilio el día anterior, y la llamaba señorita, ese tipo de melosidades de novio antiguo, la joven intentaba cortar aquella situación pero él insistía y le preguntaba su nombre, no sé su nombre, señorita, hasta que uno de los conspiradores perdió la calma y pidió al profesor que le acompañase a la calle, que quería decirle algo a solas, y Denis, como quien acepta un duelo de espadas, se puso en pie solemne y siguió al joven, comitiva a la que se unió un segundo estudiante. Ya en el exterior, vigilados por el camarero que parecía sospechar un inminente linchamiento, uno de los duelistas advirtió al profesor de que se estaba buscando un problema con su actitud, le pidió que se marchase y los dejase tranquilos, le dijo en sarcasmo que los de la Social cada vez reclutaban agentes más toscos, lo que no fue entendido por Denis, de repente enmudecido, perdido su valor, hasta que uno de los estudiantes le mostró una navaja en amenaza, sin llegar a abrirla, sólo las cachas, suficiente para intimidar al anciano, que se marchó calle arriba, no sin antes dedicar un gesto de saludo a Marta, que en el interior hacía esfuerzos por contener la risa.

Marta ya no pudo dejar de reír, desde ese momento su mandíbula no tuvo un segundo de descanso, su alegría tras el incidente con Denis contagió a sus compañeros, que tuvieron que suspender la reunión de la cafetería ante el cachondeo generalizado, y por la tarde, mientras se dirigían a la quinta abandonada en el coche de uno de ellos, gritaban por las ventanillas y hacían música con la bocina para regocijo de los vehículos que circulaban en sentido contrario, la pareja de guardias civiles que les hizo trompetilla con la lengua al verlos, André los esperaba en la casa y se sorprendió por la bulla pero pronto se unió con carcajadas hermanadas, se abrazaron como bufones haciendo las bromas esperadas, uno tomaba la pierna del otro, aquél se subía a la grupa del más cercano, éste se colocaba a cuatro patas tras el burlado para que otro lo empujase y cayese con pataleo, y así la prevista reunión, en la que debían ultimar los preparativos de la cercana huelga e intercambiar informaciones sobre lo sucedido en la universidad, se convirtió en una tarde de chistes y rimas groseras, uno imitaba a un tartamudo, otro contaba la chirigota del gitano y el mariquita que vienen del Rocío, así podría haber llegado la noche a aquel caserón sin electricidad, con la guasa se les pasaría la noche y el día entero y los días siguientes y todo sucedería sin ellos, la huelga fracasaría mientras ellos continuaban representando su jarana, así habría sido de no ser por la aparición de los coches policiales que con sus motores interrumpieron el relato de una nueva ocurrencia que incluía acentos andaluces y la intervención de un gangoso, la llegada de la policía ya fue el desternille total, Marta miró por la ventana y dijo, aunque apenas se le entendía entre la risa, viene un coche, y luego puntualizó, no es un coche, son dos, tres, cuatro, los fueron contando a coro como los tirones de oreja de un cumpleaños, varios de los reunidos salieron a correr por la puerta trasera por la sola diversión de jugar con los policías al escondite en la noche inminente de los campos, mientras los demás quedaron en la casa, comiéndose entre risotadas las octavillas y las agendas, hasta que los agentes de paisano irrumpieron por la puerta con espectacularidad de payasos, empuñando pistolas de agua y guiñando los ojos a los muchachos, a los que simulaban empujar para que se tumbasen boca abajo y con las manos en la espalda, Marta se retorcía cuando la levantaron a pulso entre dos bromistas y la introdujeron en un vehículo, durante el viaje proponía canciones de excursión escolar a los policías, qué es aquello que reluce en lo alto del castillo, *una vieja y un viejo van p'Albacete*, las muchachas de mi pueblo ya no van a la piscina, así llegaron a la Dirección General de Seguridad, el viejo edificio de Sol que era la auténtica casa de la risa, la algazara de los detenidos salía de los sótanos y se contagiaba a las calles, los tranquilos ciudadanos evitaban la acera del caserón porque temían escuchar un carcajeo que ya nunca se olvida, los efectos de las cosquillas aplicadas sobre los interrogados, que se partían de la risa, se descoyuntaban de la risa, reventaban de risa, se morían de la risa incluso, y poco después de llegar Marta tenía ya los ojos hinchados de apretarlos en risotada, los labios ensangrentados de mordérselos para contener el estallido festivo, pasó varias horas en un despacho con varios policías que le pedían que repitiese los mismos chistes que se contaban entre ellos los estudiantes en las reuniones, la vieja coña de la huelga, y ella se resistió a contar algunas picardías y entonces hicieron el simulacro circense de la bofetada, un policía simulaba que le daba un cachete y ella daba palmas con las manos en la espalda imitando el sonido de la bofetada, ese truco lo aprendió muy bien la mayor parte de detenidos durante aquellos años, era un número muy efectista, después la llevaron a un calabozo donde triunfaban las bromas más marranas, el suelo pringado de orines y escupitajos, la manta tiesa de secreciones ajenas con la que no podía quitarse el frío, al día siguiente la volvieron a conducir al despacho donde continuaron las bufonadas, le preguntaban acerca de Guillermo Birón, que debía de ser un exitoso *clown*, y así estuvo varios días sin que su viudo padre supiera nada de su hija, fue memorable la risa sardónica del padre cuando supo de lo sucedido, comentó entre pedorretas que todo era una travesura tardía aplicada contra él en el cuerpo de su hija, porque él ya había conocido el carácter bromista de aquel régimen cuando en el treinta y nueve fue apartado de su puesto de maestro en correspondencia al talante poco divertido que había demostrado en sus años de ejercicio, tres meses después consiguió, previo pago de una sanción cuantiosa, que Marta saliese de aquel centro ferial que era Yeserías, aunque la chiquilla no quería irse, lo había pasado tan bien en aquellas semanas, el padre dijo que ya era demasiado, que aquel país no era serio con tanta algarabía, que llevaban veinticinco años de cachondeo, estaba cansado de escuchar por todas partes el carcajeo del pueblo, en las comisarías, en las prisiones, en las tapias de los cementerios, en Cuelgamuros donde los tísicos se desternillaban picando piedras, en los tribunales que parecían espectáculos de variedades con tanto pitorreo, la risilla baja de los topos escondidos en el doble fondo de los desvanes, así que marcharon a París, ciudad poco amiga de la juerga a diferencia de nuestra relajada tierra, allí sobrevivieron un par de años hasta que finalmente se instalaron en Toulouse, donde el padre abrió un restaurante español, La Vieille Espagne, en el que los compatriotas trasterrados se reunían por las noches a reír sus nostalgias, a recordar viejos chistes republicanos entre brindis de celebración, aunque Marta no compartía aquella alegría emigrada porque prefería concentrarse en su propio recuerdo hilarante de André, que había desaparecido como en un número de magia ambulante, ése era otro de los trucos favoritos que se hacían en Sol, entraba un detenido y ya no salía pero tampoco estaba dentro, Marta vivió acompañada de aquella diversión durante casi veinte años, hasta que en el ochenta y tres regresó a España, esperanzada de que la fiesta hubiese remitido y alguien le explicase la verdad de aquel truco, en qué sombrero de copa profundo estaba André, se instaló en un piso alquilado en Embajadores, quienes la volvieron a ver dicen que estaba irreconocible, tantos años de rictus habían dejado huella en su rostro, la niña había dejado paso a una mujer prematuramente envejecida, en su piso madrileño apenas había muebles más que los necesarios pero sí fotografías, retratos de André Sánchez que parecía su hijo, un André Sánchez detenido en el tiempo, en sus veinte y pocos años, mientras que ella, como en una infidelidad, había seguido creciendo, se había convertido en una mujer madura mientras su amante perdido seguía joven, se dedicó desde el primer día a recuperar a André, a buscarlo, como si todavía pudiera encontrarlo, como si todo hubiera sido una gran macana del estudiante, que siguiera oculto bajo la manta en un calabozo de Sol, o viviendo una vida fingida durante años en una capital de provincias, aunque en el fondo Marta sólo buscaba su cuerpo, su cadáver joven, sus huesos calcinados en un claro de bosque, su carne descompuesta en el lecho de un pantano, y buscaba también a los autores de aquella chiquillada, creyó que las cosas habían cambiado en España y que se podía poner fin al recreo y a la farra, así pasó un año entero, visitaba despachos ministeriales de los que era despedida por quienes todavía no se habían quitado la sonrisilla de la boca, se entrevistó con responsables políticos que lloraban histriónicos cuando les contaba el caso de André, envió cartas a periodistas que le respondían con chilindrinas y rimas, paseaba algunas tardes desde su piso hasta la Puerta del Sol donde miraba la fachada del edificio conteniendo con esfuerzo la risita, rondaba las puertas traseras como si en cualquier momento fuera a concluir la inocentada y dejasen salir a André, así pasó un año entero, jaleada por un país en el que todavía resonaba el eco divertido de los desaparecidos, intentaba encontrar a André guiándose por esos ecos pero acababa confundida por la felicidad ruidosa de las multitudes enterradas, hasta que se hartó de habitar una ciudad en la que incluso el nombre de las calles era un recuerdo de los grandes humoristas y marchó de vuelta a Toulouse, dijo a sus escasos conocidos que se iba, que estaba cansada, que tenía su vida hecha en Francia, que se sentía extranjera, que su padre necesitaba ayuda en el restaurante, que bastante tenía con regodearse en su memoria como para compartir aquel carnaval que parecía no tener fin.

A veces es necesario abandonar por un momento ambigüedades, juegos literarios, relatos horadados que precisan la complicidad del lector para que los complete con su inteligencia, con su imaginación, con sus propios miedos y deseos; a veces es necesario el detalle, la escritura rectilínea, cerrada, completa, descriptiva sin concesiones. Por ejemplo, cómo podemos referirnos a la tortura en una novela. Podemos hacerlo —así lo hemos hecho páginas atrás— desde la indefinición, la suposición, abandonando al protagonista en el momento en que es tumbado sobre una mesa, desnudado, amordazado; y a continuación incluir un tragicómico manual de torturas para que sea el lector el que complete el círculo, el que relacione, el que, en definitiva, torture al protagonista, imagine sus músculos tensados, su piel probando coloraciones ajenas. Pero en ese caso descuidamos nuestro propósito y lo dejamos a merced del criterio del lector, que en función de su disposición podrá limitarse a escuchar los gritos desde una habitación contigua; o contemplar fotografías forenses; o asistir a la tortura aunque tapándose los ojos, mirando sin querer mirar a través de los intersticios de sus dedos colocados como antifaz; o si sus conocimientos médicos se lo permiten podrá adivinar los destrozos interiores, los que no se ven, la extravasación de la sangre, la formación silenciosa de hernias, la quiebra en sordina de los huesos más delgados, la hinchazón de los órganos, la coagulación sanguínea en el laberinto cerebral; o incluso participar, algunos lectores sádicos preferirán participar en el tormento, empuñar la vara que azota, retorcer los miembros con sus propias manos, levantar las uñas con ese bolígrafo publicitario que guardan en el bolsillo de la camisa, accionar la dinamo eléctrica con habilidad insospechada; y también habrá, seguramente, lectores débiles, indulgentes, garantistas, que elijan absolver al detenido, desamordazarlo, devolverle sus ropas y conducirlo ante un juez, abrir una investigación a los funcionarios implicados, etc. Pero cuando hablamos de torturas, si realmente queremos informar al lector, si queremos estar seguros de que no quede indemne de nuestras intenciones, es necesario detallar, explicitar, encender potentes focos y no dejar más escapatoria que la no lectura, el salto de quince páginas, el cierre del libro. Porque hablar de torturas con generalidades es como no decir nada; cuando se dice que en el franquismo se torturaba hay que describir cómo se torturaba, formas, métodos, intensidad; porque lo contrario es desatender el sufrimiento real; no se puede despachar la cuestión con frases generales del tipo «la tortura era una práctica habitual» o «miles de hombres y mujeres fueron torturados»; eso es como no decir nada, regalar impunidades; hay que recoger testimonios, hay que especificar los métodos, para que no sea en vano. Vamos a intentarlo:

«Me detuvieron dos veces y en las dos sufrí tortura. La primera fue en el cincuenta y nueve, tendría yo unos veinticuatro años. Nuestra organización dejaba mucho que desear en cuanto al control de los militantes y la policía nos manejaba a placer, de modo que caíamos cada poco tiempo, e incluso a veces un cabrón infiltrado proponía un atentado que iba seguido de varias detenciones, y los compañeros caídos pagaban un alto precio en lo que en realidad era un correctivo que sirviera de aviso para toda la oposición. Correctivos de ésos dio muchos el franquismo y casi siempre nos tocaba pagar a los libertarios, como ocurrió con Puig Antich, o con Delgado y Granados. Así se produjo mi primera detención. Se nos ordenó acompañar un transporte de armas y explosivos a Madrid, para un grupo que se estaba organizando allí. Luego supimos que era todo mentira, un montaje para que la policía cogiese a unos cuantos terroristas, o bandoleros, que nos llamaban de las dos formas, y aplicase un castigo ejemplar una vez más. Íbamos cuatro compañeros en una camioneta con el material, todo el viaje fue sin problemas, a ratos por la carretera nacional y a ratos por carreteras secundarias, hasta que llegamos a la altura de Guadalajara y una pareja de civiles nos dio el alto a la salida de una curva, junto a una venta de carretera. Ni tiempo tuvimos para reaccionar: no habíamos terminado de detener el vehículo, ni habíamos podido echar mano a las armas, cuando por las ventanas de la venta asomaron otros guardias y dispararon ráfagas de metralleta contra nosotros. Es cierto que los libertarios no nos entregábamos sin oponer resistencia, pero aquéllos buscaban una carnicería, porque lo de que el mejor terrorista es el terrorista muerto viene de antiguo. Acribillaron el coche en pocos segundos. Los dos compañeros del asiento delantero murieron en el acto con no sé cuántos balazos. Los dos que estábamos en la parte trasera recibimos menos disparos, porque los fallecidos hicieron de parapeto con sus cuerpos. El que iba a mi lado tenía una bala en el cuello y otra en el hombro, aunque no murió. Yo recibí, de momento, un disparo en el tobillo. Salí del vehículo cuando cesó el fuego y mi primer impulso fue echar a correr aunque fuera arrastrando la pierna, pero un disparo me alcanzó en una nalga. No pude quejarme mucho, pues en seguida me callaron con un culatazo en la nuca. Nos metieron en dos coches y nos llevaron a Madrid, con primera parada en el hospital militar. Allí nos curaron lo suficiente para poder llegar enteros a Sol, donde nos tenían preparado un homenaje. No fue en realidad un interrogatorio, porque ya he dicho que nos tenían infiltrados y nos controlaban bastante, sabían lo que querían saber. Lo que buscaban era que me inculpase en varios delitos para los que no tenían a nadie, que firmase mi declaración de culpabilidad. Me mantuvieron varios días incomunicado en un calabozo y de vez en cuando venía un comisario acompañado por dos bestias. Me preguntaba cómo estaba, si pensaba colaborar, y ni siquiera me daba tiempo a responder porque los dos policías se liaban a darme hostias, después se marchaban y unas horas después se presentaban de nuevo y vuelta a empezar. Al tercer día me llevaron a una habitación donde comenzó la verdadera tortura. Me presentaron una declaración para que la firmase, exigiéndome además que en el juicio reconociese mi culpabilidad. Como de entrada me negué, comenzaron por pegarme, con el puño o con un libro grueso, en el tobillo y en la nalga, donde tenía las heridas todavía sin curar. Después perdieron la paciencia, que siempre tenían poca, y decidieron sacudirme por todo el cuerpo, principalmente patadas. Yo no resistía por convicción, ni por firmeza moral ni nada de eso, sino por pura supervivencia, porque sabía que si reconocía aquellos delitos, entre ellos la muerte de un policía en un intercambio de disparos, me caería una condena a muerte. Así que, como no me doblegaba, pasaron a métodos más contundentes, aburridos de la sola paliza. Primero me hicieron eso que llaman "el grifo". Me colocaron acostado en una mesa, boca arriba y desnudo, y me introdujeron en la garganta una manguera enchufada a un grifo. Yo me resistí de tal manera, pataleando mientras me agarraban entre tres, que me sacaron un diente de la fuerza con que me metieron el tubo en la boca. Abren el grifo y empiezan a llenarme de agua el cuerpo, hasta que tengo el vientre muy hinchado, es sorprendente cómo se puede dilatar una barriga, parece a punto de reventar. Entonces, entre dos tipos, comienzan a pegarte golpes en la tripa, con los puños o con tableros de madera, hasta que vomitas toda el agua y vuelta a empezar, otra vez la manguera, el llenado y nuevos golpes. Después me colgaron de una barra, con las manos esposadas a ella, y me dejaron así un día entero, veintitantas horas, se largaron y me dijeron: cuando quieras firmar, grita y venimos a descolgarte. Yo me agarraba a la barra, alternaba una y otra mano, los dedos se me agarrotaban con calambres, cada vez más convencido de que acabaría desmembrado. De entonces conservo este brazo que no puedo levantarlo del todo porque me lo descoyuntaron. Y de las palizas y el grifo me quedaron graves secuelas, me he pasado la vida acumulando dolencias, hernias, problemas de estómago, en el hígado. Pero resistí y al final me juzgaron sin confesión, yo lo negué todo en el juicio y tampoco tenían pruebas de esos otros delitos, sólo pudieron acusarme de la explosión de un petardo en una comisaría y del transporte de armas en el que me habían pillado. Tampoco importaba que demostrasen nada porque aquellos juicios, militares por supuesto, eran una farsa. Me sentenciaron veintiocho años de cárcel, aunque gracias a los indultos parciales, de los que Franco otorgaba cuando quería quedar bien a ojitos de los europeos o por alguna reunión de cardenales en España, o cualquier excusa de agua bendita, sólo cumplí diez años. Que se dice pronto, diez años metido en prisión a la edad en que yo los pasé, que entré con veinticuatro y salí con treinta y cinco, me dejé allí la juventud y además cuando salí estaba tan maltrecho que parecía tener veinte años más, de los achaques que me quedaron y el mal aspecto que tenía. Cuando me pusieron en libertad regresé a Barcelona y encontré que nuestra organización estaba prácticamente desaparecida, después de muchas detenciones y muertes, pero recuperé el contacto con algunos compañeros libertarios que trabajaban de manera más o menos organizada. Poco a poco reanudé la militancia, aunque en un segundo plano, porque la actividad guerrillera estaba casi desaparecida y además yo estaba acabado tras los años de cárcel y las palizas que allí me dieron. A los presos libertarios no nos consideraban presos políticos, sino presos comunes, la prensa se refería a nosotros como bandoleros y los mismos presos políticos, que vivían aparte, en su propio módulo, me hacían el vacío: los comunistas, por las cuentas pendientes de la guerra, yo que cuando la guerra todavía gateaba; los sindicalistas, porque decían que los anarquistas éramos agentes policiales que reventábamos las huelgas y las acciones de unidad obrera. Entre ellos eran solidarios, formaban una comunidad y los guardias los respetaban. Pero yo estaba muy solo, sin compañeros, que a los libertarios Franco nos mató más que encarcelarnos. Así que me trataban mal, como a cualquier preso común, o incluso peor, y por más que intentaba tener buen comportamiento —en parte lo conseguí y obtuve una pequeña reducción de condena a sumar a los indultos—, los guardias me provocaban, me hacían la puñeta para que saltara. Por ello, cuando salí de la cárcel no estaba para muchas alegrías, cojo del tobillo, que no se me curó bien, y lleno de dolores y males. Aun así fui recuperando actividad y cuando había una huelga yo era voluntario para lo que hiciera falta, sobre todo con la propaganda, me dedicaba a llevar revistas y panfletos a talleres y fábricas, con la mala pinta y la cojera no despertaba muchas sospechas, parecía un mendigo. Mi segunda detención fue una nueva encerrona. Ocurrió en el verano del setenta y cuatro, cuando ya le quedaba poca sangre a Franco. Habían matado a balazos a un comisario de la Social en Barcelona. Lo sorprendieron mientras dormía: entraron en su casa varios hombres, lo sacaron desnudo, lo metieron en un coche y le fueron dando hostias con la culata de una pistola hasta que llegaron a un descampado, donde lo echaron al barro y lo fusilaron, le metieron más de cincuenta balas. Casualmente, el torturador al que mataron era uno de los que me había machacado en Sol quince años antes, y ahora estaba destinado en Barcelona. La policía abrió investigación y entre los sospechosos me incluyeron en lugar destacado, por eso de que, según afirmaron, yo tenía ansia de venganza contra el fallecido, además de mi, así lo dijeron, probada reincidencia en el crimen más sanguinario. Fueron a por mí sin más consideraciones, porque a poco que me vieran se notaba que yo no tenía ya cuerpo para trepar al balcón de aquel cerdo. Pero necesitaban un culpable y cuanto antes, así que la investigación condujo sin más rodeos hacia mí. Porque lo de "investigación policial" era un eufemismo para lo que significaba en realidad: se trataba de que el detenido, más o menos sospechoso, confesase y firmase su culpabilidad y caso cerrado. El hábeas corpus y las setenta y dos horas de detención creo que estaban recogidos en las leyes pero como si no lo estuvieran, y más en casos de terrorismo, podías pasarte días y semanas detenido, incomunicado, sin que nadie supiera si al menos seguías vivo. Tampoco había, evidentemente, ninguna garantía jurídica, pues tribunales, fiscales, abogados, participaban de la misma farsa, se limitaban a oficializar tu culpabilidad y si, iluso, denunciabas que habías firmado tu confesión bajo tortura, se aplazaba el juicio y te devolvían al calabozo para que la policía continuase su trabajo y volvieras con la cabeza más fresca en la reanudación. Lo peor de todo es que este sistema de arrancar confesiones de culpabilidad a quien era inocente no se utilizaba sólo con los delitos políticos, sino también, y me temo que de forma más generalizada, con los delincuentes comunes. Pero a ellos nadie los reivindica, porque los héroes son los activistas políticos, los obreros, los estudiantes, nadie hablará del pobre chorizo al que detenían y trataban de colocar un delito ajeno y lo machacaban igualmente; nadie reclamará a los ladrones que sufrieron como el que más el sistema policial, judicial y penitenciario franquista, seguramente lo sufrieron más, porque el trato que recibían no era escandaloso como el de los presos políticos, no levantaba protestas internacionales, no provocaba huelgas ni manifestaciones, no tenían abogados prestigiosos que supieran arrancar mínimas garantías procesales. Alguien debería escribir la historia de la delincuencia común durante el franquismo, porque muchos rateros de medio pelo merecerían una placa, o al menos una tumba decente, por lo que padecieron; algún día se secarán los embalses y saldrán a la superficie los robagallinas que una noche entraron en una comisaría o en un cuartelillo y no salieron vivos ni nadie los reclamó. A mí me detuvieron esa segunda vez en la habitación que tenía alquilada en la Barceloneta. Estaba dormido, no ofrecí ninguna resistencia pero aun así me golpearon varias veces con las culatas de sus pistolas, hasta que me dejaron la cara llena de sangre. Me cogieron tal cual estaba, en calzoncillos; me colocaron una capucha para cegarme, me esposaron y me llevaron a la calle, paseándome previamente a los ojos de la señora que me arrendaba la habitación, a la que mostraron unos cuantos panfletos que cogieron en mi cuarto, como prueba de mi peligrosidad. Me metieron en un coche, donde no dejaron de sacudirme, y salieron de Barcelona, hasta detener el auto en algún sitio, me sacaron y, desnudo, me arrojaron a un barrizal. Se ve que querían repetir el proceso sufrido por el comisario asesinado, cuyos detalles yo conocía por el relato de la prensa de sucesos. Me quitaron la capucha, aunque ellos iban enmascarados, me apuntaron con sus armas y dispararon todos a una, en un simulacro de fusilamiento, con cartuchos de fogueo, pero que no fue vano porque el susto no te lo quita nadie, te dejas caer y aguardas unos segundos, extrañado de no sentir las heridas, confundido por el dolor de los golpes previos, hasta que la risa coral de los fusileros te avisa del carácter festivo de la ejecución. Después me llevaron, otra vez encapuchado, al lugar donde iban a torturarme, no sé en realidad cuál de los edificios policiales fue, porque entré encapuchado y salí inconsciente, supongo que el habitual de Vía Layetana. Tras un par de puñetazos de presentación que completaron la fractura nasal iniciada con los culatazos, el interrogatorio comenzó con la típica mentira que busca vencer la resistencia del detenido: me dijeron que habían atrapado a uno de los asesinos y que éste me había señalado a mí como el segundo de los ejecutores. Me aclararon desde el principio, una vez más, que no tenían nada que investigar, todo terminaría cuando yo me reconociera culpable. Y me insistieron en que esta vez llegarían hasta el final; de hecho me mostraron una partida de defunción rellena, en la que figuraba mi nombre al frente y lo de "parada cardiorrespiratoria" en el espacio destinado a las causas del óbito. Estaba ya firmada por el médico de turno, con lo que me hacían ver que, si se les iba la mano en la tortura, lo tenían todo cubierto. Incluso me indicaron con regocijo el espacio en blanco destinado a la fecha de la defunción y me dijeron: de ti depende la fecha que pongamos, puede durar muchos días. Negué la acusación y entonces, por pura rutina, me pidieron nombres, que reconociese a los culpables, pero yo no sabía nada; aumentaron la intensidad de los puñetazos y esta vez mi resistencia no era ni una cuarta parte de la que tuve la primera vez, porque cada golpe caía sobre un golpe anterior, sobre una herida mal cerrada, sobre una vieja hernia de dolores frecuentes, parecía que conociesen de memoria mi historial clínico, elegían con precisión mis regiones más maltratadas para golpear. Pero yo no podía dar ningún nombre, no sabía nada. Uno de los policías, en plena euforia interrogadora, me rompió tres dedos de la mano derecha, uno por uno, anular, corazón e índice: me cogió el primero, el anular, y me pidió el nombre del asesino, yo respondí que no lo sabía y tiró hacia atrás de la mitad del dedo hasta que sonó el chasquido leñoso de la falange. Así hizo con otros dos dedos, pero me desmayé y pararon. Incluso uno de los agentes, con la rotura del primer dedo, se sintió indispuesto y salió de la habitación para no volver. Se convencieron de que yo no sabía nada, pero eso no les desanimó en su propósito de resolver cuanto antes el caso, al menos a ojos de la opinión pública, ante la que debían dar una imagen de eficacia, de que nadie quedaba sin castigo, y ya he dicho que a los libertarios nos tocaba pagar los platos rotos siempre, nos correspondía recibir los castigos ejemplares. Así que pasaron a la segunda parte. Cuando me reanimé me lo explicaron claramente: confiesa tu culpabilidad y se acabó, no te haremos nada más. Juro que no tenía ya ninguna resistencia, si hubiera sabido el nombre del culpable lo habría confesado, no sirve de nada que intente transmitir el dolor que sentía, porque eso sólo puede conocerse al experimentarlo, no existe vocabulario que lo describa, es mentira que se pueda informar del dolor al lector, es posible describir la tortura exteriormente, pero el dolor no, sólo puede sentirse, sólo queda invitar al curioso a que se pille un dedo entre las bisagras de una puerta, sin rompérselo, apenas una herida, la uña hundida, que sienta cómo le duele, y sólo me refiero al dolor inmediato, el que le humedece los ojos y le hace morderse los labios. En unas imposibles matemáticas del calvario multiplique ese dolor hasta el infinito, en intensidad, en duración, en extensión por todo su cuerpo, y aun así sólo habrá logrado una ligera aproximación. Yo no tenía ninguna resistencia, la única que me quedaba era, como la vez anterior, el apego a la vida, porque sabía que firmar mi culpabilidad equivalía a una condena a muerte de rápido cumplimiento, mientras que si aguantaba, si no confesaba, no tenían ninguna prueba contra mí, quedaba una posibilidad de salvación. Yo conocía la resistencia de mi cuerpo a los golpes, a los balazos, al estiramiento salvaje de la columna vertebral en la barra, pero nunca me había probado frente a un, para mí, nuevo instrumento de torturas: la electricidad. Las descargas eléctricas. Me arrancaron los ensangrentados calzoncillos para tenerme desnudo por completo y me tumbaron en una mesa, provista de grilletes para brazos y piernas. Entonces entró un policía que hasta entonces no había intervenido y que era el encargado de aquel avance tecnológico. Colocó la máquina a mis pies, era sencilla, una dinamo con cables, terminados éstos en dos electrodos: unas pequeñas pinzas de acero, largas y dentadas, de esas que llaman "de cocodrilo" por la forma que tienen. La técnica parece ser la de ir de las zonas menos sensibles del cuerpo —si es que existe alguna zona menos sensitiva en un cuerpo que no es más que un cúmulo de terminaciones nerviosas— a las más sensibles. Comenzaron por los pies, me engancharon los electrodos a los dedos. La primera descarga me sacudió por imprevista, me convulsionó, grité sin escucharme. Me aplicaron dos descargas más en los pies, yo chillaba como un animalillo, sacaba fuerzas de mi maltrecho cuerpo, parecía a punto de romper los grilletes, olvidado de todos los dolores, del vientre golpeado, de los dedos rotos, de la cara tumefacta, concentrado ahora en un único dolor que me recorría por dentro, que me cortaba los huesos en rebanadas. Después me la aplicaron en el pecho, en los pezones, y ahí sufrí un nuevo desfallecimiento, por lo que mis torturadores decidieron tomarse un descanso hasta que me recuperase.

Cuando desperté estaban fumando junto a la puerta, no escuchaba su amistosa conversación, sólo veía el movimiento de sus labios, uno dio un manotazo en el hombro a otro, riendo con escándalo, finalmente apuraron el pitillo y lo apagaron tras mirarme con fastidio, como una tediosa tarea funcionarial, uno de ellos entrelazó las manos e hizo crujir sus dedos como un descuidado recuerdo de mi anterior tormento dactilar. Me colocaron los electrodos en las orejas, en los lóbulos, ahí no sentí tanto dolor, supongo que ellos creían estar aplicando la electricidad directamente sobre el cráneo, pero como sólo podían enganchar las pinzas en las orejas el efecto era menor, lo que no significa que no fuera doloroso, pero yo grité más aún, como si alcanzase mi umbral máximo de dolor, esperanzado de que creyesen que aquélla era mi zona más sensible y se concentrasen en ella. Detuvieron la tortura unos instantes, me acercaron un vaso de agua como tentación, sin dejarme beber, me preguntaron si había recapacitado, si pensaba reconocer mi culpabilidad. Yo estaba a punto de romperme del todo, me faltaba un mínimo para firmar lo que me pidieran, todos los crímenes que quisieran adjudicarme, me faltaba ese mínimo, casi deseaba otra descarga que me rindiese por completo. Y se aplicaron a ello. No olvidaron, dentro de las zonas sensibles, los testículos, que figuran en mayúsculas en todo manual de torturas. Me engancharon como pudieron los electrodos, cuyo solo pinzamiento ya era un dolor, e hicieron trabajar la dinamo. Es inútil, una vez más, que el autor intente en su relato elegir palabras para mi sufrimiento. No tenía prácticamente fuerzas para sacudirme, para aullar, para suplicar, aunque el autor forzará mi léxico, me hará buscar comparaciones imposibles, me lleva a afirmar que aquello era como si me hubieran introducido por el recto una rata gigante y ardiente, que a su paso lo destrozaba todo en mi interior, mera palabrería, inútiles diccionarios del dolor. Retiraron los electrodos y quedé consumido, intentaba articular una frase de rendición, decir algo como ya basta, por favor, confieso, soy culpable, prefiero la muerte porque esto es también la muerte, me di cuenta de que no pararían, que no tenía salida, que llegarían hasta el final, me matarían si no confesaba, asumir la culpa implicaba al menos una tregua, un intervalo de vida hasta la ejecución de la sentencia, incluso una posibilidad de indulto, yo iba a confesar ya, no pensaba esperar una sola descarga más, trataba de recuperar el aliento para hablar, mientras veía cómo el encargado de las descargas operaba con los electrodos, con sus manos enguantadas separó la pinza de uno de los extremos, dejó el cable pelado, el cobre a la vista. Otro de los policías me agarró la mano derecha y escogió uno de los dedos rotos, tomó un lápiz y se concentró en introducir la mina, afilada, bajo la uña, girando el lápiz hasta romper la mina y levantar poco a poco la uña con el empuje, yo miraba al tipo, descuidando al de los electrodos, quería hablar, decir basta, confieso, pero tuve que concentrar mis energías en un último grito de dolor, en el que intentaría hacerme entender, basta, anunciaría mi rendición, pero al abrir la boca para gritar, con las mandíbulas muy separadas, otro de los policías me sujetó la cabeza con fuerza y vi cómo el de los electrodos se adelantaba rápidamente, con el cable pelado en la mano, hasta introducirlo en mi boca, al fondo del paladar, mientras otro estaría operando la dinamo, simultaneando los movimientos para que al primer contacto del cable con mi paladar la descarga fuera salvaje: la corriente me agarró por dentro, destrozó sin sangre la garganta, las mandíbulas rígidas, los músculos faciales llenos de convulsiones, contracciones, los ojos me iban a estallar, sin que hubieran sacado el cable perdí la conciencia entre espasmos y caí en un sueño erizado. Cuando recuperé el sentido, sin saber el tiempo transcurrido, no esperaron mi respuesta afirmativa, inmediatamente me extendieron un folio con mi supuesta confesión, mecanografiada, uno de los policías puso en mi mano un bolígrafo pero se me caía, no podía sostenerlo, me aguantaban la mano para firmar, que además era la zurda, la otra tenía los dedos rotos, entre todos hicimos un garabato que sirviese como firma. Lo que vino después lo recuerdo con dificultad, en la vista previa al consejo de guerra yo estaba trastornado, asistía a la representación sin entender nada, sólo asentía con la cabeza a cuanto me preguntaban, instalado en una silla de ruedas porque no podía tenerme en pie, aunque nadie se escandalizó por mi lamentable aspecto, ni los jueces ni los abogados ni el fiscal, todos militares, todos repetían como loritos eso de "las heridas causadas por la resistencia del acusado durante su detención". Sin embargo, alguna cabeza pensante debió de darse cuenta de que, en pleno 1974, aquel juicio era una bufa, iba a ser un escándalo en todo el mundo como algo llegara a conocerse, si se emitía sentencia y me ejecutaban todo acabaría por saberse; alguien debió de comprender lo impresentable de aquello, el estado en que me encontraba, la poca consistencia de la acusación, la falta de pruebas, así que decidieron un aplazamiento sin fecha del proceso y entre tanto se murió Franco. Todo quedó en suspenso, pero yo seguía en el hospital penitenciario, porque no podía sostenerme ni siquiera sentado, estuve no sé cuántos meses sin poder hablar, sin levantar la mano, me alimentaban con suero, casi no tengo recuerdos de ese período. Después me recuperé ligeramente y me pasaron a una celda, aunque seguí vegetando, completamente anulado como persona, hasta que en el setenta y siete, en una amnistía de las que hubo, alguien se acordó de mí y me pusieron en libertad, pero el daño ya estaba hecho. Y aquí concluye mi relato. Puede el autor seguir con esta ficción de la que me ha obligado a formar parte, puede volver a los habituales caminos del fingimiento literario, inventar personajes que resistan heroicamente a las torturas, que recuerden con entereza el maltrato policial sufrido y suelten el increíble discurso: "Ante la tortura y la muerte estamos tranquilos, por nuestra capacidad revolucionaria, por saber que tenemos detrás a los obreros, a los camaradas, a los compañeros de otras organizaciones, al pueblo. Si tú tienes tu raíz en el pueblo, tu raíz es más fuerte que cualquier cosa. Resistir la tortura no es una cuestión de resistencia física, es una actitud eminentemente moral más que nada. Yo he visto a hombres enfermos y a mujeres ser héroes grandiosos. Y he visto a tipos como castillos que se han hecho polvo. Es un problema de conciencia, de ética. Es el problema de medir qué representas y qué importancia tiene que aquella batalla sea victoriosa. Si cuando te enfrentas con la policía, con los torturadores, todo esto está claro, no hay quien pueda contigo, a pesar de que traten de humillarte y aplastarte", la típica basura heroica, toda esa retórica de los héroes, puro masoquismo, el bonito relato de esos intelectuales que rara vez sufrían torturas, solían recibir buen trato, incluso en la cárcel, les dejaban entrar sus libros, decían que dedicaban el tiempo de prisión —que para muchos era breve, unos meses o un par de años como mucho— a formarse, a las lecturas, casi unas vacaciones, no conocieron las celdas de castigo, las palizas, el aislamiento, los trataban con corrección para que no protestasen, porque tenían prestigio, podían convocar campañas de apoyo en el extranjero, muchos sabían que se estaban construyendo su pedigrí democrático con un par de meses de cárcel, o con un breve destierro en un destino no demasiado incómodo, para luego, ya en la democracia, poder decir bien alto que ellos eran la verdadera oposición a Franco, que ellos trajeron la democracia, que ellos sufrieron la represión.»

Para desactivar definitivamente las sospechas sobre Julio Denis —que tras haber perdido su carrera docente y sido expulsado del país hace casi cuatro décadas no merece ahora esta sombra sobre su débil memoria a cargo de personajes rencorosos, lectores hambrientos de intriga y un novelista dispuesto a las más innobles concesiones— proponemos un posible relato biográfico del profesor Denis en los años cuarenta, en la inmediata posguerra, período en que se formó su carácter retraído, su alejamiento del entorno conflictivo. Ello nos permitiría, además, un primer retrato de época en algunas pinceladas. Pero si algún lector todavía demanda la versión detectivesca, la delación del profesor Denis, su entendimiento callado con las autoridades policiales, nos vemos en la obligación moral de satisfacer las expectativas creadas y ofrecer un segundo relato, alternativo, aunque se adivina insostenible y acabará por cerrarse en sí mismo. Que cada lector elija según su preferencia.

En marzo de 1939, mientras se descomponen las últimas resistencias levantinas del ejército republicano, Julio Denis ignora los hechos de guerra que reproducen las crónicas de la prensa

En marzo de 1939, mientras se descomponen las últimas resistencias levantinas del ejército republicano, Julio Denis sigue los hechos de guerra en las crónicas épicas de la prensa sevilla-

sevillana, intenta vivir de espaldas al enfrentamiento armado y a la euforia omnipresente de quienes llevan a cabo la construcción del nuevo régimen. Desde la caída de la capital andaluza, en julio de 1936, el joven licenciado ejerce la docencia en la universidad hispalense, como única reclusión posible ante tanto desfile bajo palio y tantos disparos justicieros al amanecer. Oprimido por el recuerdo de los sucesos sangrientos de que ha sido testigo, asfixiado en la victoriosa Sevilla, Julio Denis espera una oportunidad para marchar y alejarse de todo aquello. La ocasión llega con la caída de Madrid y el fin de la guerra. Los vencedores, todavía caliente la victoria, quieren que todo funcione normalmente en el menor tiempo posible, conseguir apariencia de normalidad en un país subnormalizado a tiros, y entre otras medidas pretenden reabrir la universidad madrileña, en los caserones de San Bernardo, pues la Ciudad Universitaria está arrasada tras haber sido trinchera durante tres años. Para reactivar la universidad, las autoridades se enfrentan con el problema del profesorado, muy mermado por el gran número de enseñantes exiliados, muertos durante la guerra o encarcelados, pero especialmente por el apartamiento de todos aquellos que en los primeros meses de paz han pasado na, mientras participa entusiasmado en el esfuerzo de construcción nacional del nuevo régimen victorioso. Desde la caída de la capital andaluza, en julio de 1936, el joven licenciado ejerce la docencia en la universidad hispalense, cuya apertura es un signo de normalidad necesario para afianzar la naciente sociedad. Con la inminente caída de Madrid, Denis entiende que su lugar está en la capital de España, donde su carrera académica podrá alcanzar verdadera relevancia y donde sus servicios al Glorioso Movimiento Nacional tomarán nuevos bríos.

Para allanar su llegada a Madrid, dirige la siguiente misiva al Excelentísimo Señor Comisario General de Investigación y Vigilancia:

«El que suscribe, Julio Denis Benjumea, de treinta y cinco años de edad, natural de Sevilla, y con domicilio en esta Capital, Avenida de la Palmera, 37, Licenciado Universitario de Derecho y Letras, a V.E. respetuosamente expone:

»Que queriendo prestar un servicio a la Patria adecuado a su estado físico, a sus conocimientos y a su buen deseo y voluntad, solicita el ingreso en el Cuerpo de Investigación y Vigilancia.

»Que habiendo vivido en Madrid y sin interrupción durante los 13 años anteriores al Glorioso Movimiento Nacional,

por las múltiples comisiones depuradoras, en las que muchos han sido catalogados como irrecuperables para la causa y marginados en consecuencia. Ante tales bajas, se precisa encontrar nuevos profesores y catedráticos. Candidatos no faltan, por los numerosos adictos al régimen que buscan ver recompensada su fidelidad. Y en las llamadas «oposiciones patrióticas» no son méritos académicos los que más cuentan, sino otras medallas, como la participación en la guerra o la filiación en Falange, así como los antecedentes personales y familiares. El daño infringido al progreso del país, en lo cultural y en lo científico, durante varias generaciones, es incalculable. Los colegios e institutos se pueblan de seminaristas de medio pelo y falangistas laureados, mientras las universidades reciben candidatos que ante los tribunales de oposición se presentan uniformados de alférez o capitán, hinchados de medallas y esgrimiendo un expediente guerrero digno del Gran Capitán, más valioso que cualquier doctorado británico.

En este contexto llega Julio Denis a la universidad madrileña, aunque su caso nada tiene que ver con los grotescos episodios mencionados. En honor a la verdad hay que reconocer la presencia de valiosos profesores que, por su adhesión más o menos cierta al nuevo régimen

y habiendo realizado estudios y labores docentes en la universidad capitalina durante ese período, cree poder prestar datos sobre personas y conductas, que pudieran ser de utilidad.

»Que el Glorioso Movimiento Nacional se produjo estando el solicitante en Madrid, de donde se pasó a Sevilla con fecha 5 de octubre de 1937, y que por lo mismo cree conocer la actuación de determinados individuos desde el 18 de julio de 1936 hasta la citada fecha de 1937.

»Que no tiene carácter de definitiva esta petición, y que se entiende solamente por el tiempo que dure la campaña o incluso para los primeros meses de la paz si en opinión de mis superiores son de utilidad mis servicios.

»Que por todo lo expuesto solicita ser destinado a Madrid que es donde cree poder prestar servicios de mayor eficacia, bien entendido que si a juicio de V.E. soy más necesario en cualquier otro lugar, acato con todo entusiasmo y con toda disciplina su decisión.

»Dios guarde a V.E. muchos años.

»Sevilla a 15 de marzo de 1939.

»III Año Triunfal.»

Conmovido con su generoso ofrecimiento, el destinatario de la carta supo apreciar los valiosos servicios de tan desinteresado servidor, por lo que Julio De-

—pero adhesión al fin, pues son necesarios múltiples juramentos de fidelidad—, mantienen sus puestos en estos años. Julio Denis llega desde Sevilla, animado por un catedrático del que fue alumno años atrás y que ha trepado a las cátedras madrileñas por méritos no muy honrosos.

Huyendo de su opresiva ciudad natal y de la memoria de guerra, Julio Denis se presenta en Madrid cuando todavía humean las ruinas, en una ciudad que es cotidiano testimonio del desastre que aún no ha concluido, que sólo ha hecho empezar: pese a los rápidos esfuerzos de reconstrucción, las marcas del largo y terrible sitio son difíciles de borrar, no sólo en los muchos edificios dañados o derrumbados, sino sobre todo en las gentes, hombres y mujeres desesperados, hartos de tantos meses de penuria y vida peligrosa, con más miedo al hambre que a los diarios fusilamientos. Como ociosos paseantes, caminan sin rumbo claro, buscando en los escombros algún resto no saqueado para malvender, empujándose en las colas del Auxilio Social por un trozo de pan duro.

Pese a su adinerado origen familiar, Denis participa de este ambiente miserable, puesto que su llegada a Madrid se produce previa ruptura con su padre, decepcionado por el escaso enis fue llamado a Madrid con la caída de la ciudad. Allí marchó a mediados de abril de 1939, permaneció hasta junio realizando sus primeras gestiones, regresó en verano a Sevilla y se incorporó de forma definitiva a la universidad madrileña en el mes de septiembre de 1939.

De forma oficial, su misión consistía en formar parte del cuerpo docente que debía poner en marcha la universidad central en ese primer curso tras la guerra, para conseguir la apariencia de normalidad que los vencedores pretendían. Así, junto a un número reducido de catedráticos y profesores, algunos llegados como él de otras ciudades, otros ocultos durante tres años en sótanos del barrio de Salamanca o en embajadas amigas, iniciaron la tarea de reabrir la universidad en los viejos edificios de San Bernardo, arrasada como estaba la Ciudad Universitaria tras haber servido como trinchera. Para esta reapertura las autoridades se enfrentaban con el problema del profesorado, mermado por el gran número de enseñantes exiliados o muertos, y que todavía alimentaba en su seno a individuos desafectos, aquellos tibios que pretendían arrimarse al calor de la victoria después de haberse mostrado indecisos, pusilánimes o incluso colaboradores con el sistema educativo republicano. Las nuevas autoridades

tusiasmo de su primogénito con la victoria y por su negativa a aceptar la herencia industrial que le correspondía en Sevilla. Por ello, Denis malvive como cualquiera, en años en los que es más cierto que nunca esa máxima española de pasar más hambre que un maestro. Pese a la adversidad, Denis se concentra en su futuro académico, que años después le lleva a conseguir una cátedra que, en su caso, no es fruto del descarado reparto de prebendas. Frente a un entorno que le desagrada, que le aterra incluso, y del que no quiere participar más allá de lo imprescindible, Denis encuentra en el estudio su refugio, su particular exilio. Además, su entrega es una forma de superar un inicial sentimiento de culpa para llegar a sentirse merecedor de un puesto del que se cree usurpador, instalado en el lugar de quien quizás está en el extranjero, encarcelado o bajo tierra. Su esfuerzo, además, destaca más pues el nivel medio de la enseñanza ha caído a niveles vergonzosos. Denis se toma muy en serio su preparación académica y el rigor de sus enseñanzas, frente a otros profesores, advenedizos, satisfechos del proceso espurio que les ha situado en unos despachos que de otra forma no habrían alcanzado nunca, acomodados en su ignorancia hasta extremos increíbles. En pocos años, Denis

entendieron que tales elementos debían ser enérgicamente apartados, pues eran irrecuperables para la nueva España en construcción y su destino merecido era otro, ya fuera cualquier oficio en el que no pudiesen ejercer su intoxicación republicana, ya un campo de trabajo en el que pudieran redimirse en lo posible, ya la cárcel o incluso la ejecución sumaria para aquellos individuos que más persistían en el yerro.

En cuanto a la falta de suficientes docentes, no fue tal problema, pues era sólo una labor de sustitución, de buscar nuevos profesores y catedráticos. Y en realidad candidatos no faltaban, eran muchas las fidelidades que debían ser recompensadas con un puesto a la altura del servicio prestado. Fue el caso de Julio Denis, cuya adicción al régimen, demostrada en hechos valiosos que en seguida diremos, le permitió ganar la ansiada cátedra de literatura en ese primer curso.

La necesaria purga del magisterio fue rápida y exitosa en aquel primer año de paz gracias al concurso de informantes como Julio Denis, quien desde el primer momento se aplicó en la labor de denunciar a quienes pretendían con mayor o menor habilidad encubrir su ominoso pasado político, y que en no todos los casos era tan evidente como la pertenencia a un parti-

consigue un puesto preeminente, una autoridad en su materia reconocida por sus colegas.

Mientras toda España sigue con atención las noticias del desarrollo de la guerra mundial, Denis vive entregado al conocimiento del Siglo de Oro español. Cuando en las calles se comenta con admiración y horror el empleo de la bomba atómica contra Japón, Denis se convierte en uno de los principales expertos en el barroco andaluz y oposita con éxito a su cátedra. Frente a un teatro de vida miserable que se representa en cada barrio, en el interior de cada hogar, en los arrabales de pobreza y en el centro no menos mísero, en las gentes que por la calle mastican pipas de girasol para engañar al hambre; frente a un país que no levanta cabeza, Julio Denis se impermeabiliza contra todo y todos, se agarra a sus estudios, a su afán por estar a la altura de la posición que le ha correspondido y que durante años creerá no merecer.

Igualmente vive de espaldas a la escasa vida cultural más o menos oficial, a las tertulias de café y las revistas literarias, se relaciona poco con el resto de profesores, por lo que ya en estos años gana la reprobación silenciosa de los docentes más franquistas, escandalizados con las ausencias de Denis en los actos de exaltación nacional. Se relaciona poco con sus colegas

do o sindicato, comprobable en los archivos requisados.

No resultaba tan sencillo de averiguar cuando se trataba de profesores que habían prestado apoyos ocasionales a la República antes o durante la guerra y de los que no había testimonio documental, tales como asistencia a mítines y manifestaciones, participación en tareas de socorro en la ciudad asediada, denuestos contra los alzados, hechos de armas aislados, o la mera permanencia en sus puestos con la que sostenían y daban legitimidad al bastardo gobierno antiespañol.

Ante estas conductas, la información ofrecida por Julio Denis, que en efecto había estado en Madrid durante todo el período republicano y hasta octubre de 1937, fue decisiva para el apartamiento, reclusión o incluso eliminación física de aquellos que tanto daño podían causar con su sostenida desafección al Movimiento. Información que normalmente tomó forma de pulcra instancia dirigida a la Comisaría de Investigación y Vigilancia y, con copia, al Ministerio de Educación Nacional. En ella, en apenas quince líneas se refería el nombre de la persona incriminada y se argumentaba, sin demasiadas exigencias probatorias, la culpa que hacía al incriminado merecedor de sospecha, separación y, llegado el caso, acciones puniti-

pero es uno de ellos, un profesor, un compañero de la universidad, quien introduce a Denis en el oficio de las novelitas de quiosco como segunda fuente de ingresos en medio de la gran carestía de la que no escapan los profesores universitarios que, como él, rechazan gratificaciones de servidumbre a cambio de su independencia.

De hecho, Denis tarda siete años en tener su propia vivienda en alquiler: durante la primera mitad de los años cuarenta vive en una habitación alquilada en la calle Pez, donde se instala tras residir un par de meses en una residencia universitaria que no puede soportar por el mismo sentimiento de usurpación ya comentado: al llegar a Madrid, Denis es instalado en la vivienda de un profesor represaliado, sin que nadie haya tenido la delicadeza previa de sacar de allí sus pertenencias ante la llegada de un nuevo inquilino. Así que Denis tiene que convivir con los objetos personales del purgado: libros, ropas, fotografías familiares; como el violador de un espacio ajeno, de una intimidad que no le pertenece, con armarios ocupados por los trajes de un hombre algo más alto que él y quizás ahora muerto.

Denis sólo aguanta dos meses hasta que deja la residencia y se muda a la habitación que una familia le arrienda a pensión

vas. Los historiadores desafectos al Movimiento Nacional han querido ver en algunas de aquellas instancias el resultado de simples envidias o apetitos sobre el puesto del represaliado. Si bien pudieron producirse algunos excesos por parte de centinelas demasiado celosos o no tan desinteresados, no es el caso de Julio Denis, cuyas delaciones estaban justificadas con detalles, fechas o pruebas documentales, y no tenían más motivación que su amor a la nueva España y su desprecio a quienes habían mancillado el espíritu nacional.

Tras un primer año de euforia acusadora, tras el que la universidad —y la enseñanza en general, el funcionariado y prácticamente todo el país— quedó como una patena, Denis replegó sus armas y se concentró en sus funciones académicas, quedando a la espera de que sus servicios fueran de nuevo solicitados. Sin embargo, tras tres lustros de tranquilidad, su aportación volvió a ser vital para desactivar los primeros intentos de desorden por parte de nuevas camadas de estudiantes y profesores ajenos a las labores de limpieza emprendidas tras la guerra.

Así, en febrero de 1956, su aportación discreta permitió a las autoridades apartar de la universidad a los responsables de actos de contestación política que, disfrazados de inocentes actividades literarias, llevaban el

completa, lo único que puede permitirse con su sueldo. Es un piso modesto, de una unidad familiar breve, de pocos medios y en la que se adivina una tragedia de guerra de la que no quieren hablar. Denis aparece como una bendición para aquel hogar desesperado: paga por la habitación más de lo que le piden y muchos días compra él la comida al volver de la facultad, pese a que tampoco le sobran recursos. La breve familia está compuesta por una mujer joven aunque envejecida a golpe de desgracia, su hija de seis años y su suegro. Hasta el último rincón de la casa se nota ocupado por la enorme ausencia del hombre que antes de morir era marido, hijo y padre de quienes ahora lo recuerdan sin nombrarlo. Denis se integra con gusto y dolor a partes iguales en aquella vida familiar. No protesta por la comida recibida pese a su escasez e insalubridad. Tampoco se queja del uso que la mujer hace del dormitorio matrimonial, alquilado por horas a parejas adúlteras en cualquier momento del día, lo que produce una considerable contaminación acústica a través de los delgados tabiques. Julio Denis, don Julio para sus caseros, se siente partícipe de tanta desdicha y asume el inevitable papel que le corresponde: su cuerpo encaja sin fisuras en el hueco doloroso de la familia y

inconfundible sello de la subversión comunista. Nadie supo de la actividad acusadora de Julio Denis, puesto que él, introducido de forma involuntaria entre los instigadores de la subversión —ya que en un principio no sospechó de sus verdaderas intenciones—, fue expedientado como otros docentes, en unos sucesos que culminaron con el cese del rector Laín Entralgo, del ministro de Educación Ruiz-Giménez, y con enfrentamientos callejeros en lo que fue el punto de partida de la agitación universitaria que ya no cesaría en veinte años.

A esas alturas Julio Denis había cimentado ya su prestigio académico, y consideró con acierto que no merecía la pena implicarse en los venideros tiempos revueltos por las molestias que eso supondría y las incógnitas que surgían de cara a los cambios que tarde o temprano se producirían de acuerdo con el carácter mortal de Franco. Sin embargo, esta cautela no significó su renuncia a las labores patrióticas con que se había distinguido en el curso 1939/40. Al contrario, era simplemente un cambio de estilo, más seguro para él y más fructífero para las autoridades.

La tentación primera era tomar el camino que otros habían elegido, marcando distancia con el régimen, para de esta forma introducirse en la naciente opo-

esta vez no se siente usurpador en su triple condición postiza de marido, hijo y padre. Por las tardes se sienta en la cocina, con la mujer, el anciano y la niña, y les da conversación, escucha con ellos la radio, se ofrece para ayudar en tareas domésticas, les lee novelas de detectives. Con frecuencia salen a pasear y los invita a unas sardinas en los merenderos del Manzanares. De forma individualizada, ayuda a la huérfana con los deberes escolares, soporta la senil conversación del anciano que a veces lo confunde con su hijo sin que él deshaga el feliz equívoco, y consuela en lo posible a la viuda, que algunas noches cruza el pasillo para sorprenderle con sus pies helados y los dedos que le abren el pijama sin resistencia, le cruza el pecho a caricias y le muerde la carne aterida hasta provocarle una erección. Al amanecer, sin llantos gratuitos, vuelve a su alcoba para recuperar las formalidades disueltas en la noche, buenos días don Julio.

La común carestía de los profesores es solucionada con distintas mañas. Los más adictos al régimen no tienen mucho problema en encontrar fuentes de ingreso, algunos hacen fortuna publicando vergonzosos libros de loor para el caudillo y sus hitos de guerra y paz, libros que con los años y la necesidad de desprenderse de toda costra franquista desaparecerán de las

sición, en cuyo seno podría obtener valiosa información que sin demora transmitiría a los interesados. Ésta fue la estrategia preferida por otros delatores, con tanta fortuna que acabaron por sentirse realmente a gusto entre sus nuevos compañeros y ahí echaron raíces sin saber ya ni ellos mismos si eran opositores o leales infiltrados. Pero Denis no estaba en condiciones de dar ese paso, puesto que sus antecedentes colaboracionistas eran aún demasiado conocidos como para que fuera admisible un repentino cambio de talante.

Tras consultarlo con las autoridades competentes, Julio Denis asumió la posición que en adelante centraría su vida: el profesor evasivo, ajeno a la agitación universitaria, recluido en sus estudios, distanciado por igual de tirios y troyanos, acomodado en el exitoso exilio interior)que tantos representaron.

Con la salvedad de que, en el caso del profesor Denis, seguía latiendo el fiel colaborador policial que no sólo disfrutaba con el reconocimiento de sus superiores y los inconfesables réditos de sus acciones —como la cátedra que detentaba, ya lo dijimos—, sino también con la experiencia del poder que significaba ser consciente de cómo sus palabras, sus creíbles y rigurosas instancias, decidían la continuidad o la represión de cualquier

librerías y bibliotecas y del currículo de sus autores. Para otros profesores, la única manera de obtener un dinero mensual suficiente es impartir clases o tutorías para los vástagos de buenas familias en los domicilios del barrio de Salamanca o en las residencias veraniegas durante las vacaciones. Y algunos, como Denis, recurren al pequeño filón que suponen en estos años las citadas novelitas que, a precios económicos o mediante trueque y préstamo, logran gran aceptación en un público hambriento de estómago pero también de historias que les permitan olvidar por unas horas el pauperismo en que habitan el resto del día. A mediados de la década de los cuarenta comienza el ya catedrático Julio Denis su escritura mercenaria que no abandonará en veinte años de ejercicio pese a desaparecer las penurias que estuvieron en su origen. Dos entregas al mes, firmadas con atractivos seudónimos, cobradas a tanto la página, de fácil escritura, aventuras idénticas en las que sólo cambian los lugares, los nombres, matices del desenlace final. Durante sus años de escritor popular Denis mantiene esta actividad en un pulcro anonimato, en completo secreto frente a sus compañeros de universidad que, de saberlo, quizás hagan burla del perlado catedrático.

sospechoso de desafección —y eran tantos—. Durante los años siguientes Denis consolidó su impostura —«instalado en un cómodo anonimato, en su celda de poesías barrocas y sus conferencias asépticas»— representando no pocos desplantes a las autoridades, que le hicieron merecedor del desprecio de quienes ignoraban que era su más valioso activo en la universidad. Su figura prestigiada y desprestigiada a partes iguales llevó a algunos docentes poco precavidos a confiarle planes de agitación, con la vana esperanza de que Denis diera un paso hacia la oposición.

Sin embargo, Denis supo contenerse en tanto que informante secreto, pues se jugaba no pocas sospechas, y prefirió espaciar sus colaboraciones policiales, ofreciendo sólo aquella información más vital y utilizando el resto para su propio archivo en el que recogía y entrelazaba nombres, intenciones, lealtades, con el objeto de dibujar el más preciso árbol genealógico de la oposición universitaria.

Así fue hasta que en 1965, tras ofrecer el chivatazo que desmanteló la organización comunista universitaria, decidió poner fin a la gran comedia: solicitó su jubilación y exigió el pago por sus muchos servicios prestados, un retiro a placer en el destino elegido.

Siempre habrá quien reclame un poco más de acción, no basta con unas píldoras aisladas de sexo y humor, es necesario incluir alguna escena vertiginosa, cortada por el aceptado patrón cinematográfico —una novela muy cinematográfica, se suele decir con cierta admiración—, una persecución, un tiroteo, una pelea desesperada que resulta en muerte, algo más que el ya conocido relato de una aburrida detención campestre de estudiantes que no ofrecen resistencia, que se tumban en el suelo siguiendo las órdenes policiales, un par de jóvenes salen corriendo por pura inercia pero se frenan al comprobar que no pueden llegar muy lejos por los campos roturados, se dejan caer cuando escuchan los primeros disparos disuasorios, hunden la cara en el barro o se arrodillan levantando los brazos en señal de rendición, aunque si es preciso podemos forzar la situación, podemos obligar a uno de los estudiantes a olvidar la elemental prudencia, el cansado miedo que reblandece las piernas, podemos hacer que se levante como si sólo hubiera sufrido un tropezón y siga corriendo por el barbecho pese a las dificultades de la superficie, los terrones secos y duros de frío pero embarrados en algunos surcos y que quitan destreza a los pasos, el estudiante correrá traicionando su propio pánico, no le permitiremos mirar atrás para que no tenga en cuenta la proximidad de sus perseguidores, los agentes que pistola en mano avanzan hacia él a grandes zancadas, no le permitiremos siquiera que escuche los disparos que restallan en la bóveda azulada ni los gritos que le ordenan que se detenga, hasta que alcance un cercano bosque de eucaliptos donde la creciente oscuridad boscosa del anochecer le conceda una oportunidad de salvación, porque aquí se manifiesta nuestro poder, es nuestra la decisión y podemos elegir su salvación, concederle unos metros de ventaja sobre los agotados policías y una acequia en la que ocultarse, tumbado sobre un charco helado durante horas hasta escuchar los motores de los vehículos al alejarse, o podemos decidir que sea herido por una bala que roza el ramaje hasta introducirse en su brazo, herida leve, o en su muslo, herida grave por la cercanía femoral, o incluso en su cabeza si necesitamos un cadáver inmediato y reconocible ante la incertidumbre y la invisibilidad de la muerte de André Sánchez, el silencio del bosque es fracturado doblemente por la detonación del arma y por el estallido del cráneo, el habitual ruido de fardo del cuerpo al caer sobre la hojarasca, pero también podemos regalarle unos minutos más de vida o de esperanza, prolongar la persecución en beneficio de nuestra demanda de acción, obligarle a continuar la carrera pese al agotamiento súbito del organismo, la crisis muscular de las piernas, el pinchazo en el pecho cada vez mayor, es necesario que no gire la cabeza porque comprobaría lo inútil de su huida ante la cercanía de su ya único perseguidor, el joven policía que pistola en mano aguanta todavía la maratón, el perseguido acabará por escuchar los pasos que a su espalda le hacen eco, la respiración jadeante cada vez más próxima, porque llegados a este momento no podemos permitir ya que escape, no le facilitaremos la ventaja de un tropezón del exhausto policía, el desarrollo del relato exige a estas alturas subir un nuevo escalón, imponer un enfrentamiento cuerpo a cuerpo, un combate agónico que nos sitúe en una agradable impaciencia por su desenlace, el perseguido da por perdida la carrera y se frena de golpe para provocar el tropezón del perseguidor, caen al suelo, cuerpos que se revuelven, manotazos desesperados, una lucha a vida o muerte porque están solos en medio de un bosque y está presente, no lo olvidamos, una pistola, que una vez mostrada debe ser utilizada, es la máxima teatral, lo contrario será una decepción, ni siquiera nos conformamos con un primer disparo que en el forcejeo se pierde en los desprestigiados eucaliptos, el estudiante se abraza con rabia al policía que intenta separarse, ganar distancia para encañonarle, y ahora debemos elegir, quién se salva y quién se condena, el forcejeo permite cambios de dueño en el arma, debilitamiento de uno y ventaja del otro, arrojamos al aire la moneda o manifestamos nuestras preferencias, habrá quien prefiera la muerte del estudiante, por puro romanticismo del héroe caído, por poder adjudicar un nuevo crimen a la policía franquista, o por mero honor a la verdad ya que siempre será más creíble que un experimentado policía controle las técnicas de lucha y sepa revolverse, liberar el brazo armado y disparar en el primer contacto que se produzca entre el cañón y la carne enemiga, sin distancia, destrozando el rostro o el estómago del joven, fílmicas bandadas de aves durmientes y murciélagos que levantan el vuelo tras la detonación y después el silencio, pero habrá también quien demande la victoria del bueno, más fuerte y entero el estudiante, que consigue doblar el brazo del agente y evitar el disparo que se perderá de nuevo en el cielo, le coloca el antebrazo derecho en el cuello, apretándole contra el suelo, mientras con la mano izquierda controla la mano armada, tira hacia arriba y hacia abajo de ella y durante menos de un segundo el cañón le mira a los ojos y bastaría una suave presión sobre el gatillo pero ya hemos decidido su salvación, los dos cuerpos ruedan sin gracia por el suelo hasta que se escucha un disparo final y todo acaba, cesa la violencia, así concluyen estas escenas emocionantes, el bueno y el malo forcejean, la pistola está oculta a los ojos del espectador y se escucha un disparo, tardamos todavía unos segundos en comprobar, con alivio, que ha sido el malo quien ha acogido en su carne la bala, es la forma convencional, vibrante, de narrar este tipo de peleas, lo hemos aprendido del cine, el vértigo de la incógnita, al igual que la desactivación de bombas cuando quedan tres segundos para la explosión, el héroe saca los cables del artefacto y acerca las tenacillas, cable azul o cable rojo, cable rojo o cable azul, dos segundos, se dispone a cortar el cable azul, un segundo, cambia repentinamente y secciona el cable rojo, se detiene el segundero, final, no hay explosión. El policía sólo emite un maullido, casi obligado, y aún forcejea unos segundos hasta que suelta la pistola y se deja caer hacia un lado, quejándose entre dientes, no llega a gritar, es un tipo duro o se sabe acabado y no merece la pena ni siquiera un canto de cisne, el estudiante coge el arma y se levanta, nunca ha tenido una pistola en las manos pero apunta con destreza al herido, esos gestos se aprenden también en las películas, todos sabemos cómo debemos empuñar el arma, separamos un poco las piernas para afirmarnos en el suelo, adelantamos los brazos en horizontal, una mano empuña y la otra refuerza sujetando por debajo, una pistola pesa más de lo que aparenta, por el inesperado peso y por nuestros nervios tiembla cuando la encañonamos contra el herido, que se arrastra boca abajo por la alfombra vegetal y ahora sí vemos el estrecho reguero de la sangre que nutre el suelo, brillante en el anochecer, se da la vuelta y por fin muestra su pierna derecha a la cámara, primer plano del pantalón ennegrecido como si un parche le dividiera el muslo, en pocos segundos la sangre le cubre toda la pernera, nadie sabe a qué velocidad se desangra un hombre, el desmayo llega pronto, ni siquiera suplica una ayuda que no espera de su accidental ejecutor, amplificadas por la cubierta de árboles resuenan las llamadas de sus compañeros alarmados por los disparos, y en el trance definitivo nos encontramos por última vez con la oportunidad de salvar la vida al policía herido, es inevitable que pensemos que se trata de un repugnante esbirro franquista pero quizás es un joven sin conciencia que buscó en la policía una salida profesional, un trabajo estable, una oportunidad negada en su pueblo de origen, porque las estadísticas de la época nos dicen que un porcentaje mayoritario de las fuerzas represoras eran emigrantes, de extracción rural, extremeños, andaluces, manchegos, el previsible *lumpenproletariat* que no tiene conciencia de clase y engrosa las filas de los ejércitos desde hace milenios, si dudamos un instante será demasiado tarde para salvarle la vida, sus compañeros pueden tardar en encontrarlo y cuando lleguen a él será ya un cadáver, morirá desangrado entre los matorrales como una bestia de montería, eso concediendo que lo localicen en la oscuridad del bosque porque nuestra rabia podría incluso negarle un entierro digno, que nunca encuentren su cuerpo y quede allí como alimento de alimañas, y ahora sí es demasiado tarde, hemos perdido el tiempo en inútiles reflexiones sin hacer nada por él, no podíamos esperar que el estudiante actuase por su cuenta, qué podía hacer él, cómo iba a cortar la hemorragia fatal, entretenerse en intentar un inexperto torniquete con un trozo de camisa y una rama, o al menos gritar y esperar a que llegasen los otros policías, quizás ellos podían hacer algo por salvarlo, pero al mismo tiempo se arriesgaba a ser detenido y acusado de homicidio, una temporada larga en prisión o una condena a muerte, el garrote o el fusilamiento, o incluso ajusticiado allí mismo, en el bosque, un tiro en la cabeza premeditado y la versión oficial dirá que se resistió, que mató a un policía, que hubo un intercambio de disparos, la pistola muestra sus huellas dactilares, corre ahora que estás a tiempo, no te detengas ni mires atrás hasta que salgas del bosque y cruces un nuevo campo de cultivo y más allá otro bosque y quizás un río que vadear con el agua por la cintura y una loma ascendente, un valle plateado por la luna, un pueblo durmiente cuyos perros ladran al fugitivo, una porqueriza abandonada donde descansar, tiritando de frío, con la pistola todavía apretada en la mano, tan aferrada que duelen los tendones y los dedos rígidos, ya no habrá descanso porque la exigencia de acción es tiránica y no basta con una persecución boscosa y un tiroteo, es necesaria una huida peninsular, caminar de noche y permanecer oculto de día, encontrar el auxilio de los cabreros y los aldeanos que ofrecen un vivaqueo fraternal, la vieja dinámica solidaria del maquis que ahora presta estaciones al que escapa, hasta establecer contacto con un enlace del partido que le facilite un pasaporte, un atuendo en condiciones, un billete de tren o un guía para cruzar a Francia por la montaña, hasta llegar a París o a Toulouse y al fin descansar, si se lo permitimos, esclavo de nuestro aburrimiento y nuestro anhelo de aventura.

Desde hace una decena de páginas, prescindiendo de la habitual distancia y respeto hacia la obra en marcha, un grupo de radicalizados lectores acosa al autor con el propósito, con la exigencia, de que introduzca un personaje (incluso sugieren perfiles biográficos que, creen ellos, lo harán más aceptable en el transcurso de la novela) no previsto por el autor: un personaje que tense la intención de esta novela desde el referido ayer hasta el mañana engendrado, es decir, el hoy presente; un personaje que, según estos impertinentes lectores, amplíe la idea central de que el vano ayer ha engendrado un mañana vacío, mediante un trastoque de términos: el brutal ayer, dicen, ha engendrado un mañana (por hoy) brutal. Un personaje que, según me ordenan con malas palabras, actúe como portavoz de estos lectores (que parecen ser minoría, pese a su ruido) y reproduzca sus afilados argumentos, que en resumen serían éstos: todavía hoy no se ha perdido la huella de cuarenta años de policía franquista; aquella escuela marcó a varias generaciones de guardianes del orden; la débil transición (incluso renuncian a la mayúscula, Transición) no sólo no exigió responsabilidades a los funcionarios represores sino que los mantuvo en sus puestos; las últimas promociones de la academia policial franquista siguen en activo y no se jubilarán hasta dentro de diez o doce años, por lo que seguirían ejerciendo su influencia nefasta sobre los jóvenes agentes; hay enseñanzas que uno aprende para toda la vida, como montar en bicicleta, nadar, tratar como es debido a un detenido revoltoso, llevar a buen fin un interrogatorio, etc. Argumentos que, indican, deberían ser explicitados mediante un relato hinchado de ejemplos de brutalidad policial en el presente, de los que los mencionados lectores no han olvidado enviarme cientos de denuncias supuestamente reales que describen casos de delincuentes menores que se llevan una paliza o son humillados en los calabozos, inmigrantes que antes de ser expulsados del país son golpeados y vejados (y me adjuntan un informe de una curiosa organización llamada Amnistía Internacional), ciudadanos pacíficos que recriminan la brutalidad de un agente y acaban en comisaría conociendo en carne propia esa brutalidad; sin olvidar, me piden, la situación en las prisiones, en las que estos apasionados lectores sitúan aún algunas escenas de drama carcelario tales como presos cuyas pequeñas o grandes infracciones provocan castigos físicos a manos de sus vigilantes o traslados a inhumanos aislamientos, la justicia de patio ante la que algunos funcionarios hacen la vista gorda o participan, la muerte silenciosa de los enfermos terminales que se consumen esperando una excarcelación humanitaria que apenas reciben a tiempo para ser trasladados directamente al tanatorio, etc. Incluso un incontinente lector me remite varios folios con reflexiones que espera sean asumidas en su integridad por el autor. Reproduciré una de ellas para que el resto de lectores entienda hasta qué punto de sospecha llegan estos individuos:

¿No se ha preguntado usted por qué en España prácticamente no se ruedan películas sobre policías corruptos, abusos de autoridad o dramas carcelarios, mientras que en otros países son todo un género? ¿Quizás por el menor desarrollo de nuestra industria cinematográfica? No parece una buena respuesta, puesto que el cine español ya frecuenta, con mayor o menor fortuna, todos los géneros: comedias, aventuras, dramas de época, terror adolescente, enredos generacionales, etc. Sin embargo, no encontramos muchos títulos cuyo argumento se centre en las andanzas de un agente del orden que maltrata impunemente a sus detenidos, que interroga con métodos salvajes; o en la vida diaria de una prisión convertida por algunos funcionarios en un infierno enrejado. Sí, tal vez recordamos unos cuantos personajes secundarios que disfrutaron unos minutos de celuloide hispano: policías traficantes o proxenetas (o ambas cosas a la vez), chulos y pendencieros que generalmente terminan mal, pero que cumplen con eficacia su papel de relleno: salen a escena, escupen sus exabruptos, ponen cara de malísimos y evitan cualquier gesto de naturalidad, cualquier apunte de verosimilitud, concentrados en mantener intacta su oquedad. Y eso es todo. Quizás nuestros cineastas, como nuestros teleproductores y novelistas, desatienden tales géneros (y prefieren retratos profesionales dentro de la tradición del género negro o, en el caso de la televisión, simpáticos relatos promocionales llenos de humanidad) por un cierto complejo histórico, un temor hipócrita que nos llevaría a reafirmar la cara más dulce de nuestro sistema y ocultar la más siniestra, asegurando la infalibilidad de nuestra democracia por el solo hecho de ser democracia.

Es suficiente este extracto para que el ingenuo lector, a quien se intenta perturbar el tranquilo disfrute de su novela, perciba el carácter irracional e insostenible de tales argumentos. El autor, ante esta ofensiva de una minoría revoltosa que busca en estas páginas un eco para sus retorcidas invectivas, no necesita más que encomendarse al sentido común que, por fortuna, predomina en nuestro país hoy. No hacen falta muchas páginas para responder a esas provocaciones, no es preciso un ejercicio de retórica, sólo hay que recordar unas cuantas verdades al alcance de cualquiera: todo el mundo sabe (sólo se necesita una mínima cultura democrática y una mente libre de prejuicios y sospechas sin fundamento) que en este país no se produjo ninguna continuidad (Transición mediante) entre el anterior régimen y el actual. Nadie duda de que la totalidad de los agentes policiales que durante la dictadura aplicaron con rigor la ley supieron reciclarse sin demora al comportamiento democrático, desecharon sin nostalgia sus métodos, inercias, órdenes habituales, y se comprometieron con los nuevos tiempos. Todo el mundo sabe que en 1975 (o en 1977, o en 1978, o en 1982, hay discusión en las fechas) se puso fin a todos los excesos y desde entonces las fuerzas antidisturbios se emplean con suavidad y educación (¿alguien conoce un solo caso de conflicto laboral, corte de carretera, manifestación estudiantil o desalojo en que un manifestante resulte herido, a no ser que sea por un tropezón o por la agresión de otro manifestante? Al contrario, son los propios agentes de orden público los que sufren daños en sus intervenciones, sólo hay que ver el parte de enfermería habitual, con numerosas luxaciones en los inactivos brazos encargados de empuñar las innecesarias porras). Ya no hay infiltrados policiales en las manifestaciones, de la misma forma que todos los detenidos salen de las comisarías intactos, tal como entraron, con la excepción de unos pocos desgraciados que sufren lesiones debidas a hechos fortuitos («se golpeó accidentalmente al no agachar la cabeza cuando era introducido en el vehículo policial»), las circunstancias de la detención («en su huida chocó contra un vehículo estacionado en la vía»), la resistencia del delincuente («agredió a los agentes cuando iba a ser detenido y fue necesaria la participación de cuatro agentes para reducirlo»), las lesiones voluntarias («se dio cabezazos contra las paredes para poder acusar a los agentes de maltrato») y, en pocos pero lamentables casos, la muerte natural en el calabozo, generalmente por parada cardiorrespiratoria (el corazón y la respiración se detienen, la muerte es inevitable), aunque también recordamos algún inconsciente que se ahorcó en su celda en un claro gesto de desprecio hacia los agentes que lo custodiaban. Es cierto, no lo ocultamos, que recibimos anuales reprimendas de organizaciones internacionales, pero son valientemente desmentidas o desoídas por nuestros gobernantes, facultados y legitimados para saber que las denuncias existentes son obra de delirantes con afán de protagonismo, y que las sentencias condenatorias (cuando se producen, pues generalmente es suficiente el testimonio exculpatorio de un agente que, presente en el lugar de los hechos, declara no haber visto nada, por lo que el asunto queda en una cuestión de credibilidad y evidentemente vale más la palabra de un funcionario encargado de la seguridad pública que la de un vulgar delincuente) son infundadas y merecen un rápido indulto en el próximo Consejo de Ministros, acompañado si es posible de una condecoración, pues conocida es la afición de nuestros gobernantes a recompensar a nuestros más ejemplares funcionarios, incluido el injustamente vilipendiado Melitón Manzanas, cuya Medalla de Oro al Mérito Civil es cuestionada por pandillas de rencorosos que no aprecian sus méritos civiles («llevaba puesto un guante de cuero y me sacudía con esa mano, aún recuerdo el olor de aquel guante», «echó gravilla en el suelo y me obligó a andar de rodillas», «con las manos atadas en la espalda me pateaba y daba golpes detrás de la cabeza», «agarró la famosa porra y me dio una paliza diciéndome "ahora sí que vas a dormir bien"», «me colocó un bolígrafo entre los dedos de una mano y comenzó a apretarme las uñas haciendo girar el bolígrafo»). Es justo denunciar la brutalidad policial durante el franquismo, pero no caeremos en el juego de quienes querrían ver en estas páginas un ataque justiciero contra los actuales cuerpos de seguridad del Estado. De acuerdo en que el vano ayer pueda engendrar un mañana vacío, pero nada indica que el brutal ayer tenga continuidad en un mañana brutal.

Pocos habitantes de la posguerra se resisten tanto a las caracterizaciones verosímiles como el neófito empresariado triunfante, aquel capitalismo local de nuevo cuño que, junto a la vetusta oligarquía avalada por generaciones victoriosas, se repartieron el botín durante cuarenta años. Nos referimos a ese prototípico compatriota de más o menos humilde origen —generalmente exagerado en las biografías—, que desde el oportunismo o la sinceridad se entregó sin reservas al glorioso alzamiento del 18 de julio y vio compensada su lealtad con generosas facilidades por parte de las nuevas autoridades —de las que además formó parte con cargos de mayor o menor importancia—. Usando un término actual podemos denominar «estimulación de la actividad empresarial» una política estatal de fomento de la iniciativa privada que consistió en, cuando menos, hacer la vista gorda, y cuando más, conceder créditos munificentes, mercados monopolistas, clientela pública e incluso mano de obra esclava reclutada entre los miles de españoles ansiosos por redimir sus culpas ideológicas; sin olvidar una política laboral modélica de la que algunos empleadores, ya en democracia, se han sentido huérfanos, y que prometía poner fin a la incómoda conflictividad social —lo que en otros tiempos se conoció como lucha de clases— mediante la desconvocatoria policial de toda huelga. La versión hispánica del calvinista *self-made man* vendría a ser un cateto que, bajo el palio franquista, levanta un autárquico éxito productivo que le permite en pocos años afianzar una cuantiosa fortuna y no pocos atributos de prestigio social, mediante actividades que oscilan en el arco emprendedor desde el más basto estraperlo inicial hasta admiradas aventuras industriales en múltiples sectores: alimentación, automoción, distribución, textil, transportes y prácticamente todo el índice de las páginas amarillas. Pocos años ha, el autor localizó en un expositor de saldos un libro que hoy lamenta no haber adquirido a cualquier precio, pues ha olvidado el título y no ha vuelto a encontrar rastro del mismo. Se trataba, por así decirlo, de una suerte de «Vida de santos capitalistas españoles», pues siguiendo el literario modelo de las hagiografías y martirologios católicos recogía un catálogo de vidas ejemplares: autorizadas biografías de aquellos grandes hombres que partiendo de la nada o de modestas posesiones —un taxi rural, un pequeño negocio familiar, un oficio mozo—, consiguieron en esos años difíciles con su solo ingenio y su buena estrella —pues otros factores determinantes son omitidos en estas beatíficas biografías— hacer realidad esa promesa evangélica que equipara la igualdad de oportunidades con el esfuerzo personal que culmina en la ganancia del primer millón. La intención del autor es trazar ahora un retrato cierto —es decir, ajeno a bondades de santoral— de alguno de esos increíbles guerreros que medraron a la sombra de un régimen que allanaba caminos a cambio de su diezmo. Sin embargo, la excesiva precaución que viene maltratando la presente novela está de nuevo presente, ante la dificultad de relatar una de estas biografías sin tropezar en una narración que parezca demasiado esperpéntica, incluso berlanguiana. La zafiedad de tales personajes parece ser su mejor profilaxis frente a posibles intentos de desenmascaramiento, ya que un relato veraz de sus trayectorias, manejos, éxitos y delitos acaba resultando increíble por grotesco. A fuerza de superar a la ficción que la retrata, la realidad termina por invalidarla a la par que se invalida a sí misma. Así que, como prevención, haremos el trayecto inverso: si las vidas grotescas producen retratos grotescos, mediante un retrato voluntariamente grotesco encontraremos una vida grotesca, y como tal verídica, real, pese a la resistencia del lector que, ignorando u olvidando los desmanes paletos que ciertos personajes cometieron, preferirá adjudicar a la barroca imaginación del autor el origen de los materiales empleados. Intentaremos, pues, que la deformación logre traslucir la forma original, auténtica. Escojamos, por ejemplo, la carrera singular de Carlos López. O digamos mejor don Carlo de Lope, para ser respetuosos con su vanidad sin límites, pues los cambios de nombre no son extraños a estos triunfadores. De Lope alcanzó la cumbre de su carrera editorial en 1967, cuando vendió su empresa a Bruguera, que entonces lideraba el mercado de quiosco con sus colecciones del Oeste y de «Hazañas Bélicas». Áquel fue su gran pelotazo final: se llenó los bolsillos y buscó dorado retiro en Venezuela o en cualquier país tropical, ya que él tenía ese sentido popular del paraíso, con sus palmeritas, sus playas blancas y sus mulatas. Prueba de este ideal paradisíaco son las portadas de un buen número de novelas salidas de su editorial, la reiteración con que aparecía ese fácil exotismo que, según él, era lo que demandaban los lectores: «lugares exóticos, que bastante miseria tienen que ver todos los días». Con la citada operación puso fin a casi treinta años de existencia de su gran empresa: Carpe Editorial, con la que había realizado todos sus sueños excepto uno, común entonces y ahora a cierta raza empresarial: la presidencia de un club de fútbol. La editorial se llamaba Carpe por la primera sílaba de Carlos y la segunda de López o Lope, como esos bares tan celtíberos que se llaman «Maifer» por ser sus dueños Maite y Fernando. En el momento de su venta a Bruguera, la empresa que presidía don Carlo de Lope estaba totalmente consolidada, era la segunda de su género, sólo superada por aquella a la que luego se vendió. Carpe Editorial ocupaba una amplia oficina en el madrileño paseo de Recoletos. Los recursos humanos se limitaban al propio don Carlo de Lope, su secretaria y un contable que hacía las veces de diseñador y otros trámites; y a los prolíficos novelistas correspondía, previo paso por la oficina, llevar personalmente los manuscritos a la imprenta, mientras que el almacén para la distribución estaba en las afueras. El único movimiento visible en la sede de Carpe Editorial era el de los escritores, generalmente jóvenes estudiantes y opositores, aunque también profesores universitarios y funcionarios municipales, que acudían a entregar sus treinta o cuarenta nuevas páginas y recoger el correspondiente cheque. Como en otras biografías similares, la de don Carlo de Lope demuestra ese afán por el camuflaje de quienes, una vez acceden a la elite envidiada, se mimetizan con ella, o con lo que creen que son distintivos de esa elite. En ese afán se aplicó nuestro editor hasta extremos ridículos. Incluso su nombre era una impostura: a partir de un vulgar Carlos López decidió convertirse en don Carlo de Lope, convencido de que el tratamiento de don, el uso de la preposición y la desaparición de las últimas letras de nombre y apellido le otorgarían una presunción de nobleza latina de la que de otra forma carecería. Fiel a su condición de nuevo rico, quiso dar un barniz de calidad a su humilde estirpe. En el colmo de su grandeza, incluso llegó a encargar, a un experto en heráldica con pocos escrúpulos, la confección de un escudo de armas con el nombre de su inventada genealogía. Mandó acuñar un blasón que contenía una leyenda en castellano antiguo, con letra gótica, enmarcando algunas divisas que el propio don Carlo propuso al heraldista, tales como una enorme águila bicéfala, un torreón cristiano, dos dagas cruzadas en aspas y una anacrónica imprenta moderna que resaltaría una supuesta tradición familiar de siglos en el campo de la edición. Este increíble escudo figuraba en sus tarjetas de visita y en la contraportada de las novelas editadas por Carpe Editorial como insignia de la empresa. Además, el mentido emblema ocupaba una considerable porción de la pared de su despacho, junto a una descolorida bandera nacional y un retrato del Generalísimo —el retrato oficial multiplicado en colegios y negociados junto al crucifijo y el grave semblante joseantoniano, lo que incitaba al fácil chiste de la crucifixión de Cristo entre dos ladrones— en un marco engalanado con el yugo y las flechas en cada esquina. En la mesa de don Carlo de Lope destacaba una fotografía enmarcada en la que aparecía Franco entregando a nuestro hombre una placa al mérito empresarial. En el aspecto físico, don Carlo de Lope transparentaba algunos de los complejos que sufrían los advenedizos de su condición. En el momento de su retirada rondaba los setenta años, pero insistía en enmascarar su vejez: disimulaba su calvicie con un hábil peluquín y añadía a su rostro algunos afeites que, si bien le daban un color saludable, en ocasiones no tenía medida ni habilidad con el maquillaje y aparecía como un maniquí fachoso, con las mejillas enrojecidas y los labios espesos de un rojo frutal lleno de grietas. Mientras hablaba con alguno de sus novelistas o con cualquier invitado, el muy narciso no dejaba un instante de buscar su reflejo en un espejo que tenía colocado en la pared frente a su mesa, a espaldas de su interlocutor, en el que confirmaba su eterna juventud. Cuando en la conversación se refería a sí mismo, don Carlo de Lope recurría generalmente a la fórmula plural «nosotros los empresarios», con la que, en aquellos años de desarrollismo, certificaba su pertenencia a tan privilegiado estamento. Pero no eran precisamente méritos empresariales los que le habían elevado a su adinerada posición, sino más bien otras habilidades —tan necesarias en ciertos momentos como una buena gestión— tales como olfato, buenas relaciones, oportunismo y cierta dosis de, digamos, caradura. Don Carlo de Lope, que entonces era simplemente Carlos López, llegó a Madrid a finales de los años veinte, emigrado desde un pueblo de Murcia donde quedó su familia, a la que deberíamos suponer, en honor a una biografía de hombre hecho a sí mismo, una vida rural, recolección de hortalizas, sequías desgraciadas y alta morbilidad. En el Madrid de Alfonso XIII el joven Carlos supo hacerse valer gracias a sus dotes de embaucador, e inició distintos y disparatados negocios, siempre con dinero ajeno y con final idéntico para todos: la quiebra, sin que él se viera afectado por responsabilidad alguna, ya que sableaba a incautos que nunca vieron los prometidos beneficios ni volvieron a saber de aquel emprendedor engañabobos que siempre tuvo el verbo fácil para describir todo tipo de empresas de éxito infalible, ya fuera un innovador cemento de pegado rápido que causó el derrumbe de un edificio en construcción, una partida de uniformes saldados de la Gran Guerra para el ejército español y que nadie recibió jamás, o un servicio de sillas de mano o *rickshaws* para los visitantes de la Exposición Universal de Barcelona que dejó a cuarenta filipinos abandonados en el puerto y al comisariado de la muestra en ridículo. Fraudes que, por supuesto, desaparecieron de su currículum cuando años después se convirtió en un meritorio empresario. Porque don Carlo de Lope fue un impostor compulsivo. La historiada placa entregada por Franco, que ocupaba un lugar principal en la vitrina de trofeos de su despacho, era verdadera; pero no así el título académico de una universidad alemana de impronunciable nombre, que colgaba de una pared y que debió de comprar a algún falsificador, socio del heraldista. Como tampoco era cierto el daguerrotipo que decoraba la misma vitrina, en el que supuestamente aparecían sus padres, dos elegantes personas de porte aristocrático en un entorno parisino, y que realmente sería un retrato anónimo adquirido entre los cachivaches del Rastro. Pero lo que definitivamente decidió el éxito empresarial de Carlos López fue, como en tantas otras biografías nacionales, su actitud política, saber estar con los ganadores en los momentos más convulsos. Fue monárquico en los años veinte con tanto fervor como fue republicano desde abril del treinta y uno, liberal o conservador, según cambiasen las tornas electorales, adelantándose siempre a los cambios con sagacidad para ofrecer sus servicios leales a la clase dirigente de cada momento

Así, en los primeros días del alzamiento militar del treinta y seis tuvo la clarividencia de prever quiénes iban a ser los ganadores de aquel órdago definitivo, dejó Madrid a tiempo y, encamisado de falangista, se presentó en Burgos para mostrar su incondicional adhesión a los principios de la cruzada, sabedor de que en tiempo de mudanza son necesarios hombres como él. Su concurso en la guerra fue creciente y en pocos meses logró que le asignasen el abastecimiento de la retaguardia en la región norte, lo que le permitió, además de ganarse la estima de mandos militares y autoridades civiles, conquistar su propia parcela de negocio, apartando una porción semanal de los suministros para cotizarla en el más rentable mercado negro, con el consentimiento necesario —y bien retribuido— de cuantos generales nacionales hubiera por medio. Su generosidad en repartir las ganancias de lo ilícito le aseguró buenas amistades para, una vez concluida la guerra, rentabilizar su colaboración en la misma. Favorecido por el régimen, dispuso de cuantiosos y cómodos créditos para iniciar sucesivos negocios, que fracasaron uno tras otro, hasta encontrar aquel que finalmente fructificó y se convirtió en fuente de su fortuna: la editorial Carpe. Inicialmente constituyó una compañía que tenía por objetivo, en aquellos piadosos años, difundir los sagrados principios del Movimiento y la moral católica, editando catecismos, manuales de familia y libros de texto que el régimen le compraba o promocionaba, generalmente como lectura escolar. Pero pronto se deslizó hacia proyectos más rentables: las novelas baratas de romances tropicales, de detectives, de cuatreros tejanos y otras por el estilo. En sus inicios, cuando todavía se llamaba Carlos López, la editorial ocupaba un pequeño taller en la Latina, que durante la República y la guerra había sido imprenta de una conocida revista anarquista que, tras ser confiscada con la caída de Madrid, fue entregada a tan noble colaborador de la cruzada como era Carlos López. De los catecismos pasó a las novelitas de quiosco a mediados de los cuarenta, donde encontró su particular filón. Se hizo con los servicios de escritores necesitados, a los que pagaba a tanto por página, una miseria en comparación a lo que llegó a ganar con algunas tiradas. Pronto el taller de Latina resultó insuficiente para la rápida expansión del negocio: el poco espacio que dejaban las máquinas y las bobinas de papel estaba ocupado por montañas de libros ordenados en filas de tres en fondo, de los cuales las primeras columnas eran de catecismos y obras análogas, de forma que si algún celoso funcionario del Ministerio de Educación rondaba por allí podía comprobar que la labor catequista del taller marchaba bien, que las ayudas y créditos no se perdían en productos frívolos como las pilas de novelitas que, tras los catecismos, esperaban para ser distribuidas a los quioscos. Con el tiempo esa precaución se hizo innecesaria, porque la labor de entretenimiento y evasión nacional que el editor realizaba hacia la empobrecida población fue reconocida por las autoridades. Se decía incluso que el propio Franco era lector ocasional de aquellas obras menores, aunque esto no deja de ser un rumor. En la primera entrevista con un nuevo autor —pongamos un profesor universitario necesitado de ingresos suplementarios— don Carlo de Lope utilizaba el mismo discurso introductorio: «Yo sé que todos ustedes, los de la universidad, tienen muy buena pluma, que para algo están donde están. Le quiero dar a entender que a mí no me tiene que demostrar usted nada, ¿comprende? Se lo diré

203

más claro: si usted quiere escribir literatura, se ha confundido de sitio. Yo lo que quiero de usted no son novelones ni palabras de esas que la gente tiene que buscar en el diccionario para seguir leyendo. Lo que yo espero de usted es lo que el público demanda: aventuras, sólo eso, pura evasión. Cuanto más simple, mejor. Así que no se me vaya a estar un año para traerme una novelita, porque mis escritores me dan dos o tres al mes, que es lo que tiene que salir a los quioscos. Y le diré más: si de verdad quiere usted ganarse un buen dinerito, puede sacar una a la semana, que es lo que hacen algunos de mis muchachos, que escriben a esa velocidad. Usted tráigame la primera y ya le diré yo lo que me parece.» Habitualmente, el aspirante a ingresar en el dudoso parnaso de Carpe quería causar buena impresión y se dedicaba durante varias semanas a encontrar una escritura que se aproximase a lo que el editor buscaba, esforzándose en una simplicidad mal entendida, llena de tópicos, diálogos fáciles, acción de saldo. Pero cuando entregaba su manuscrito, don Carlo de Lope lo leía frente al menesteroso novelista, al que de inmediato reprochaba con displicencia: «¿Qué es esto? Usted no me entendió bien. Aquí hay muchas palabras, demasiadas palabras y muy poca aventura. Mire, por ejemplo. En esta página hay una buena de tiros y carreras, pero luego vienen tres páginas en las que, ¿qué es lo que cuenta? Nada, nada interesante, nada que pueda enganchar al lector. ¿Y las mujeres? ¿Dónde están las mujeres? A ver si va a resultar que eres marica.» A partir de aquí negaba el tratamiento de usted y tuteaba en castigo: «Si me traes una de detectives, tiene que haber muchos más tiros y alguna mujer malísima, y si no, te coges el manuscrito y lo envías al Nadal, ya lo sabes. Los universitarios os pensáis que escribir sencillo es eso: sencillo, fácil. Pues ya ves que no. Te voy a dar una segunda oportunidad, porque he leído cosas en estas páginas que me han gustado y si pones un poco de voluntad puedes valer para esto.» A la tercera novela publicada el aspirante conseguía encontrar el registro que don Carlo de Lope exigía, y disminuían las correcciones que el editor introducía con tinta roja en los originales. Porque el patrón de Carpe Editorial siempre se leía los manuscritos cuando se los presentaban, antes de firmar el talón bancario. Los examinaba en presencia del escritor, comentando en voz alta o garabateando la página. No se basaba en criterios estilísticos muy finos, ni tampoco en los contenidos moralizantes que marcaron sus inicios editoriales. Su única referencia para decidir la orientación y el contenido de sus libros era el número de ventas de cada novela. Ése era el dato infalible: la aceptación en el público lector. Sobre la mesa tenía permanentemente un informe cuadriculado con las cifras de ventas de cada título lanzado en el mes anterior, además de un reporte contable de los últimos doce meses y los balances anuales de los anteriores ejercicios. Ante la mirada resignada del escribiente, don Carlo de Lope desplegaba sobre la mesa, junto al nuevo manuscrito, los folios con los datos de ventas y un ejemplar de cada novela reflejada en el informe, y comenzaba una tarea exhaustiva: tomaba un título, observaba sus ventas y las comparaba con los resultados de los números anteriores de la misma serie. Si las ventas del último número eran inferiores a las de sus precedentes, cogía el ejemplar y lo iba leyendo, comparando página a página su contenido con los de las novelas de mayor éxito. Un análisis excéntrico, pues no parecían importarle otros posibles factor que influyesen en las ventas. De este peculiar cotejo extraía conclusiones que transmitía al autor como orientación para la próxima novela. Por ejemplo: «Mis informes demuestran sin duda que los lectores prefieren ambientaciones tropicales. Eso es lo que quieren. Paisajes tropicales, playas, mujeres bronceadas, cócteles, asesinos orientales. *Las arenas calientes de Borneo*, por ejemplo, vendió casi el doble que *Robo en el Banco Nacional*.» Si el novelista se atrevía a cuestionar sus consejos, replicando que las ambientaciones tropicales ya estaban muy vistas, que la verdadera acción moderna se localizaba en la gran ciudad, en los bajos fondos, en los paisajes urbanos que los lectores veían en el cine, don Carlo de Lope pedía al autor que situara la acción en una gran ciudad, de acuerdo, pero una gran ciudad tropical, algo así como Chin-Chin o Bora-Bora, según una particular geografía que ninguno de sus asalariados se atrevía a cuestionar con tal de salir cuanto antes de aquel despacho y cobrar su talón, porque el ambiente en su oficina era asfixiante, con el olor untuoso de los cosméticos que utilizaba, los perfumes juveniles que desprendía, junto a los ambientadores de flores que echaba por la estancia. Flores exóticas, por supuesto. Fueron muchos los escritores camuflados tras seudónimos anglófonos que en la escuela de Carpe Editorial consiguieron aquello que cualquiera creería fácil y que no lo era tanto: escribir mal a conciencia, limitar el propio lenguaje, desarrollar personajes planos, diálogos absurdos, situaciones inverosímiles, ambientaciones acartonadas. Incluso la incompetencia es difícil de alcanzar; sólo a partir de la décima novela lograban interiorizar esa pobreza literaria. La escritura entonces se convertía en una rutina no demasiado molesta, un par de horas de trabajo antes de dormir, cuarenta folios para entregar puntuales cada semana o cada dos semanas, en ocasiones copiando literalmente escenas de novelas ya publicadas, incluso reproduciendo ejemplares íntegros, de autoría propia o ajena, alterando sólo los nombres, los lugares, pues la inventiva se secaba pronto ante el exigente ritmo de producción a que don Carlo de Lope sometía a sus literatos. Pero los exprimidos tampoco se quejaban demasiado. En el fondo, aquella actividad era una forma asequible de ganar dinero, pero también origen de extraña satisfacción, algo parecido a la vanidad, cada vez que advertían su clandestina obra en lugar destacado en la mayor parte de quioscos y por la calle en las manos de tantos lectores indolentes, las niñeras en los parques, los mozos de carga en los descansos de bocadillo, los soldados de permiso que las intercambiaban en los barracones, viajantes de comercio que encontraban una fugaz distracción en sus soledades de pensión, respetables ancianos que las leían con disimulo. Para los avergonzados autores representaba un modesto orgullo viajar en el metro y encontrar, sobre las rodillas de una joven hermosa, uno de aquellos libritos que cabían en el bolsillo y tenían portadas de estridentes colores, con ilustraciones que mostraban al detective protagonista —y que daba nombre a la serie, ya fuera Harper Smith, Roberto de Roberto, o Guillermo Birón— con el rostro en sombra para no definirlo demasiado y dejarlo a la imaginación del lector, oculto en parte por el ala del sombrero, empuñando una pistola plateada, sobre un fondo de atractivo paisaje mal dibujado que solía mostrar esos elementos que cualquiera, como sabía don Carlo de Lope, identificaría con el paraíso: una palmera soleada, un chamizo de cañas, una mujer de rasgos orienta con aspecto de malvada, todo muy esquemático, de una simpleza candorosa. Tras la venta de la editorial a la potente Bruguera, los novelistas continuaron sus series integrados en las colecciones de la empresa compradora, pero pronto comprobaron que en Bruguera el proceso creativo era más aburrido, industrial, frente al encanto artesano y jocoso de Carpe. Tras la venta, el millonario don Carlo de Lope desapareció sin dar seña de su destino. Probablemente acabaría sus días infartado en alguna playa mexicana, como si uno de sus detectives de papel le hubiera ajusticiado a balazos por tanta tropelía literaria.

En el primer palco de la derecha, un balcón oval engalanado con pesados cortinajes morados y alargados candelabros, se distinguía a media luz el perfil afilado de Viglietti, sus pómulos picados y la barba bien arreglada. En su rostro se adivinaba una mueca de desdén hacia la representación teatral; se aburría y jugueteaba con los dedos por el cuello largo y blanco de su chica, una joven hermosa, de rasgos orientales y cuidado maquillaje, que recogía su pelo en un moño alto, ofreciendo así a Viglietti su cuello refinado. La chica sonrió a su amante, quien le besó el cuello mientras con un chasquido de dedos ordenaba algo de bebida a su servidor. El malvado Viglietti ignoraba que, a menos de dos metros, en el palco contiguo, Guillermo Birón observaba desde la oscuridad, oculto tras unos binoculares que dirigía alternativamente hacia el escenario, hacia el palco de Viglietti y hacia el patio de butacas para estudiar la posibilidad de un salto que facilitase su huida en caso de problemas. La puerta del palco de Viglietti se abrió y uno de los esbirros dejó entrar a la camarera, que llevaba una bandeja con una botella de champaña francés y dos copas de brillante cristal. Viglietti dio una generosa propina a la camarera y se inclinó para descorchar la botella ante la sonrisa de la joven, que le besó tras la oreja y le llenó de carmín el cuello de la ca-

misa. Viglietti *levantó la botella y descubrió en la bandeja una servilleta doblada.* Al desplegarla, acercándola a la luz, enfureció con su lectura: «¿Disfruta usted de Otelo, amigo Viglietti?», rezaba la nota. Y firmado: «Guillermo Birón». Sin que Viglietti tuviese tiempo de avisar a sus hombres, Birón irrumpió de un salto sobre la barandilla del palco, en difícil equilibrio, y se quitó el sombrero en saludo ante la perplejidad del criminal y la admiración de la chica que, boquiabierta, sonreía al recién llegado. En ese momento se abrió la puerta del palco y uno de los esbirros descargó su ametralladora en dirección a Birón, que saltó a tiempo hacia atrás, hasta alcanzar la gran lámpara de araña, de la que se colgó y, con impulso, utilizó como trapecio para alcanzar otro palco. El sonido de los disparos extendió el pánico en el patio de butacas y en el escenario. Todo el mundo intentaba escapar, mientras Viglietti gritaba a sus hombres, ordenándoles que matasen a Birón. Los pistoleros dispararon sus cargadores contra el palco en que se había ocultado Birón. Cuando cesaron los disparos, mientras los esbirros recargaban sus armas, el detective Birón volvió a saltar del palco hacia la lámpara, que utilizó de nuevo como trapecio para alcanzar el palco de Viglietti. Desarmó al primer esbirro de un puñetazo en la mandíbula. El segundo se echó encima pero, con una llave de yudo, Birón lo arrojó al patio de butacas. Miró alrededor y descubrió que Viglietti había huido con la chica. El detective se sirvió una copa de champaña y bebió un trago antes de, pistola en mano, salir a la carrera tras el villano.

Llegados a este punto, las convenciones narrativas sugieren realizar un ejercicio de mayor retrospección en nuestro personaje, dejar a un lado durante varias páginas el relato de las calamidades más o menos creíbles vividas por Julio Denis en torno a 1965 y atender a los reclamos de su biografía, sus desconocidas infancia, juventud y primera madurez, de las que ya se nos ha informado que tuvieron como escenario Sevilla en las primeras décadas del pasado siglo. Años en los que, si admitimos los más elementales postulados de la construcción psicológica de personajes, se sitúan los acontecimientos que marcaron el destino de Julio Denis e hicieron inevitable su marcha/huida a Madrid en 1939, su recogimiento interior, su concentración académica por rechazo a un entorno que deseaba ignorar, su desenvolvimiento en las décadas siguientes y, en último término, su desgraciado final todavía por desvelar. Es éste por tanto el momento de abrir uno o varios capítulos, más o menos insertados en la narración, en los que conocer los hechos principales de la vida de nuestro protagonista, cuya aparición en este mundo, si tenemos en cuenta su provecta edad en 1965, deberíamos situar en el arranque del sangriento siglo. Puesto que todo es invención, el relato en tiempo pretérito puede construirse de forma autónoma, con los ingredientes que elija el autor, siempre que conduzcan en su acumulación al perfil que hemos dado al personaje (un hombre apocado, tibio, temeroso ante actitudes comprometedoras, algo frustrado sexualmente). Será necesaria además una suficiente dosis de excepcionalidad en la historia de Julio Denis, no sólo por la obligación de rellenar con rigor los huecos de su acomplejada figura, sino también por evitar una semblanza anodina, contraria a los usos de la novela contemporánea más exitosa (que debe ofrecer un mínimo de entretenimiento al lector), pero sobre todo contraria a la ambición del autor, puesto que nos hallamos ante el instante preferido de tantos novelistas, aquel en que más oportunidades de lucimiento se presentan, la parte más agradecida de la novela y como tal no siempre bien medida, en ocasiones excesiva. En el momento de ofrecer una semblanza de Julio Denis encontramos dos oportunidades de exhibición compositiva: la forma y el fondo. En cuanto a la primera, las técnicas a seguir son variadas, podemos elegir un relato en primera persona, que siempre permitirá una mayor introspección del personaje; o adoptar la forma de un diario apócrifo, que como la artimaña epistolar nunca pasa de moda; o el género de entrevistas, que posibilita una demostración de dominio en tantos registros coloquiales como coetáneos entrevistados escojamos, introduciendo jergas y muletillas personalizadoras; o el menos problemático narrador omnisciente, al que sin embargo no se le admiten tantas ambigüedades en su narración. Pero el verdadero alarde se encuentra en el fondo, en el contenido del relato, la tentación siempre presente de convertir al personaje en testigo y testimonio, utilizar su vida como coartada para relatar los fenomenales acontecimientos históricos de que fue contemporáneo, según el galdosiano modelo de los episodios nacionales. En el caso de Julio Denis, el autor es eufóricamente consciente de las generosas posibilidades que anuncia una acción desarrollada en Sevilla durante las cuatro agitadas décadas que transcurren entre el arranque novecentista y el estallido de la guerra civil; basta tener unos mínimos conocimientos de historia española para adivinar el enorme caudal novelesco que nos espera, una ficción que no sólo entretiene sino que además alimenta; la pedantería del autor se enciende ante la oportunidad de convertirse en un oficioso cronista municipal, qué digo municipal, por lo menos andaluz, cuando no estatal, en esa querencia galdosiana que comentábamos y que seduce a tantos novelistas patrios (en ocasiones para bien, hay que reconocerlo); la ocasión de convertir Sevilla en una ciudad de los prodigios, colocar a Denis en el lugar y el momento precisos para presenciar tanta maravilla, obligarle a ver, conocer, frecuentar o hasta intimar con los principales artífices de nuestras efemérides recordadas u olvidadas. Y así, con la vista ya puesta en la posteridad (lograr que la novela sea adoptada por los munícipes como epopeya local, incluida la colocación de placas en los lugares verdaderos en ella mencionados y hasta la organización de un «día de Julio Denis», fecha a convenir, en el que paisanos y turistas recorrerían los citados lugares novelados y los comerciantes podrían desplegar un amplio *merchandising* cultural), podríamos convertir las páginas en curiosos anales hinchados de lances, descubrimientos, hechos revolucionarios, leyendas, crímenes locales, cotilleos cortesanos, infamias caciquiles, movimientos culturales, usos y costumbres populares: páginas exquisitamente decoradas gracias a entusiastas lecturas de tantos anecdotarios de la vida cotidiana de nuestros ancestros como existen en nuestras bibliotecas; un esfuerzo documental que nos permitirá graciosas ambientaciones, detallistas y exactas, ese costumbrismo de época que a fuerza de imitar la realidad acaba por hacerla increíble, pormenorizando descripciones callejeras, vestuario y atrezo, expresiones jergales, hábitos de ocio, ceremonias de cortejo, marcas comerciales, precios, carteleras teatrales, canciones más tarareadas en el *hit parade* ciudadano y etcétera y etcétera; una inmersión agotadora, un viaje en el tiempo que nos devuelve a nuestro presente infectados de nostalgia malsana y de felicidad por el progreso nacional, cualquier tiempo pasado fue mejor y vivimos en el mejor de los mundos, a partes iguales. En el caso de Julio Denis, ya sus orígenes familiares nos invitan a una preciosa zoología del capitalismo local, a través del dibujo de uno de los clanes del poder económico sevillano, un antepasado que hizo fortuna en las Indias o en hechos de guerra contra la morisma y del que arranca una dinastía destacada entre las llamadas fuerzas vivas de la ciudad y que da nombre a alguna plaza céntrica. El padre de Denis tiene madera suficiente para el estereotipo caciquil, el industrial derechista duramente enfrentado a la conflictividad obrera de las primeras décadas del siglo: un hermoso retablo de las luchas socialistas en Sevilla, huelgas revolucionarias, sucesos sangrientos, despotismo patronal, sabotaje sindical contra la maquinaria y la producción arrojada al río, y hasta cuadrillas de incontrolados que arrojan piedras contra el hogar de los Denis, con el esperable enojo del industrial que decide crear su propio servicio de seguridad alistando pistoleros y rompehuesos que resuelven los conflictos visitando a los líderes sindicales en sus domicilios. No descuidemos, en el relato de esos años, la exposición iberoamericana del veintinueve, inmejorable escenario literario por el que pasearemos al boquiabierto lector ante tanto prodigio artesano y tanto azulejo con que podremos rellenar no menos de quince páginas. Incluso, forzando más aún la madeja episódica, podemos aprovechar a don Denis padre para generar una de esas maravillosas historietas de rígida erudición en torno a, por ejemplo, los pioneros de la aviación en España, con las suficientes dosis de emoción, humor, ingenio, superación; mediante un Denis padre enloquecido en la fiebre por conquistar los cielos que a principios de siglo hacía competir a los más notables industriales: el infante Julio Denis recordaría a su padre recortando noticias del desarrollo aeronáutico, realizando maquetas de aeroplanos, relatando las fabulosas hazañas de los precursores (el capitán Kindelán a la deriva en un globo aerostático hasta perderse en el Mediterráneo, Santos-Dumont volando sobre la Bagatelle, los incansables hermanos Wright logrando el primer salto de un kilómetro, el acrobático Conde de Lambert, el malogrado Chávez que arañó la cresta de los Alpes, la apuesta por cruzar el Canal de la Mancha), toda esa exuberancia de valientes pilotos, máquinas soñadas, triunfos y tragedias que tanto enriquecería nuestra novela, material de fácil adquisición en cualquier crónica ilustrada de la aviación y que completaríamos con un discurso en torno a la tensión de progreso que rodea cualquier avance científico, la oposición entre descreídos y quijotes. En cuanto a la madre de Julio, la señora Denis, nos pondría en bandeja una descripción ácida de las estiradas damas de la aristocracia hispalense, con reuniones marujiles en torno a la mesa camilla y al *five o'clock tea* puesto de moda por la reina Victoria Eugenia, de la que emularían también los veranos cantábricos, el meñique adelantado al tomar la taza y la pompa caritativa (bailes benéficos, colectas para dispensarios populares que son inaugurados por señoras disfrazadas con blanquísimos uniformes de enfermera de sastrería). Pero sobre todo, la figura de la madre posibilita una suculenta relación de hechos católicos en la siempre muy pía ciudad de Sevilla: caracterizaremos una señora de religión apretada, catolicismo fiero, corazón contrito y fiestas de guardar. Qué deslumbramiento se abre ante nosotros, un inagotable filón de simpáticas sorpresas: la encomienda supersticiosa a los santos (Santa Polonia para los dolores de muelas, Santa Genoveva contra la fiebre, etc.), el tormento de la estricta Cuaresma (la señora Denis gobernando el hogar con la cruz en una mano y el puchero en la otra, la dieta cristiana y el recuerdo a los santos anacoretas que con el ayuno lograban asombrosas longevidades: San Arsenio ciento veinte años, San Pacomio ciento diez, San Antonio ciento cinco, etc.) y la culminación narrativa en la barroca Semana Santa sevillana, cuya descripción puede incluso hacernos ganar un patrocinio turístico: la señora Denis haciendo de la fecha una tragedia doméstica (cierre de cortinas, voz baja, cirios e incienso ardiendo en cada rincón y en el altar familiar), caminando detrás de la virgen en las procesiones, a punto de llorar en cada sacudida de las candelerías del palio, y el recuerdo tenebroso del pequeño Julio Denis obligado a desfilar como nazareno en la siniestra Hermandad del Santo Entierro (con su necrófilo paso de la Canina, el esqueleto sentado sobre un globo que representa la muerte), todo el ambiente callejero narrado con estremecimiento y colorido, cuidados epítetos, piruetas léxicas, sinestesias, metáforas insólitas. Todo ello relatado desde el respeto o la disculpa folclórica, o de forma más temeraria mediante una crítica laica a la implícita confesionalidad del aconfesional Estado español (la mayor parte de nuestras fiestas nacionales, regionales o locales son religiosas, los beneficios de que disfruta la Iglesia, los problemas de la enseñanza, y así seguiríamos o no en función de cómo estuviese de templado el anticlericalismo del autor). Pero, frente a todo este torrente anecdótico, tendrá mayor presencia en la narración biográfica de Julio Denis el reflejo de las convulsiones políticas y sociales de la época que le tocó vivir, que en el caso de Sevilla son muchas y representativas del discurrir nacional. Mediante la ya mencionada ubicuidad del personaje (colocar a Denis en el lugar y momento precisos) asistiremos a los principales hechos de nuestra historia: las huelgas políticas que culminan en batallas armadas (relatadas sin escatimar medios), el advenimiento de la República (fiestas callejeras, profusión de banderas, desconfianza del padre y del resto de caciques que en el casino conspiran contra el nuevo régimen), la sanjurjada del treinta y dos (otra oportunidad para novelar combates) y, claro, el estallido de la guerra civil (en el que sin duda estará muy implicado el padre de Denis). Para mayor eficacia, dadas las limitaciones de Julio Denis por su adscripción social y familiar, necesitaremos del concurso de un personaje secundario: un joven idealista (cuya filiación ya decidiremos: anarquista, socialista o comunista), de hogar humilde, activo participante en las convulsiones del momento (puede ser concejal, líder sindical, o secretario de algún partido) y al que relacionaremos con Julio Denis mediante una emocionante amistad por encima de diferencias sociales y políticas, por encima de caracteres tan opuestos (el joven idealista, generoso, hasta un punto cándido; frente al señorito Julio Denis, que no conoce más Sevilla que la de la buena mesa y la cama caliente, el Corpus en tribuna y la Feria en coche engalanado). Una amistad de cuya mano podremos hacer una incursión turística por los barrios obreros, la Sevilla humillada y explotada de Triana y la Macarena (de la que completaremos, sin concesiones, una dura estampa con jornaleros de manos encallecidas, estibadores con la espalda machacada de cargar fardos en el puerto desde el amanecer, menestrales expulsados de las fábricas por una huelga y que recorren las plazas en busca de oficio con que comer; pero también toda esa fraternidad que se presupone a estos barrios y sus habitantes, pobres pero honrados, pues el retrato de las amorosas clases bajas suele ser incluso más tópico que el de las biliosas clases poderosas), la efervescencia de las casas del pueblo, la ilusión maltrecha, mediante un personaje, el joven amigo de Julio Denis, que convertiremos en una de esas caretas absurdas que dictan más que hablan, que cada vez que abren la boca sueltan un pensamiento certero, una máxima política, un diagnóstico que nos ilustra los acontecimientos con la sapiencia de un libro de texto; esa fatal debilidad que desvirtúa los diálogos en ciertas novelas (por no decir películas, aún peor) que pretenden reproducir y explicar un ambiente de época. Pero nuestra fortuna narrativa no termina aquí, pues si seguimos expoliando la bibliografía del período podremos aprovechar manantiales tanto o más atractivos, tales como la poesía (haremos del joven Julio Denis un poeta aspirante, con cuyo concurso asistiremos al traslado de los restos mortales de Bécquer de Madrid a Sevilla en 1911, incluido el letraherido desfile de los duelistas por las calles tras el féretro; pero especialmente seremos testigos de primera fila en el surgimiento de la prestigiada generación del 27, cuyos hechos fundacionales tuvieron lugar en Sevilla en aquellos años y a los que por supuesto asistirá nuestro joven vate como reportero a nuestro servicio: el homenaje a Góngora en el Ateneo sevillano, las conferencias y lecturas de poemas, las memorables farras de nuestras mayores estatuas —los Alberti, Cernuda, Lorca y compañía, que circularán por nuestra novela disfrazados de sí mismos—, el paseo nocturno en barca por el Guadalquivir, la histórica fiesta en la finca de Sánchez Mejías; toda esa jarana cultural que recogen los manuales de literatura y de la que nuestro Julio Denis será partícipe mediante, por qué no, una amistad adolescente con alguna de las figuras) o los usos amorosos de la época (nuestro introvertido protagonista vive febriles enamoramientos de corte dieciochesco por una prima segunda de mejillas empolvadas que muere prematuramente de alguna enfermedad romántica; o coquetea sin éxito con las codiciadas herederas que en el casino forman corrillos femeninos, hablan en voz baja, ríen tapándose la boca y beben dedales de anís; o mejor aún, para completar la épica de nuestro relato, introduciremos una imposible pasión de raíz montesco-capuleta con una joven libertaria, a la que conocerá en alguna de sus incursiones en los barrios humildes y que terminará trágicamente en los primeros días de la guerra civil). Porque, por supuesto, la guerra civil ocupará un lugar central en la biografía de Julio Denis, como un desenlace fatal en el que confluirán las vidas de todos los secundarios: el padre, implicado en la financiación y organización del alzamiento en Sevilla, incluso sale a la calle en los primeros días con una pistola para asegurarse de que los molestos sindicalistas reciban lo suyo; el joven amigo anarquista, socialista o comunista participa en la resistencia armada de su barrio hasta que, tras varios días de enfrentamientos —que detallaremos en toda su crudeza, nada favorece más una ficción que las escenas de guerra—, es detenido y ejecutado en la tapia del cementerio; la muchacha libertaria, muerta por un cañón de artillería o marchada a Madrid para defender la capital; y Julio Denis, títere de todos estos destinos, presionado por el padre para tomar parte en la lucha junto a los primogénitos de las principales familias, que camisa azul y pistola al cinto secundan con jolgorio la conquista y represión de la ciudad; Julio Denis recorriendo las calles —disparos de francotiradores, iglesias ardiendo, cadáveres en descomposición bajo el sol de julio— en busca de su amor imposible y de su comprometido amigo, por cuya vida intercederá sin éxito. La guerra civil, en la que nuestros literatos y cineastas recaen a gusto una y otra vez, inagotable fuente de epopeyas individuales, de contextos trágicos para historias personales, de venganzas ancestrales y heroísmos sin igual, poco importan el rigor, la verdad histórica, la memoria leal o mellada, la falsificación mediante tópicos generados por los vencedores, estamos construyendo una ficción, señoras y señores, relájense y disfruten.

Al salir de la oficina de Carpe Editorial, libre de la asfixiante atmósfera del despacho del editor, descargado de las últimas cuarenta páginas ya entregadas, Julio Denis sintió una punzada de hambre en el estómago. Nada más prosaico que el hambre. Quizás debería haber sentido otra sensación, una sensación a la altura de su protagonismo novelesco, acaso un presentimiento de desgracia, un insólito augurio de que en ese momento comenzaban a descontarse sus últimas veinticuatro horas en España, el inicio del desafortunado proceso que le llevaría en pocas horas a ser detenido, interrogado, encarcelado y finalmente expulsado del país; debería tal vez percibir en el aire contaminado del mediodía algo extraño, una forma orquestada de circular los automóviles, un desasosiego en el paso de los peatones, una minúscula alteración en lo cotidiano, una anomalía inexplicable, como una conjura subterránea que le indicase que ése era el día definitivo, como el delincuente que una mañana sale a la calle y de repente se siente final, no hay señales exteriores que lo indiquen pero está ahí, omnipresente, la evidencia de su inmediata captura tras meses de huidas y precauciones, cada paso que da es una aproximación a su abismo, a la grieta que comenzó a abrir mucho tiempo atrás con cada gesto, sólo queda aparentar una dolorosa normalidad y esperar el momento en que alguien por la calle te agarre del brazo y te hable con voz imperativa, queda usted detenido. Habría sido hermoso que Julio Denis hubiese sentido, al salir de Carpe Editorial, algo parecido, por pequeño que fuese, un malestar agorero de futuros pesares. Pero no sintió nada así. Únicamente un encogimiento en el estómago que nada tenía que ver con presentimientos ni temores y sí con un apetito súbito y desconsolado, lejano ya el café con galleta de las ocho de la mañana, frustrado el segundo desayuno que intentó en una cafetería de la que fue desalojado por impertinentes estudiantes que confundieron su galanteo con un acto de espionaje. Comprobó en el reloj de Correos que eran casi las dos de la tarde y, justificado en el horario español del almuerzo, subió por la calle Almirante a la busca de un establecimiento que ofreciera enmienda a su hambre. Tras descartar dos bares por motivos opuestos —uno por abarrotado, el otro por sospechosamente despoblado— entró por fin en un restaurante a la altura de Barquillo, tomó asiento junto al ventanal y ordenó el menú del día: potaje de verduras, pollo al chilindrón y vino con gaseosa. Comió los dos platos con una avidez desmedida, una prisa sin fundamento que guardaba en su pecho desde que había salido esa mañana de su casa y que ahora comprobaba que no era sólo hambre, o no sólo un hambre de alimentos. Caminaba por la calle, hablaba con las personas que encontraba —incluso con don Carlo de Lope, a quien había dado más réplicas que de costumbre— o comía, como en este momento, llevado por un vértigo dulce, una urgencia que le ulceraba el estómago y le tiraba del cuerpo por las calles, sintiendo las piernas, normalmente cansadas, hoy más robustas que nunca, con deseos reprimidos de correr, saltar, tirarse rodando en cada jardín, poseído de un injustificado sentimiento de poder, de vida plena, una juventud arrancada de la nada, un vigor que no podía ser sólo consecuencia de la excitación por aquella muchacha que había jugado con su deseo, sino que la chica actuaba como resorte sobre una vitalidad marchita o quizás únicamente contenida hasta ayer y que ahora estallaba, aunque todavía era pronto para estas consideraciones, era necesario contener la euforia porque el anciano profesor ya había conocido en su prolongada madurez otros episodios de engañoso ímpetu cuya extinción le hundía horas después en los brazos de una pegajosa tristeza.

—¿Café o copa, señor? —le apremió el camarero, un adolescente de pelo abrillantado y la tez borrajeada de barrillos.

—Sí, por favor. Y un cigarro puro, gracias —respondió Denis, con la naturalidad de quien toda la vida hubiese fumado o bebido, decidido a conceder un margen de confianza a su presente energía, ser audaz al menos por unas horas más.

Encendió el cigarro habano con un gesto cinematográfico, sintiéndose infantilmente peligroso, prohibido. Bebió un sorbo de la copa, un licor irreconocible, ligeramente tostado, que le flameó la garganta y el rostro por la falta de costumbre. Tosió sin contención hacia un lado, un hilo de saliva le goteó en la camisa, aunque no llamó la atención de los indiferentes clientes, concentrados en el televisor que colgaba de una esquina o en la prensa deportiva llena de grasa de desayunos. Con pequeñas lágrimas en los ojos tomó la copa y en un movimiento decidido se la vertió entera en el gaznate, persiguiendo y encontrando la irritación de la carne, la náusea profunda que le sacudió el pecho, como un asco íntimo. Con voz demediada pidió al mozo que le sirviera otra copa de lo mismo. Denis chupó el cigarro en una calada honda, lanzó la chimenea hacia el techo con satisfacción y bebió la nueva copa de un solo trago. Apretó los dientes para tratar de frenar la náusea, pero tras unos segundos de estremecimiento se rindió al pañuelo, donde recogió una pequeña arcada que le desbordó la boca y motivó, ahora sí, la mirada risueña de los clientes, mientras el camarero enseñaba los dientes sin disimulo, con los granos de la cara muy hinchados, y le sirvió otra copa, que ésta invita la casa.

Denis no pudo siquiera corresponder a la invitación, dejó unos billetes en la mesa, se levantó con dificultad, agarrándose al mantel hasta tirar un tenedor al suelo, y consiguió alcanzar la calle ciertamente mareado. El sol le recibió con palmetazos en la frente, se soltó de su apoyo en la puerta del restaurante y logró dar unos pasos cortos antes de chocar contra una pared que parecía imantada. Se enderezó con poca convicción, respiró hondo, metió las manos en los bolsillos buscando un precario punto de equilibrio en su cuerpo y comenzó a andar hacia la calle Alcalá, al principio concentrado en cada paso, pero pronto abandonado feliz a su asumido tambaleo, algo volcado sobre un costado, buscaba la referencia rectilínea de la pared por las encharcadas y anochecidas calles de Chin-Chin, sorprendía acertijos en las miradas maquilladas de las mujeres apostadas en las esquinas, en los ojos enrojecidos de los traficantes asiáticos que se ocultaban en los portales de los que supuraba un espesor de frituras quemadas, en la expresión malcarada de un policía malayo habituado a sobornos y que le vigilaba desde lejos. Así alcanzó Alcalá y tomó dirección hacia Sol: los matrimonios con que se cruzaba, los funcionarios de vuelta de la hora del almuerzo, se sonreían al verle por su lamentable caminar, le miraban con la venganza escrita en los ojos, grupos de estudiantes con uniformes marengos, matones orientales a los que les faltan los pulgares de las manos, cortados en el último ajuste de cuentas; una madre que tira de dos niños rubios idénticos, prostitutas enlazadas por la cintura que muestran los pechos desnudos y tatuados con dragones, los pezones argollados, una pandilla de sirvientas que empujan cochecitos de bebé con sombrilla, adolescentes de dudosa sexualidad abrazados a un europeo al que le sacan billetes de los bolsillos entre caricias de distracción, ancianas encogidas a la salida de la iglesia de San José en el cruce con la Gran Vía, indochinos con las mejillas cuadriculadas de cicatrices, una turbamulta que entorpecía más aún el paso beodo de Denis, que aguantaba el invernal sol a la espalda como un fardo sisífico. Llegó por fin a la Puerta del Sol envuelto en la niebla con la que el puerto manchaba toda la ciudad, entre la cortina de agua y vapor pudo reconocer el perfil impreciso de los astilleros, sus grúas esqueléticas que despuntaban sobre la bruma, las luces débiles de un carguero que se alejaba con las bodegas rebosantes de opio; cambió de acera, mareado por el baile intencionado de la gente que le rodeaba, los colores disonantes de las ropas, el brillo repetido de los relojes y pulseras que dañaban la hipersensibilidad alcohólica de sus pupilas, chocó blando contra un conductor de autobús que aguardaba su vehículo para el cambio de turno, esquivó a un grupo de cargadores de almacén que tenían las espaldas deformadas bajo las sacas del contrabando, marineros ociosos con los musculados brazos alfabetizados en femenino que llevaban de la cintura a una putilla de ojos acuchillados, casi niña, y en la otra mano una botella de aguardiente de caña, exotismo, mucho exotismo, eso es lo que quieren los lectores, lugares exóticos, que bastante miseria tienen que ver todos los días. Un perro desnutrido, puro pellejo, apareció desde la niebla y lanzó un vago gruñido al ver a Guillermo Birón, que ahora caminaba alerta, con el revólver empuñado bajo la chaqueta, esperaba en cualquier momento la habitual emboscada que suele tener lugar en la página catorce más o menos, un sicario escondido en la manta de oscuridad que saltará sobre el detective con un machete tagalo, la enciclopedia de los pueblos y razas del mundo ofrece suficiente información, el vocabulario preciso para las ambientaciones, aunque el lector tampoco exige mucho, no busca rigores antropológicos, no le importa ver mezclados un tigre y un león en una selva, quiere acción, exotismo, evasión por dos pesetas cada lunes en su quiosco, Birón sentía en la nuca el aliento del peligro cercano pero no se detuvo, avanzó en paralelo a la línea invisible del mar que apenas levantaba su voz de rompeolas unos metros a su derecha, hasta que pudo distinguir una luz roja que competía con la niebla a unos cincuenta pasos de él; avanzó hacia el reclamo luminoso, esquivando a los escolares que cruzaban la plaza con las carteras abultadas a las espaldas, correteaban, se perseguían en juegos y rodeaban al viejo profesor que a punto estuvo de tropezar y caer cuando un mozalbete buscó parapeto entre sus piernas; Birón giró en la esquina de la Dirección General de Seguridad, buscaba la tranquilidad de las calles laterales, algún local donde tener refugio y espantar la curda antes de regresar a casa, giró otra esquina y desembocó a propósito en una calle corta, poco más que un callejón que terminaba en un muro de ladrillo desnudo, adelantó unos pasos y reconoció, al fondo del pasaje, una puerta de cristal tintado, un letrero minúsculo en placa laqueada, «Bora-Bora Club», y una bombilla apagada sobre la puerta. Asumió que el nombre resultaba lo bastante exótico, propio de Birón y de las infalibles estadísticas de ventas editoriales, mujeres orientales, cócteles envenenados, asesinos amarillos, eso es lo que el público quiere, así que decidió al menos echar un vistazo en el interior, empujado por su conciencia doblegada al alcohol y al remoto empuje vital de la mañana que ahora se confundía con su desesperación.

Bora-Bora, anunciaban las letras de neón sobre el tejado de cañas del local, insumisas a la niebla. Guillermo Birón entró, en la confianza de encontrar allí su enlace, o al menos esperarlo a cobijo de este laberinto de bruma y almacenes abandonados que convertía la zona franca del puerto en territorio de emboscadas. Al empujar la puerta, un hombre asiático, cuya camisa abierta mostraba en el pecho un retorcido dragón rojo, miró a Birón desde detrás del flequillo grasiento y le hizo con la cabeza un gesto suficientemente amistoso para franquearle el paso al interior. El detective apartó un pesado cortinaje y se sintió cómodo en la luz mediana del tugurio, un pequeño bar que, tras la puerta de cristal tintado, tenía poco de club y menos aún de exótico, simplemente un desolado bar que no despertaría el recelo legal de los cercanos policías de la Dirección General, que en realidad daban permiso a aquel local apropiado para su propio desfogue en los cambios de guardia. El interior era simple, esquemático, un mostrador de zinc sin brillo en un lateral y un camarero aburrido en la lectura de una revista gráfica, un hombre rígido, musculoso, fiero bajo su corta camiseta de marinero y una cicatriz antigua que le vaciaba el ojo derecho, las paredes eran de bambú y del techo colgaban pequeños farolillos de papel chino; marinantes engrasados y voluminosos menestrales del astillero jugaban a las cartas en una mesa, con una única botella turbia que pasaba de boca en boca. Las mujeres, algunas menos que adolescentes, maquilladas como muñecas japonesas de porcelana, se sentaban en las rodillas de los hombres o se apoyaban en la barandilla de sus anchas espaldas, pasaban la lengua por sus cuellos enrojecidos y salados. En la atmósfera hinchada de fumadero, que irritaba los ojos y obligaba a un parpadeo mecánico, los tahúres tardaron unos segundos en descubrir la llegada de Birón, que se acodó en la barra y pidió un *dry martini*, indiferente a las miradas hostiles de quienes, con los naipes paralizados en las manos, esperaban una mínima provocación del recién llegado, una excusa para comenzar el baile de puñetazos y orejas mordidas, navajas que relucirán feroces.

La entrada de Denis en el local resultó indiferente para la escasa clientela presente: tres hombres que bebían en silencio sentados en sillas plegables de madera y que observaron al profesor con solidaria lástima antes de beber de forma coordinada de sus vasos. Denis se apoyó en la barra, cruzó una mano por la frente para recoger el sudor y pidió con voz segura un *dry martini*, a lo que el camarero respondió, tras levantar los ojos de la revista, con una interrogación de cejas y hombros, que se repitió cuando Denis volvió a formular su petición, hasta que el recién llegado entendió que el barman del Bora-Bora desconocía su oficio y pidió, con humildad, una ginebra con hielo, como una entrega temeraria a un final previsiblemente patético. El camarero agarró una de las escasas botellas del estante, un envase sin etiqueta, y llenó un vaso ancho, olvidando el hielo. Denis acercó el vaso a la boca y recibió el olor corrompido del alcohol mal destilado; adivinó un aviso de venideras arcadas, un regato de sudor le acarició la espalda, pero ni siquiera dedicó un pequeño pensamiento para reconocer lo inapropiado de su comportamiento, decir ya hemos llegado muy lejos, es hora de volver a casa, un analgésico y a la cama. Miró a los presentes, invariables en sus posturas y en su silencio compartido, dirigió el vaso hacia ellos para homenajearles un brindis y bebió un sorbo largo del vaso. Apretó las uñas contra la palma de la mano en el bolsillo, pensó que la garganta se le inflaba como a un batracio, se le impuso un fino telón de lágrimas en los ojos, la mandíbula le temblaba sin voluntad. Dispuesto a un nuevo sorbo, el temblor de la boca y la pérdida progresiva del sentido de la distancia hicieron que no acercase lo suficiente el vaso a los labios y dejara caer parte de la supuesta ginebra en la pechera de la camisa. Al fondo del local unas cortinas de plástico se agitaron un instante para abrir paso a un hombre adulto que caminaba seguido por una mujer. Ella era toda una señora, bastante más de cuarenta años, pero dueña aún de una belleza doméstica de madre joven. Bajo su batín se intuía un cuerpo pródigo, pechos montañosos, cintura sin mella, piernas que expresaban todo el esplendor de la carne lentamente madurada. Su cara era esférica y amable, con las mejillas rosadas y unas desproporcionadas pestañas postizas. El pelo, negro y brillante, se recogía en un descuidado moño. El hombre que salió con ella de la desconocida estancia contigua tenía aspecto de funcionario cumplido en muchos trienios, dejó un billete en el mostrador y abandonó el local dedicando una sonrisa a los espectadores, ufano en su caminar. La odalisca hizo un gesto a los tres hombres sentados y desapareció de nuevo tras las cortinas, que en su sacudida dejaron ver parte de un interior sombrío y un espejo que devolvía la luz exterior. Los tres clientes se miraron entre ellos, hasta que uno, el más cercano al cortinaje, se puso en pie, se quitó la chaqueta y la colocó en el respaldo de la silla, y sin despedirse se perdió tras las prometedoras cortinas mientras se desabrochaba los puños de la camisa y silbaba una tonada popular. Denis observaba la escena desde detrás del vaso, colocado como catalejo en su fondo aguado, instalado en una distancia borracha como quien asiste a una escena lejana de la que no participa; atendía a cada gesto de los hombres, cada parpadeo lento del camarero, la respiración que le expandía las aletillas de la nariz y que Denis recibía ampliada en su exceso de percepción, la bebida le desordenaba los sentidos y él comenzaba a lamentar su comportamiento, había recaído en el error pese a los decididos juramentos que hizo la última vez que le ocurrió algo similar y cuyo final fue desastroso: hacía ya dos años y medio de aquello, una tarde de septiembre en que la tristeza de los anocheceres más tempranos le venció y buscó esperanza en una botella de anís regalada por un alumno cobista el curso anterior. Desacostumbrado al alcohol, un cuarto de botella le bastó aquel día para, envalentonado, salir a la calle y caminar sin dirección hasta caer dormido en un banco de Alonso Martínez, donde un espabilado le limpió los bolsillos en tan dulce sueño.

Por fin, uno de los jugadores perdió la paciencia, apartó de un manotazo a la prostituta que descansaba en sus rodillas, se puso en pie, agarró una botella por el gollete y se dirigió al rincón donde Birón bebía, marcando la cojera en cada paso, en tensión para, ante cualquier gesto del detective, hundirle el vidrio en la frente. Guillermo Birón concedió el gesto que el matón esperaba, pero cuando éste alzó el brazo para golpear, nuestro héroe, en un movimiento rápido y sorprendente, le sujetó la mano en lo alto, le torció la extremidad y lo volteó sobre el mostrador. El hombre se desplomó torpe tras la barra, seguido de un estrépito de vasos que se confundió con el estallido de una botella que Birón partió en el cráneo del fanfarrón antes de que pudiera levantarse. Sus compañeros de partida se levantaron y tomaron posiciones, cercando al valiente extranjero. Unos desenfundaron cuchillos deslucidos, otros eligieron los taburetes por armas y un mostrenco exhibía sus puños pelados, los nudillos encallecidos por tantas peleas portuarias. Las mujeres escaparon entre chillidos tras la cortina del fondo del local y el camarero se encogió bajo el mostrador. Birón permaneció quieto, impasible ante el cercano ataque; apuró sin prisa el resto de su bebida y encendió un cigarrillo a la espera de que el primer hombre se adelantase hacia él, momento en que el intrépido detective arrojó el fósforo prendido a los ojos del matasiete, quien a continuación recibió, sin tiempo a reaccionar, el impacto de un puño cerrado en la base del cuello. El marinero cayó fulminado al suelo. Los demás dudaron un instante, atónitos ante su compañero desmayado. Cuando volvieron a mirar a Birón, éste ya mostraba su revólver con una sonrisa.

—¿Quién de vosotros es Ducroix? —preguntó señalando a unos y otros con el cañón del arma. Los hombres, mudos, se miraron entre ellos como quien aguarda una traición. Birón disparó al pie de uno de los brutos, que se dejó caer al suelo, agarrándose con dolor la herida, entre lamentos entrecortados. Los demás retrocedieron un paso tras el disparo, parecían menos fieros, alguno arrojó la navaja al suelo en señal de buena voluntad. Birón apuntó directamente a la cabeza del más cercano, se adelantó unos pasos hasta colocarle el cañón entre los ojos. Iba a repetir la pregunta que le había llevado hasta aquel tugurio cuando sin esperarlo recibió un impacto en la nuca, un golpe seco que le hizo caer de rodillas, hasta que un segundo golpe le tumbó. Antes de cerrar los ojos pudo ver al camarero, al que creía escondido, y que empuñaba el barrote con que había sacudido la cabeza del detective. El corro de hombres, tal que montoneros, se cerró en torno al caído y lo patearon por todo el cuerpo. Antes del desmayo, Birón pudo escuchar una voz femenina que ordenaba a los hombres que detuviesen la agresión.

Después de un tiempo impreciso, el detective despertó. Se llevó la mano a la cabeza, reconoció con los dedos las heridas que le escocían, la cabeza que sentía partida como una fruta. Al abrir los ojos se descubrió tumbado en un cómodo diván, en el centro de una pequeña estancia, con paredes de junco, ligeramente oscurecida y perfumada con velas de sándalo. Se incorporó en el lecho y entonces sintió por todo su cuerpo los efectos de la paliza, probablemente una costilla rota y múltiples traumatismos. Su primer gesto, instintivo, fue buscar su pistola en la funda axilar, pero comprobó que, además del arma, le habían quitado toda la ropa. Escuchó pasos cada vez más cercanos. Evaluó sus menguadas fuerzas y renunció a preparar defensa alguna; quedó tumbado y se fingió dormido. Con los ojos entornados vio una cortina que, al agitarse, dejó entrar una cucharada de luz solar sobre la que se recortaba una silueta de mujer. La desconocida avanzó con un ensayado contoneo de cintura. Se sentó junto a Birón, mostró una sonrisa de dientes que refulgieron en la penumbra y pasó sus dedos finos por el pelo sudado del herido, que se relajó en la caricia. La mujer acercó los labios al oído del yaciente y le habló en susurros, despacio, con una voz que ahora creía reconocer Birón:

—Vamos, padrecito; recupérese que le toca a usted.

Denis escuchó las palabras demasiado lejanas, un eco de acantilado, voces de sueño portadoras de un mensaje cifrado. Sacó la cabeza de la penumbra artificial que se había construido cruzando los brazos sobre el mostrador, levantó los ojos hacia la mujer que le hablaba, la misma hermosa señora que entraba y salía por la puerta cortinada acompañando cada vez a un hombre que entraba impaciente y salía satisfecho y engreído. Ahora llevaba el moño suelto y la melena le cubría los hombros hasta media espalda, sobre la bata fina que, mal cerrada, enseñaba el arranque moteado de los senos.

—Venga, padrecito, no se duerma que me hace el feo. ¿Se encuentra bien?

—Déjalo, que está mamado —advirtió el camarero.

—Ya verás como no. Con el tiempo que ha estado esperándome no se va a ir de vacío el pobre —la mujer acarició la cabeza del profesor, le pasó los dedos como un peine por el escaso y alborotado pelo, con un gesto de ternura que desvanecía aún más a Denis en una suavidad cansada.

—Además, seguro que ni siquiera tiene un duro

—protestó el mal barman, a lo que el cuestionado cliente, como un resorte, volcó su cartera sobre la barra, billetes y monedas de diferentes tamaños que se pringaron de los cercos de bebida.

La telaraña nubosa de la ginebra le presentaba el rostro de la mujer cubierto de sedas sucias, una cabeza de medusa sobre un lecho de algas. Desvalido, pero terriblemente feliz, se dejó conducir por la mano gruesa que le tomó del brazo y le enlazó la cintura para sostenerle hasta alcanzar el fondo del bar, las cortinas que le tabletearon la frente al traspasar el umbral de aquel paraíso local, oscuridad preñada de un olor a lejía pleno de reminiscencias, la luz atardecida se atrevía a cruzar las rendijas y boquetes de una persiana mal cerrada, sembrando las baldosas de la estancia con decenas de parches brillantes y fijos. La mujer le guió en silencio, repitiéndole al oído «venga, padrecito, verá cómo luego se siente mejor, ha bebido más de la cuenta, ¿verdad?» Denis se dejó tumbar sobre un colchón duro, unas sábanas rígidas por el semen reseco de tantos hombres, aquellos que habían cumplido minutos antes con la frialdad de un trámite semanal, no por ello menos gozoso.

Las formas que la vespertina luz repartía por paredes y suelo parecían por momentos deslizarse como cucarachas eléctricas a los ojos del jaquecoso profesor, que abrió la boca con dificultad, los labios pegados por la sequedad. La mujer, arrodillada frente al inválido, le quitó con calma los zapatos, los calcetines, los pantalones ligeramente orinados. A continuación se sentó junto a sus rodillas y le desabrochó la camisa sudada, se la quitó sin brusquedad, primero de un brazo y luego del otro, sujetándole la nuca con una mano, con un cuidado de enfermera, hasta dejarlo desnudo sobre aquella cama visitada por todos los olores de todos los cuerpos. Denis se incorporó sobre los codos, apoyó la barbilla en el pecho y pudo ver cómo la mujer se situaba frente a un espejo alto, probablemente una puerta arrancada de ropero, en el que Denis, las pupilas cada vez más adaptadas a la escasa luz, pudo reconocer su propio reflejo lamentable, aunque lo sostuvo sin vergüenza, como la instantánea de otro hombre: incrédulo ante sus gestos, agitó una mano para comprobar que el otro hombre, el valiente, el que estaba desnudo y tumbado en el fondo del espejo, seguramente con el musculoso cuerpo dolorido por la paliza reciente, también movía la mano en saludo recíproco. La amable hetaira desanudó la bata y la dejó caer al suelo para mostrar desde ese momento la plenitud de su cuerpo, la línea del deseo que dibujaban sus caderas, sus piernas definidas por la breve luminosidad que duplicaba el espejo. Todo en ella era ofrenda: sus pechos redondeados como cerámicas perfectas, la carnosidad laxa de sus brazos, las piernas separadas en apuntado arco, el pelo colocado sobre los pezones como dos telones azulados y su olor que adormecía al ya casi durmiente: su emanación vaginal como una sinceridad insospechada en un trato comercial como aquél.

Rebozado en una dicha desconocida hasta entonces, todavía muy borracho, Denis se abandonó en el colchón, se restregó con pereza los párpados y los mantuvo abiertos para comprobar cómo la mujer, que ahora parecía recién nacida del espejo, se acercaba a él, se tumbaba en paralelo a su cuerpo, de costado, apoyada en el codo izquierdo, y le pasaba una mano tan caliente por el pecho encogido de Denis, le dibujaba las caderas por primera vez, la forma de las piernas, el sexo estremecido en el roce inicial, la repentina brutalidad al apretarle los testículos un segundo antes de ascender los dedos hacia las axilas y los brazos. La amante se volcó lenta sobre el anciano cuerpo, aplastándolo dulcemente hasta provocar en Denis un anhelo de extinción fulminante, de desaparecer en ese instante, atrapado bajo aquella celebración de la carne, la melena que se le metía por la nariz y la boca. El profesor permaneció inmóvil, convencido de que su concurso en tal operación era secundario, incapaz de tocar a la mujer, como atrapado en una superstición infantil, la toco y se desvanece en ceniza dejándome solo y desnudo en la habitación, como tantas otras fantasías masturbatorias durante décadas. Se dejó besar la boca, tembló al primer contacto de una lengua inesperadamente áspera, agresiva en su torsión; se dejó mordisquear el cuello y el pecho, el estómago, el recorrido adivinado en descenso por su vientre, como una boca aislada, sin cuerpo, que le conminaba a ceder a una pereza sin límite, sin pensamientos ni apenas recuerdos, incluso el rostro de aquella estudiante de la que ni el nombre supo se le hacía ahora insostenible, fundido en este cuerpo que era el de todas las mujeres, reales pero también las noveladas, las mujeres que habían estimulado sus hábitos solteros hasta este relámpago. A punto de capitular ante el sueño, Denis pudo ver todavía cómo la mujer operaba sobre él, se sentaba a horcajadas encima del anciano y, con mano experimentada y gesto mecánico, tomaba el pene mal erecto para guiarlo antes de la improrrogable eyaculación.

Cuando el cliente despertó, ignorante del tiempo transcurrido, se descubrió sentado en una de las sillas de madera del local, frente al camarero que hablaba con un tipo recién llegado. Denis no recordaba haberse vestido, no tenía tampoco memoria de que nadie le hubiese auxiliado en ponerse la ropa, comprobó que todo estaba bien abrochado, la camisa metida y sin muchas arrugas. Miró a las cortinas del fondo, dudando si en verdad alguna vez estuvo al otro lado. Pensó interrogar al encargado sobre lo ocurrido, pero se sintió ridículo ante aquel hombre que intercambiaba chistes groseros con el nuevo cliente.

—¡Loli, que es para hoy! ¡Tienes un señor esperando! —gritó el camarero con voz desagradable, mientras el elegido sonreía y se frotaba las manos crujiendo los huesos. Las cortinas se abrieron para dar paso a la mujer, envuelta en su bata y recién cepillado el pelo, los labios retocados en un rosa pálido. Al pasar junto a Denis, que la miraba boquiabierto desde su silla, ella demoró una mano cariñosa en la cabeza del anciano, despeinándole al tiempo que le sonreía de reojo, con una ternura diríase maternal. Denis recibió la caricia como confirmación de su desleído recuerdo y no disimuló un pellizco de celos cuando la prostituta agarró la mano del hombre de la barra y lo condujo al interior. El resacoso profesor se levantó al paso de la pareja, como si fuera capaz de la heroicidad de interponerse, besar a la mujer con decisión y rescatarla de aquella rutina esclava. Permaneció sin embargo en silencio, temblón y cabizbajo al paso de la mujer, que le tomó la barbilla con los dedos y le besó en la comisura de los labios, un beso que parecía ser continuación del beso travieso de la anónima estudiante un día antes.

—Ya nos veremos otro día, padrecito —y se perdió con sus palabras tras las cortinas, seguida por su nuevo usuario, quien lanzó a Denis una mirada podrida de envidia y estupor que despertó algo parecido al orgullo en el profesor.

—Bueno, padrecito —exclamó el camarero, imitando grosero la voz anisada de la mujer—; a ver qué pasa con lo que me debe por la mujer y la bebida.

Denis sacó la cartera y comprobó la previsible falta de varios billetes, pero no se atrevió a reprochar el hurto al proxeneta. Pagó la cantidad exigida con tristeza, porque ese gesto sucio significaba una considerable pérdida emocional para el momento vivido, sobre todo con miras a futuros recuerdos engrandecidos de seductor. Abrió la puerta acristalada del Bora-Bora y salió de vuelta al callejón. Levantó la mirada al cielo lejano, menguado entre los edificios que cerraban la calleja, y comprobó el mucho tiempo transcurrido por la opacidad marina del firmamento. ¿Cuántas horas había permanecido allí dentro? Y lo más importante, ¿cuánto tiempo había estado enredado en los pliegues de aquella mujer? Una mujer que, a escasos minutos del encuentro, ya adquiría proporciones míticas, insertada en lugar preferente en la exaltada fantasía de Denis, aunque este capítulo, a diferencia de otros, estaba construido sobre columnas reales, un sabor salado que permanecía aún en su boca, un cansancio muscular que le engrandecía al caminar.

Al salir a Sol, de vuelta al tumulto del fin de la jornada laboral, advirtió que todavía le duraba la borrachera, intacta pese al lapso temporal. Un aturdimiento que le hacía tropezar en cada paso, divertimento de los niños que por allí cruzaban y le señalaban con el dedo acusador para escándalo consiguiente de madres y abuelas. Subió por Preciados, cercado por una muchedumbre que le extraviaba la referencia de los edificios para caminar en línea recta, el necesario apoyo de las paredes que no alcanzaba. Conquistó Callao y aceleró el trastabillado caminar hacia la plaza de España, quería escapar de aquel crepúsculo de neones que confundía el cielo con su engaño luminoso desde las fachadas de los cines, donde espectaculares carteles pintados a mano mostraban escenas congeladas de películas trepidantes, un Sean Connery con silueta de Guillermo Birón apunta con su brillante automática al zigzagueante profesor que, palpando el revólver en su bolsillo, guiña un ojo al agente secreto y gana la tranquilidad de las calles laterales.

Cuando entró por fin en el portal oscurecido presagió un próximo desfallecimiento, aturdido por los últimos coletazos de la fraudulenta ginebra. Apoyó la espalda en una de las paredes de azulejo gélido, más calmado ahora que se sabía a pocos escalones de su refugio casero. Se asustó tontamente con el chirriar de charnelas de la portería, cuartucho encajado bajo el hueco de la escalera, cuya puerta al abrirse repartió por el portal la luz grisácea del interior. La portera, apoltronada tras una mesa camilla, ni siquiera se levantaba para comprobar la presencia de visitantes, se limitaba a empujar la puerta con el palo de la escoba y observar desde su posición, agotada en sus piernas varicosas. Pero esta vez, al contemplar el deplorable aspecto del anciano vecino, se aupó con esfuerzo y avanzó unos pasos hasta encajar su figura chata en el marco de la puerta.

—¿Se encuentra bien, profesor? —preguntó la cotilla.

El interpelado, preso todavía de su interminable ebriedad, sintió una alegría irracional al ver a la portera, un impulso divertido de tomar a la pequeña mujer de las manos e improvisar un pasodoble sobre las baldosas, para desgracia de sus varices y sus pies hinchados que le obligaban a calzar chancletas todo el año, mostrando los dedos un permanente color morado, como si aquella mujer se hubiera empezado a morir por abajo. Denis contuvo su tentación y esperó a escuchar la sorprendente advertencia de la portera: «Sabe, profesor, creo que tiene usted visita arriba, en su piso. Suba, suba, ya verá lo que le espera», dijo con un intencionado acento de desdén, agitando levemente la escoba como un corrector moral. Tal reproche, en una señora conocida en el barrio por su implacable rectitud, convenció a Denis de que la persona que le esperaba arriba era una mujer. Subió la escalera a la mayor velocidad que su estado permitía, empujado por la esperanza de que una nueva amante le aguardase en la puerta del piso. Pensó, en primer lugar, por la cercanía del recuerdo, en la mujer del Bora-Bora, sentada en los escalones y cubierta con la misma bata que mostraba más que ocultaba el espléndido cuerpo. Pero en seguida reconoció lo imposible de esa visita. A cambio, poseído de mayor certeza, evocó a la estudiante a la que auxilió un día antes y que quizás buscaba escondite en el piso del profesor, una semana de estancia clandestina ante el acoso policial, posibilidad que Denis iba rellenando de realidad a medida que ascendía los tres pisos, planeando ya su inmediata estrategia de seducción. Entre la segunda y la tercera planta tuvo que detenerse unos segundos, agarrado a la barandilla. La deshidratación de la naciente resaca le agotaba. Se sentó un instante en un escalón y se enjugó la frente y la boquera con la manga de la chaqueta; evaluó su aspecto, se alisó los pantalones y la camisa, comprobó que había perdido la corbata, lo que lejos de fastidiarle le facilitaba la excusa para regresar al prostíbulo cuando estuviera recuperado. Escuchó tras las puertas de la segunda planta discusiones domésticas, ruido de cacharros de cocina, batir de huevos, una radio melódica. Se ayudó del pasamanos para levantarse y reanudar la subida, ahora más despacio pero con idéntica impaciencia, la imagen de la muchacha que surgiría en el siguiente rellano, casi podía verla ya.

Al alcanzar su planta se desilusionó por la ausencia. No había nadie esperándole, ni siquiera un resto de ceniza o una colilla consumida que demostrase la espera. Melancólico y debilitado por el vano esfuerzo, convencido por enésima vez de que no basta desear algo con fuerza para que ocurra, y de que la fantasía es sólo un doloroso desgaste, trató de introducir la llave sin fortuna, hasta que comprobó que no era su falta de tino sino la desaparición de la cerradura lo que entorpecía su maniobra. La cerradura había sido arrancada, la madera estaba astillada en torno al hueco. Empujó con las yemas de los dedos la puerta, que se abrió sin ruido, mostrando el pasillo oscuro y, al fondo, la luz encendida del dormitorio de donde procedían voces de hombres que le estremecieron.

Mucho mejor así, ¿no es cierto? Siempre será más aceptable esta comedia de arrojos seniles, equívocos, torpezas alcoholizadas, novelitas de quiosco, parodias más o menos ingeniosas; podía haber transcurrido toda la novela por este camino, podría continuarlo en adelante, sería preferible, no tendríamos que hacernos otras preguntas, olvidemos esa colección de patéticos secundarios que han desorganizado el relato, no sigamos hablando de André Sánchez, siempre será mejor encerrarlo en una indefinición intencionada, dejar su desaparición en un limbo mullido, no conocer los detalles de su muerte (sí, murió. Va siendo hora de espantar las últimas dudas, esas esperanzas que algunos mantienen de una vuelta de tuerca final en la intriga, una sorpresa de dobles juegos, un André Sánchez envejecido que aparece treinta años después para contarnos su misteriosa peripecia de cambios de identidad e infiltraciones. Nada de eso. Lo suyo fue una muerte sin adornos, una muerte sin certificados ni documentos probatorios, pero podemos imaginar el proceso, es de sobra conocido: tras el último y fatal golpe —que no es un golpe autosuficiente, sino que aprovecha la previa acumulación de agresiones— se produce la interrupción definitiva de todas las funciones fisiológicas y se pone en marcha el más perfecto mecanismo de destrucción, de autodestrucción, el cadáver pierde un grado centígrado de temperatura por hora, las manos y los pies se enfrían con mayor rapidez mientras que el descenso térmico es mucho más lento en las concavidades naturales tales como axilas y perineo, la deshidratación espontánea acelera la aparición de placas apergaminadas, fenómenos químicos extienden la rigidez cadavérica por todos los músculos de forma progresiva, cara, músculos masticatorios, cuello, tórax, abdomen, extremidades superiores, extremidades inferiores, el endurecimiento comienza hacia la tercera hora y alcanza su grado máximo en la hora trece, manchas de color violáceo debidas al paso de la sangre fuera de los vasos sanguíneos se observan en las regiones más bajas hacia la cuarta hora, una mancha verde abdominal hace su aparición al cabo de varias horas en verano o de varios días en invierno, a las dieciocho o veinticuatro horas la temperatura corporal queda equiparada con la temperatura ambiente y la deshidratación ocasiona modificaciones oculares —aplastamiento de los globos oculares y deformación ovalar de las pupilas—, la putrefacción alcanza rápidamente el cerebro, el hígado, el estómago, el bazo, el intestino, al cabo de algunos meses los músculos quedan fundidos, los cabellos y las uñas se caen y, si el clima no es muy seco, la piel se desescama, al cabo de cuatro o cinco años el esqueleto es el único resto en una destrucción acelerada por obra de predadores o parásitos, eso si no intervienen otros elementos tales como un fuego muy intenso y sostenido, agentes corrosivos, óxido de calcio también llamado cal viva); no saber tampoco qué sucedió con Marta, qué carantoñas le hicieron durante su paso por unas dependencias policiales donde las detenidas habían conquistado una completa igualdad de trato, sin discriminaciones de género, aquí se sacude por igual a hombres y mujeres; o qué le ocurrió realmente al profesor Julio Denis, si en efecto fue un error policial, un cúmulo de casualidades y confusiones, siempre será preferible esa salida antes que hurgar en los hábitos de un sistema policial que detenía profesores, los expedientaba, los apartaba de la enseñanza durante años o de forma indefinida, los condenaba en infames procesos de apariencia judicial, los encerraba meses o años en prisiones, los fusilaba en los primeros años de posguerra, los desterraba a comarcas semidesiertas, los obligaba a dejar el país. Tampoco queremos saber, sería una información gratuita, inválida después de tantos años, agua pasada, de qué hechos fue testigo o protagonista en la guerra civil, qué fue aquello que le hizo conducir su vida con miedo, renegar de toda implicación con un país que en sus textos, en sus conmemoraciones, en sus callejeros sangrientos no cesaba un solo día de estimular la memoria de quienes querían olvidar; fueron tantas vidas individuales, cientos de miles, millones de personas que durante cuarenta años —los que aguantaron, otros desaparecieron antes— vivieron condicionados por un recuerdo atroz, por unos sucesos que para una minoría actuaban como reactivo para combatir, pero para la gran mayoría eran razón suficiente para la inacción, andar de puntillas, agachar la cabeza, mirar para otro lado, cada día del resto de sus vidas mantenían fijo un ancla en aquel día vivido en el horror. Qué le sucedió a Denis en la guerra, de qué hechos fue testigo o partícipe, tal vez sólo un lance de armas sin mayores consecuencias pero que le metió el miedo en el cuerpo (obligado por su padre a unirse a los bravos varones que en las calles de Sevilla combatían la resistencia de los rojos y matacuras, el joven Julio Denis se ocultó en un hotel hasta que todo hubiera pasado, pero el padre le llevó de la oreja a Capitanía para que lo reclutaran, como escarmiento o con la esperanza de que lo mataran en combate y apartar ese borrón de cobardía de su estirpe, Julio Denis recibió un rifle y un puñado de cartuchos, unos minutos de mínima instrucción y fue incorporado a una compañía de voluntarios para tomar el barrio de San Bernardo, a mitad de camino un piquete obrero les plantó cara y en cuanto escuchó el primer disparo Julio Denis se tumbó en el suelo, pegado a una pared, se cubrió la cabeza con los brazos y ahí permaneció, rígido, hasta que acabó todo, sin estrenar siquiera su fusil, el teniente de la compañía lo creyó inútil o incluso izquierdista y lo mandó al calabozo, de donde lo rescató su padre antes de que en un descuido lo fusilaran, no por amor paternal sino por consideración hacia su esposa y madre de Julio, que sí le tenía cariño a su hijo porque le escribía versos cursilones sobre la virgen cuando ella se lo pedía); quizás lo que impresionó su ánimo para siempre fue la ejecución de su amigo, el joven anarquista o comunista o socialista (Julio Denis supo de su detención por boca de un hermano de aquél y pensó que su poderoso apellido era suficiente para salvarlo, fue a visitarlo al antiguo cabaret donde los militares improvisaron una cárcel por estar saturados todos los calabozos y espacios adecuados en la ciudad, el Variedades, donde un centenar de hombres esperaban sentencia, sentados en los sillones, frente a las mesas doradas, como clientes que esperasen su cóctel y el comienzo del espectáculo, otros tumbados en cualquier hueco, en el suelo, sobre el mostrador del bar, se oía el lamento de los heridos, el amigo estaba en un lateral del escenario, sin camisa, sudando como todos en aquel tugurio sin ventanas, se abrazaron con fuerza, el detenido lloró, nervioso, Denis le prometió que le sacaría de allí en unas horas, y realmente creía en su promesa, todavía no conocía la enormidad de la represión que en esos momentos se ponía en marcha, estaba convencido de que bastaría con un par de llamadas, hablar con ciertas personas, aprovechar el buen nombre de su familia, no perdió esa confianza inicial pese a los sucesivos fracasos, no descansó un momento mientras quedó una mínima esperanza de salvar a su amigo, comenzó pidiendo a su padre que intercediera, pero el triunfante industrial se negó, dijo que su amigo era un canalla, carne de paredón, tenía los días contados, si no lo fusilaban lo mataría él mismo, lo acusaba de la desviación de su hijo, de su poca hombría en aquellos momentos, pero Julio Denis no abandonó su empeño, desoyendo los disparos que cada pocas horas ejecutaban una nueva remesa de hombres se lanzó durante días a suplicar ante todo el que quisiera escucharle, visitó a las nuevas autoridades, al alcalde, que ni siquiera le recibió de lo ocupado que estaría el buen señor, al gobernador civil, que era amigo de la familia Denis y le dio unas palmadas en el hombro y le recomendó con una sonrisa mejores compañías en adelante, al comandante de la plaza, que le explicó vagos crímenes que, según él, había cometido el detenido, brutalidades que figurarían en su expediente, cualquier mentira, lo primero que se le ocurriera, ni siquiera le sonaría en realidad el nombre mencionado, sólo lo buscó en la lista, vio su filiación anarquista o comunista o socialista y la cruz marcada junto a su nombre, nada que hacer, caso perdido, Julio Denis solicitó entrevista con el cónsul de Italia, bien relacionado con los militares, que aseguró que haría todo lo que estuviera en su mano, muy diplomático el caballero en su respuesta, y hasta el cardenal arzobispo Ilundáin fue abordado por Denis, el santo varón que nada hizo por un hombre que, según dijo, había quemado iglesias y ni siquiera estaba bautizado, todavía arrastraba el pecado original, tras tantas decepciones Julio Denis intentó sin éxito entrevistarse con Queipo de Llano y, como último recurso, trató de llegar al más inaccesible de todos, el capitán Díaz Criado, responsable de firmar las sentencias de muerte en la capital sevillana, decían que se emborrachaba cada tarde y señalaba al azar los condenados de ese día en el listado de nombres, como en un juego, era casi imposible acceder a él porque sólo admitía visita de las jóvenes esposas dispuestas a cualquier cosa por salvar a sus maridos aunque al final tampoco lo conseguían, Julio Denis supo de un mecanismo alternativo, una tal Conchita, o doña Mariquita, como la conocían todos, que era vecina de Díaz Criado y se había ingeniado un buen negocio para aprovechar su vecindad y buena relación con el capitán, la señora aceptaba regalos a cambio de interceder ante él, si ella le susurraba tres o cuatro nombres el verdugo los tachaba de la lista, Julio Denis le entregó todo el dinero que ella le pidió y esperó durante una semana, confiado en el éxito final de su gestión, hasta que el hermano de su condenado amigo fue a comunicarle la mala nueva, durante la ronda matutina de los vecinos que buscaban a sus familiares entre los fusilados de cada amanecer habían encontrado al joven en la carretera de Dos Hermanas, pero Julio Denis no quería creerle, estás seguro, a ver si es uno que se le parece, no puede ser que lo hayan matado, doña Mariquita me ha prometido que estaba salvado, tuvo que ir personalmente hasta la carretera donde, incluso delante del cadáver, tardó un rato en asumir su identidad, le cogía la cabeza y le miraba el rostro, como si buscase una señal, un lunar o una cicatriz que desmintieran la identificación, hasta que se convenció, era él, no había duda, pese a que estaba enflaquecido y le faltaban dos dientes, allí quedó Julio Denis, sentado en silencio junto a su amigo, con el sol de agosto que aceleraba la descomposición de la treintena allí fusilada, hasta que llegó el camión y se los llevó al cementerio de Dos Hermanas, donde cientos de hombres fueron encajados, vértebra con vértebra, sin fisuras, en una fosa común que cubrieron con cal y en la que después de tantos años se habrá desintegrado la carne y sólo quedarán las balas, los proyectiles abandonados, ese pedazo de plomo que permanece caliente, fijo en su trayectoria, entre la cal solidificada); o podemos adivinar otros incidentes, decenas de ellos, toda una tipología del horror veraniego, podemos situar a Julio Denis en tantos escenarios y situaciones, incluso podemos disfrazarlo de verdugo ocasional, miembro de un pelotón de fusilamiento, obligado a matar; o simple testigo de hechos que le son ajenos pero que nunca olvidará, testigo accidental desde una ventana (sentado junto al enrejado de geranios, agotado por el calor y el ruido de guerra que llega de los barrios obreros, escucha gritos, ve llegar a un hombre que corre, que huye, escucha una ráfaga de ametralladora y el perseguido tropieza, se incorpora, se agarra con ambas manos a la reja de la ventana y mira a Denis de cerca, a los ojos, el testigo no puede moverse, no puede cerrar los ojos, sólo le queda contemplar la escena, dar réplica a esa mirada de quien se extingue, mueve la boca pero ya no hay sonidos, nadie reclamará aquel cadáver y cuando alguien lo recoja horas después la rigidez obligará a romperle todos los dedos que quedaron aferrados a la reja, la mancha negruzca de la acera frente a la ventana tardará semanas en desaparecer a base de barreños diarios de lejía); o podemos amplificar el horror, enfrentar al joven Julio Denis a las descomunales cotas de espanto que se alcanzaron en aquella guerra y que deberíamos narrar con detalle, no es suficiente con una información general, no sirven disparos escuchados tras una tapia, noticias de prensa, párrafos de manual de historia; tampoco podemos admitir un relato ambidiestro, un discurso que evoque falsos argumentos conciliadores, las dos españas que hielan el corazón del españolito, el horror fue mutuo, en las guerras siempre hay excesos, grupos de incontrolados, odios ancestrales, cuentas pendientes que se saldan en la confusión, no hubo vencedores, todos perdimos, nunca más, Caín era español: ya está bien de palabrería que parece inocente y está cargada de intención, ya está bien de repetir la versión de los vencedores. El horror no es equiparable por su muy distinta magnitud y por su carácter —espontáneo y reprobado por las autoridades, en el bando republicano; planificado y celebrado por los generales, en el bando nacional—, yo no estoy hablando de los paseos, de las checas, de Paracuellos, de la cárcel modelo, de los santos padres de la iglesia achicharrados en sus parroquias; yo estoy hablando de Sevilla, de Málaga, de la plaza de toros de Badajoz, del campo de los almendros en Alicante, de los pozos mineros rellenos con cuerdas de presos, de Castuera, del barranco de Víznar, de las tapias de cementerio en las que son todavía visibles las muescas, de las fosas que permanecen hoy sin desenterrar a la sa-

249

lida de tantos pueblos y cuyos vecinos todavía saben situar con precisión, incorporadas al racimo de leyendas locales que circulan en voz baja, de los asesinos en serie que conservan una calle, una plaza, un monumento, una herencia y un prestigio intocables hasta hoy y así seguirán porque no merece la pena remover todo aquello, ha pasado tanto tiempo, las generaciones transcurren, sólo los rencorosos insisten en recuperar hechos que a nadie interesan, y si interesan es sólo mediante otros, digamos, tratamientos literarios, convirtiendo el período en territorio de la novela de época, la novela histórica, referirse a la guerra civil o a la larga posguerra con el mismo apasionamiento con que se escribe del Egipto faraónico, olvidemos tanto pedrusco ideológico y seamos hábiles para encontrar las verdaderas lentejas, cuanto de novelable hay en esos años, fuente inagotable de argumentos más al gusto de nuestros contemporáneos, mero escenario para ambientar pasiones, luchas y muertes que en realidad son intemporales, utilizamos la guerra civil o el franquismo como podríamos utilizar los monasterios medievales o las intrigas de la Roma imperial, la gente no necesita que le recordemos qué horrible era aquello, todo eso ya lo saben, ya se lo enseñaron en el colegio, lo han visto en las películas, en las series de televisión que tan bien retratan el período, para qué vamos a insistir en repeticiones, redundancias que entorpecen la novela, qué fijación tienen algunos, parece que añorasen tiempos peores.

CAPITULO I. Trata como el General, sabida la deshonra de España, determina de salir a la batalla por vengar su injuria

Que por julio era, por julio, quando los grandes calores, quando el General, el que en buen ora nasco, supo en tierras africanas de la perdida de España. Cartas le fueron venidas como España era sangrada; las cartas echo en el fuego e al mensajero matara; echo mano a sus cabellos e las sus barbas mesaba. Mio General, entre todos el mejor, el buen lidiador, la loriga vestida e cinto el espada, apriesa pide el cavallo e a la batalla salia; malamente y enojado, bien oireis lo que decia: «Traidora me sois, España, traidora falsa, malina, porque pienso que traicion me haceis e alevosia.» Porque Dios todos sus fechos dexo quando ferlo quiso, que en todas nuestras tierras non ha tan buen varon, los unos le han miedo e los otros espanta: las cejas en arco alçadas, las narices afiladas, chica boca e blancos dientes, ojos prietos e rientes, las mexillas como rosas, de suso la loriga tan blanca commo el sol, sobre la loriga armiño e peliçon, lleva lança en puño y el fierro acicalado e lleva adarga con bolas de colorado. En un cavallo blanco, con una seña blanca, a guisa de cavallero muy bien guarnido de todas armas, claras e fermosas: saca el espada e relumbra toda la nacion, las maçanas e los arriazes todos d'oro son, maravillan se dellas todos los omnes buenos: ¡Dios, que buen señor, si oviesse buen vassalo!

CAPITULO II. Trata como el General fue sobre las tierras de España y como gano a los rojos las primeras ciudades

Ayudol el Criador, el Señor que es en cielo, y el General començo a marchar, siguiendo su camino azia aquella tierra de España, e paso el estrecho del mar, e aviendolo atravesado paso marchando unos campos llanos, asi entrava por Andalucia el buen Campeador, ca nunqua en tan buen punto cavalgo varon. E aviendo llegado a una Ciudad, llamada de los Españoles Christianos Sevilla, pasando la puente de Guadalquivir, viendo que en ella estavan muchos rojos, mio General empleo la lança, al espada metio mano, atantos mata de rojos que non fueron contados, por el cobdo ayuso la sangre destellando. Le entregaron las llaves de aquella ciudad: e dexando en ella por governador a un capitan suyo, dio la buelta el General azia una Provincia, la qual llaman los Españoles en su lenguaje Extremadura, vase Guadiana arriba quanto puede andar, en tierra de rojos prendiendo e ganando e durmiendo los dias e las noches tranochando en ganar aquelas vilas. E atravesando por aquel territorio, guio su camino azia la mano izquierda, e llego el General a una ciudad pequeña, llamada por propio nombre en Español Badajoz, e la mando sitiar, e embio a dezir a los rojos que se le rindiesen, donde no, que avian de morir mala muerte a sus manos, pero los cercados determinaron de resistir. En el nombre del Criador e del apostol Santi Yague el General ferir los va: embraça el escudo delant el coraçon, espuelas de honor le pican, mano metio al espada, relumbra tod el campo tanto es limpia e clara, y entrando por partes seguras hizo gran matança en la ciudad: tantos pendones blancos salir vermejos en sangre, tantos buenos cavallos sin sos dueños andar. E lo que sucedio despues deste logar, y las batallas que trato con los rojos, dira en sus lugares el capitulo siguiente.

Capitulo III. Trata como el General fue sobre los reynos de Asturias, Navarra e Aragon, e como los gano a fuerça de armas

Amanecio el General en tierras de Asturias, anda a caça el monte fatigando en ardiente jinete, apresura el curso tras los rojos temerosos que en vano su morir van dilatando. E aviendo llegado a esta Provincia, y en ella, y en las montañas de aquel territorio estavan muchos rojos, subidos a fin de poder guarecerse de su furor. Quinientos mato dellos complidos en ese dia. Vase monte arriba quanto puede andar, sin piedad les dava, en un ora e un poco de logar ccc rojos mata. Los rojos son muchos, derredor le çercavan, davan le grandes colpes mas nol falssan las armas. Firieron le el cavallo, bien lo acorren mesnadas; la lança a quebrada, al espada metio mano, mager de pie buenos colpes va dando, diol tal espadada con el so diestro braço cortol por la çintura el medio echo en campo. Tanto braço con loriga veriedes caer apart, tantas cabeças con yelmos que por el campo caen. Asi entrava por Asturias, relumbrando como el sol. El General gano a Oviedo, e a Gijon, e a Navarra e tierras de los vascos, e Aragon, todas conquistas las ha. Pasando va las sierras e los montes e las aguas, lega a Barçilona, do el rey rojo estava. Al General bien l'anda el cavallo, espada tajador, sangriento trae el braço, d'aquestos rojos mato miles, de bivos pocos ve. E lo que despues desta vitoria sucedio, dira el capitulo que se sigue.

CAPITULO IV. TRATA COMO EL GENERAL FUE SOBRE LA CIUDAD DE MADRID, E DE LAS GUERRAS QUE SE CAUSARON DE COBRAR AQUEL REYNO

Por el Fenares arriba subido avia el General a la ciudad llamada Madrid; mando tocar sus trompetas, sus añafiles de plata, porque le oyesen los rojos que andaban por el arada. Los rojos estavan determinados a hazer todo su posible para defender aquella ciudad. Mio General la mando sitiar, e cercar por todas partes, e enbio a dezir a los rojos que se le rindiesen, pero los cercados determinaron de responderle que eran fuertes de resistir. Arremetio el General echando escalas e otros intrumentos de combate para poder subir a grande priessa, e ganar aquella ciudad: los cercados se defendian muy valientemente, resistiendole con mucho cuidado, e buena diligencia. Duro este combate mas de dos años e medio, el General estava muy despechado y enojado en ver que hasta alli no avia sido de ningun provecho quanto avia hecho, e desta suerte les decia: «Sabed, madrileños, que quanto mayor sea el ostaculo, mas duro sera por nos el castigo.» Los cercados vieron que el poder del General era grande, e aunque se le resistiessen muchos dias, al fin se les avia de acabar el bastimento, e las otras cosas necessarias para su defensa, e acabado, todos avian de perezer de hambre; e junto con esto consideraron que no tenian tampoco parte ninguna de donde poder esperar socorro, porque toda aquella tierra estava casi sojuzgada del General. Temieron de aquel grande peligro e començaron a retirarse, e fue entregada la ciudad. Con esta vitoria que tuvo el General, se holgo e hizo muchas merçedes al soberano Dios, e luego començo a marchar poco a poco para acabar la conquista de toda aquella tierra de España. E lo que sucedio despues, dira el capitulo siguiente.

CAPITULO V. TRATA COMO EL GENERAL GANO UNA CIUDAD LLAMADA VALENÇIA Y LA CIUDAD LLAMADA ALICANTE, CON TODA LA TIERRA DE SUS PROVINCIAS; E COMO CONQUISTO TODOS LOS REYNOS DE ESPAÑA

En tierras de Valençia avian los rojos conservado su govierno: sopolo el General e començo a marchar con buen concierto, sin detenerse en parte alguna, azia la parte Oriental, hasta que llego a la muy fermosa ciudad de los christianos llamada Valençia, e quiso de vençer aquelas mesnadas. Apriesa pide el cavallo e al encuentro le salia, echo mano a la lança, viendo que asi respondia: a los primeros colpes ccc rojos matava; el astil a quebrado e metio mano al espada, ¡Dios, que bien lidiava! Miles mato dellos complidos en es dia. Entregaronle las llaves de aquella ciudad, e dio la buelta el General azia la parte del Sur. Non descansa mio General e cavalga todo'l dia, que vagar non se da: e prosiguiendo la vitoria, lega a Alicante, a Murcia, aun mas ayusso a Almeria;

cabo del mar tierra de rojos firme la quebranta, gano todo el Levante las exidas e las entradas, e acabo de conquistar lo que quedava en España por ganar, e poner buen concierto en lo ganado. E lo que despues sucedio, dira esta historia.

CAPITULO VI. TRATA COMO EL GENERAL GANO A LOS ROJOS TODOS LOS REYNOS DE ESPAÑA E SE HIZO SEÑOR DELLOS

Quando esta vitoria fecha ovo a cabo de tres años, por Aragon e por Navarra pregon mando echar, a tierras de Castiella e todos sus reynos embio sus messajes: «Nel dia de oy, cativo e desarmado el exercito rojo, alcançavan las tropas naçionales sus ultimos ojetivos: la guerra a acabado.» Tierras de España estavan remanidas en paz, e mio General de alli mira sus banderas e estandartes que tenia, mira el campo tinto en sangre la qual arroyos corria, e vio sus yentes muertas, e sus villas e ciudades destruidas, e desta manera dezia: «Non a redenzion sin sangre, e bendita mil vezes la sangre que nos a traido nuestra redenzion. ¡Tan buen dia por la christiandad ca fuyen los rojos de la España!» Alegres son las yentes christianas, ante el General los españoles fincaron los hinojos, lloravan de los ojos, quisieronle besar las manos, pero alli hablara el General: «Hemos hecho un alto en la batalla, pero solo un alto en la batalla. Non hemos acavado nuestra empresa. Hemos derramado la sangre de los nuestros muertos para hazer una naçion e forxar un imperio, e ¡ay daquel que quiera oponerse a esta marcha de nuestra historia!» Todas las sus mesnadas en grant deleit estavan, e uno de los christianos estas palabras decia: «Grande es la tarea que nos espera: nuestros Reynos necesitaran por largos años ser governados con infinita prudenzia, e tambien con conpresion e amor.» El General, el buen lidiador, tal respuesta le fue a dar: «La paz non se alcança sino con guerrar, nin se gana holganza sino con bien lazrar. Non queremos la vida facil e comoda. Queremos la vida dura, la vida dificil, la vida de los pueblos viriles. Yo mesmo sere el alcalde, yo me sere la justicia.» ¡Dios, que alegra era todo christianismo! E lo que despues sucedio, dira el capitulo siguiente.

CAPITULO VII. TRATA DE LA ORDEN QUE TENIA EN EL GOVIERNO DE SUS REYNOS, E COMO PROVEIA LOS CARGOS, E OFICIOS

Despues de aver descansado algunos dias del cansancio que traia de la guerra, començo el General a tratar de proveer, e ordenar lo que convenia para el buen govierno de España. ¿Quien sino el, meresçio de virtudes ser monarca? Las yentes christianas maravillan se de su govierno, qui a buen señor sirve siempre bive en deliçio: todos visten un vestido, todos calçan un calçar, todos comen a una mesa, todos comen de un pan, que el General non se da en vagar, e folga porque sus vasallos vivan en paz, sin rezibir agravios, e con justizia. En lo que tocava a las elecciones, la causa principal en que se fundava el General para las provisiones de cargos e ofizios era en dezir ca nunqua jamas podia nadie conozer el valor de los hombres, nin el talento natural, del qual Dios soberano e naturaleça les avia dotado, sino era en el Arte Militar, que alli se conocen los animosos, e los hombres que tenian ardir para regir, e gobernar, asi en la paz, como en la guerra. Tenia gran vigilancia el General en el govierno de sus Reynos, que muchas vezes salia de noche disfraçado en habito de aldeano, e hombre plebeyo, e visitaba las publicas plaças, e posadas de su Corte; e otras vezes salia fuera della en habito de mercader, dos e tres jornadas; otras en habito de soldado con dos o tres personas. Quando queria informarse de algunas cosas notables, e de la manera que administravan justicia sus Capitanes, e Generales en la paz, averiguava lo que queria con mucha disimulacion, e quando mas seguros estavan los delinquentes, les castigava muy cruelmente, e hazia esto con tanta prudenzia, que tenian sus subditos puesto un proverbio entrellos en grande uso en los corrillos, e juntas que hazian, que en tratando alguno de cosa ilicita, luego le reprehendian los demas circunstantes como por valdon, diziendo: «Guardaos no os este oyendo el General»; porque pensavan que estava en todo lugar, segun corria la tierra, e hazia notables hechos, que causava admiracion, con los quales tenia a todos los subditos puestos en grande temor, e espanto, que se vera en el capitulo siguiente.

CAPITULO VIII. TRATA DE LAS REBELIONES QUE CAUSARON LOS ROJOS, E DEL MODO QUE GUARDAVA EN ADMINISTRAR JUSTIZIA EL GENERAL

Paseava se el General por las ciudades e Provincias, e desta manera azia cuidado de las rebeliones que los rojos hizieran en sus Reynos, e si asi fuera dava justicia a quienes se alçavan negando la obedienzia que era obligado tener a su Señor. Aquelas mesnadas rebeldes eran cobardes e traidores, pero nunqua fueron livres de la cruel justizia. Vencidos, e presos, eran llevados ante el General, el qual sin aguardar punto, ni momento, en presenzia de todos los suyos degollava los con sus propias manos por el colodrillo, e aviendoles cortado la cabeça la azia alçar en alto, en la punta de una lança, e poner sobre la puerta de la ciudad: e mandava desollar el cuerpo, e hinchir el pellejo de paja, el qual era colgado en la misma puerta, e sus casas derribadas, e sembradas de sal. Siempre fue el General amigo de tratar verdad, e que se la tratasen todos los que con el negociavan; porque dezia que no podia tener el hombre mayor miseria en esta vida, que ser rojo e mentiroso, que la misma cosa era, e con mas justa razon le podian llamar discipulo del demonio, que hombre de razon; porque en el hombre rojo caben quantas maldades ay en el mundo. E si asi supuesto esto, cada dia el General se asentava en su Audiencia, e iba llamando a las partes, de tal manera que diziendo cada uno la que tenia juzgava el General, dandole a cada uno su derecho: e como non osava mentir, respeto del cruel castigo que en e ellos hazia, demas que avia pocos pleytos, se despachavan con mucha brevedad, e muy sumariamente, sin aver menester probanças mas de sola la confesion de las partes. Tanta e grande era la justizia del General, e su buen govierno.

CAPITULO IX. TRATA COMO EL GENERAL LLAMO A CORTES, PARA JURAR POR REY DE AQUELLOS REYNOS AL PRINCIPE, E COMO FUE JURADO POR TAL

Aviendo descansado el General de aquellos travajos pasados, e considerando que no tenia fijos varones, ni herederos para suceder, y heredar aquellos Reynos, que al Principe, e temiendo no le saltease la muerte, como cosa natural a los hombres, mando llamar a Cortes, para que todos los Alcaydes del govierno juraran al Principe por Rey, despues de sus dias de General, como a fijo suyo, e heredero, de forma que el General dexa atado e bien atado el futuro de sus Reynos. E aviendo se juntado todos los Alcaydes, e Governadores de aquellos Reynos en su Real Palacio, salio el General vestido muy ricamente, e se asento en su estrado, e silla Real, y el Principe se asento a su mano derecha; y estando presentes todos los Alcaydes que asistian en aquellas Cortes, se levanto en pie el General e dixo en alta voz, que todos le oyesen: «Cavalleros, Alcaydes honrados, virtuosos hidalgos, que estais presentes, el General, Señor de todos estos Reynos, quiere, es su voluntad, que sea jurado por vosotros el Principe, que esta presente, por Rey e Señor de todos los Reynos despues de los dias del General: son cotentos de hazer este juramento?» A la qual pregunta dixeron todos en alta voz: si, somos contentos. Luego el General tomo al Principe por la mano, e le asento en su silla Real, e tomado el Principe la mano derecha del General, la beso en señal de obedienzia, y el General en señal de bendizion le puso la mano sobre la cabeça. E acabado esto, el General puso sobre una mesa Real su espada e una cruz, e dixo en alta voz, defuerte que todos lo oyesen: «Alcaydes honrados, e virtuosos hidalgos, jurais por el soberano Dios, de tener, e mantener por Rey, e Señor de todos estos Reynos, al Principe, como fijo legitimo, sucesor, e heredero del General?» A lo qual todos respondieron: Si, juramos, e obedezemos. Luego torno a replicar el General: «Pues el que asi non lo cumpliere, quede por perjuro, infame e traidor a su Real Corona, e venga sobre el, e sobre todos los suyos la maldizion del soberano Dios.» A lo qual todos respondieron: Amen. Luego se levanto el General, e beso el espada e la cruz, e se bolbio a su asiento: e luego el Principe hizo lo mismo: e tambien los Alcaydes por su orden. Luego el General se torno a levantar, e dixo, hablando con el Principe, desta manera: «Vuestra Alteza jura por el alto, e soberano Dios, e por la espada e la cruz, de tener, e mantener justicia a todos sus subditos, e guardara, e cumplira los privilegios, e mercedes que sus predecesores concedieron, justamente en ellos cada uno en su tiempo, de suerte que todos sus vasallos vivan en paz, sin rezibir agravios?» El Principe respondio: Si, juro. Luego el General replico, diziendo: «Pues si asi no lo hiziere, e cumpliere, venga sobre V. Alteza la maldizion del soberano Dios, e quede por perjuro.» El Principe respondio, Amen. Luego el General replico: pues en señal de cumplido juramento, haga V. Alteza lo que yo hiziere: e diziendo esto, tomo en las manos aquel espada e lo beso, e puso sobre su cabeça; e luego lo puso en las manos del Principe, el qual asimismo lo beso, e puso sobre la suya, e lo bolvieron a su lugar. Luego el Principe se levanto, e salio con todos aquellos Alcaydes delante, cavalgando, e con mucha musica lo pasearon por toda aquella Corte. El dia siguiente se hizieron por aquel juramento grandes fiestas, con musicas, e juegos de cañas, e otras invenciones, e regozijos. E acabado esto, se despidieron de aquellas Cortes, dexando al General, e al Principe muy contentos: a todos los quales antes de su partida hizo muchas mercedes.

CAPITULO X. TRATA DE COMO ENFERMO EL GENERAL, DE LA QUAL ENFERMEDAD MURIO, E DE LA JUNTA QUE HIZO

DE LOS SABIOS, E ALCAYDES SUS CRIADOS, E DEL RAZO-
NAMIENTO QUE LES HIZO, E DEL PERDON QUE A TODOS LES
PIDIO

Que cuarenta años avia, cuarenta que no desarmava,
quando el General cayo enfermo de una prolixa e larga enfermedad. E visto que se iva consumiendo, e que
los remedios que los Medicos le hazian aprovechavan
poco, o ninguna cosa; estando juntos un dia con el, de-
seando darle algun remedio que bueno fuese, despues
de aver disputado entrellos sobre su enfermedad, e dificultad que tenia la cura, respecto de estar complicada
con mil achaques, e sobre vejez, e flaqueça de virtud,
dixo el General estas palabras a sus Medicos: «Pareceme
que tratar de mi salud, es perder el tiempo, de oy mas
no se trate deste particular. Estoy muy conforme con la
voluntad de nuestro soberano Dios, e le doy infinitas
gracias por tan gran bien, e merced como me quiere hazer en sacerme de los trabajos, e calamidades desta vida
miserable, e de tanto poder. Ya cerradas son las puertas
de mi vida, e la llave es ya perdida.» Acabadas de dezir
estas razones, mando llamar a sus Alcaydes, Governan-
tes e a sus deudos, e llegados ante el, arrodillados e medio postrados por el suelo, le besaron la mano, e les dio
su bendizion; e luego les dixo estas palabras: «Amados,
e queridos fijos, ya es llegado para mi el tiempo de ren-
dir la vida ante el Altisimo e comparezer ante su inape-
lable juizio. Pido a Dios que me acoja benino a su presencia, pues quise vivir e morir como christiano. Nel
nombre de Christo me honro e a sido mi voluntad
constante ser fijo fiel de la Eclesia, en su seno voy morir. Pido perdon a todos, como de coraçon perdono a
quantos se declararon mis enemigos sin que yo les tu-

viera como tales. Creo no aver tenido otros que aquellos que lo fueron de España, a la que amo hasta la ultima ora e a la que jure servir hasta el ultimo aliento de mi vida, que ya se aproxima. Quiero agradecer a quantos an colaborado con entusiasmo, entrega y abnegacion en la gran empresa de hazer una España unida, grande e livre. Por el amor que siento por nuestra Patria, os pido que preserveis en la unidad e la paz e que rodeeis al futuro Rey de España del mismo afecto e lealtad que a mi me aveis brindado e que le presteis en todo momento el mismo apoyo de colavoracion que de vosotros tenido. Non olvideis que los enemigos de España e de la civiliçacion christiana estan alerta. Velad tambien vosotros e para ello deponed, frente a los supremos intereses de la Patria, del pueblo español, toda mira personal. No dexeis de alcançar la justizia social e la cultura para todos los hombres de España e hazed dello vuestro primordial ojetivo. Mantened la unidad de las tierras de España, exaltando la rica multiplizidad de sus regiones, como fuente dela fortaleça de la unidad de la Patria. Quisiera, en mi ultimo momento, unir los nombres de Dios e de España e abrazaros a todos para gritar juntos, por ultima vez, en aquestos umbrales de mi muerte: ¡Arriva España! ¡Viva España!» Duques, condes le lloravan, todos por amor de el, e desta suerte dezian: «¡Oh, triste de la nacion que tal General pierde aqui!» E mio General, mano al espada en esta su ultima batalla, les hablava e les dezia: «No gastemos tiempo ya en esta vida mezquina por tal modo, que mi voluntad esta conforme con la divina para todo; e consiento en mi morir con voluntad placentera clara e pura, que querer hombre vivir quando Dios quiere que muera es locura.» E desta manera, despues de puesta la vida tantas veces por su ley al tablero, despues de tanta hazaña a que no puede bastar cuenta cierta, en la su villa del Pardo vino la Muerte a llamar a su puerta, diziendo: «Buen cavallero, dejad el mundo engañoso e su alago: vuestro coraçon de acero muestre su esfuerço famoso en este trago; no se os faga tan amarga la batalla temerosa que esperais, pues otra vida mas larga de fama tan gloriosa aca dexais. E pues vos, claro varon, tanta sangre derramaste de paganos, esperad el galardon que en este mundo ganaste por las manos; e con esta confiança, e con la fe tan entera que teneis, partid con buena esperança, que estotra vida terçera ganareis.» Asi, con tal entender, todos sentidos humanos conservados, cercado de su mujer, de sus fijos e hermanos e criados, dio el alma a quien gela dio, el cual la ponga en el cielo en su gloria, e aunque la vida murio, nos dejo harto consuelo su memoria.

Escribir una novela resentida es fácil, ya lo creo: y esto que usted está perpetrando es, sin duda, una novela resentida, un *J'accuse* poco meritorio y en realidad inofensivo, un vano ejercicio de señalación en el que un estilo pretendidamente ingenioso acaba consiguiendo que se mire al dedo que señala antes que al objeto señalado: qué fácil y qué gratuito andar pidiendo cuentas a estas alturas, exigir responsabilidades con la boca chica, culpar a todos sin disculpas ni contextos ni coyunturas, da lo mismo: los gobernantes que hacen tabla rasa, los empresarios que ganan su hacienda con sangre ajena, los hijos que heredan de sus padres las manos sucias, los novelistas que entretienen a costa de depreciar la sacrosanta verdad, los cineastas y teleprogramadores que ofrecen al espectador un consuelo de nostalgias lenitivas, los chivatos, los inconscientes, los borregos y, por supuesto, los policías: los policías malísimos que torturaban y torturan y torturarán *ad calendas graecas*, que sólo cambian el color de la chaqueta y la gorra porque somos en realidad clones del maligno y usted al fin nos ha descubierto, pequeños franquitos con un tic golpeador en el brazo desde que salimos de una academia en la que parece que todavía nos hacen jurar fidelidad a los principios del Movimiento nacional, ésas son en grandes trazos sus fabulosas acusaciones: porque en ningún momento se detiene a pensar cuánto nos debe usted a policías como yo, que lo he dado todo, que me han condecorado varias veces, y me refiero al tiempo presente, en democracia, es inútil que le relate mis mayores éxitos profesionales, no merece la pena porque las personas como usted entienden más confortable el rencor que la gratitud, se instala en el resentimiento como una atalaya moral con la que se justifica a sí mismo, se deja llevar por ideas primitivas, lugares comunes, la policía represora, proterva: no entiende nada, tiene la cabeza saturada de hermosas historias, de mitos fáciles, de luchadores por la libertad, pero no todo era tan simple, no valen estos ajustes de cuentas, porque a eso se dedica usted: a ajustar unas cuentas que en realidad desconoce, y lo hace desde un resentimiento sin concesiones: fíjese en un solo dato, suficientemente ilustrativo: hasta llegar a este punto, usted ha dedicado 118 de 264 páginas a su cuestión monotemática, nada menos que 118 de las 264 páginas precedentes se refieren de forma más o menos directa a la represión, a la brutalidad policial, esto es, un 44,7 % de las páginas: ¡no me negará que es una novela insoportablemente reiterativa!, usted ˙desconoce por completo el arte de la sugerencia, de lo implícito, de las lecturas indirectas: se lo digo incluso, fíjese mi generosidad, en términos de eficacia novelesca: si su intención es denunciar la supuesta brutalidad del anterior régimen parece más que suficiente con un 44,8 % de la novela: ¿no teme que sus lectores crean ser tomados por lerdos, pues parece que el autor ve necesario repetir una misma cosa ciento dieciocho veces para que la entiendan bien?: pero usted insiste, inagotable en su pesadez, por si no fuera bastante con decenas de relatos de palizas, homicidios, cargas desproporcionadas en manifestaciones, visitas nocturnas, intimidaciones, chivatos encubiertos, detenciones sin garantías, etcétera, por si no fuera bastante con tal catálogo, usted aporta además un puñado de testimonios que, a primera lectura, resultan increíblemente manipuladores, embusteros, pero que por su apabullante presencia abruman al lector más indulgente, quien no podrá más que llegar, aunque sea a empujones, a las mismas conclusiones del autor, sólo podrá decir amén ante su tesis, víctima de un juego descaradamente maniqueo, y puedo detallarle algunos ejemplos de este juego: en las páginas 38 y 39 se citan los casos de Ruano y Gualino *grosso modo*, olvidando que del primero nunca se ha demostrado la acusación de homicidio, pues había muchos indicios de suicidio en su personalidad desequilibrada, y en cuanto a Gualino, quedó probado que se produjo un disparo fortuito cuando su vehículo intentó atropellar a dos números de la guardia civil que le dieron el alto, pero usted no menciona nada de eso y a cambio incluye otras barbaridades mentidas con mayor o menor fortuna literaria: entre las páginas 89 y 92 reproduce la pretendida confesión de un miembro de la policía armada de aquellos años, en lo que no es más que un recurso literario sin apego alguno a la verdad, es decir, una entrevista a todas luces falsa, en la que el confeso no dice más que aquello que usted quiere que diga, como en un ejercicio de ventriloquia, aunque eso parece no importarle en su persecución de la verdad prefijada: son numerosos los momentos de su novela en que usted incluye textos que tienen la apariencia de testimonios personales de quienes, según se afirma, vivieron la supuesta brutalidad policial: el joven que recibe una paliza por realizar una pintada en el Rectorado (p. 70), el estudiante que precisa internamiento hospitalario tras la carga policial (pp. 86-89) o, con mayor gravedad, el dirigente estudiantil que es conducido a las dependencias de la Dirección General de Seguridad, interrogado y llevado finalmente a una pretendida cámara de tortura (pp. 117-130), y el delincuente anarquista que dice haber sido salvajemente maltratado en dos ocasiones (pp. 156-171): en todos estos casos, como en otros presentes en la novela, resulta evidente que usted se beneficia de la buena disposición del lector, trabucando sus sentimientos mediante su exposición a terribles experiencias personales que, de entrada, son absolutamente falsas, se trata de personajes ficticios, producto de una imaginación necesitada de mártires que adornen la fácil patraña del Estado policial: es el caso del relato, ¡en primera persona!, del anarquista (pp. 156-171), que representa, insisto, un testimonio embustero, inventado, lo que ya de por sí resta credibilidad a lo descrito, en una nueva trampa para lectores incautos en la que, en medio de tan grandes mentiras —electrodos, salvajadas rompehuesos, partes de defunción firmados y sin fecha—, lo único rescatable como probable es la condición del supuesto maltratado, un confeso terrorista que además reconoce pertenecer a una banda autora de delitos de sangre, lo que demuestra que no todo eran estudiantes, cantautores, sindicalistas honestos y ciudadanos indignados, no señor, también había terroristas, ¿o no recuerda usted a los once muertos de la calle Correo?, ¿y el atentado contra el almirante Carrero Blanco, en el que también murieron su chófer y el escolta?, y tantos policías, guardias civiles, ciudadanos asesinados por terroristas y que no fueron más gracias a nuestro trabajo, nosotros combatíamos ese desorden para evitar una vuelta atrás, para evitar males mayores, para evitar más muertos...

... De acuerdo, no había tantas libertades como ahora, se cometieron algunas injusticias, no lo dudo, aunque fueron aisladas, no generalizadas, y hay que entender cada fenómeno en su momento, en la historia, en el contexto en que ocurrieron: pero además usted, incluso en su falsario propósito de veracidad, incurre en grandes inconsistencias, errores e informaciones increíbles que acaban por echar por tierra su débil argumentación: así, las páginas que se refieren al paso del dirigente estudiantil por las dependencias de Sol (pp. 117-130) están llenas de inexactitudes, cuando no enormes mentiras, que le puedo señalar una por una: en primer lugar, se cita el caso Grimau como un episodio más de brutalidad policial, cuando quedó demostrado que se produjo las heridas al arrojarse por una ventana, ya que se arrojó, no lo arrojaron, y de hecho el propio detenido —de quien usted, por cierto, ha olvidado mencionar su pasado como comisario político y chequista en la guerra civil— declaró ante el juez no haber sufrido torturas, como prueba el artículo de prensa que, con ánimo irónico, usted reproduce en las páginas 134 y 136: posteriormente, su ficticio estudiante detenido realiza un imposible recorrido por los pasillos y escaleras del edificio policial, cuando lo cierto es que los detenidos no se movían de una zona restringida, quedando el resto de estancias para oficinas y despachos en los que nada tenía que hacer un detenido, pero usted desdeña cualquier verosimilitud, prefiere escudarse en el mito fácil, la leyenda infundada que permanece en torno a la Dirección General de Seguridad, el edificio de la Puerta del Sol: yo he leído narraciones espantosas, peores incluso que la suya, escritores de supuesta solvencia que trazan un retrato sombrío de aquel edificio, poco menos que un campo de concentración, o incluso de exterminio, en pleno centro de Madrid: nada de eso, créame, allí había unas dependencias policiales, ni más ni menos, con sus despachos, sus trabajadores, sus oficinistas, sus máquinas de café, sus cuartos de baño, sus funcionarios eficientes, sus funcionarios vagos, las rencillas propias de cualquier centro de trabajo, el compadreo igualmente propio, el bote común de las quinielas, la cerveza que invita cada uno por su santo y nada más: sí, y los calabozos, efectivamente, como en cualquier comisaría, calabozos por los que pasaron muchos detenidos, todos los días entraban y salían personas, la misma rutina de cualquier comisaría de nuestros días: yo conocí bien aquellos calabozos —que por supuesto estaban situados en el sótano, pero no por un afán tenebroso, como usted preferirá, sino por mera arquitectura policial, no conocerá usted muchas comisarías aquí o en el país más democrático en que los calabozos estén en un ático, ¿verdad?—, y le aseguro, puede usted creerme o no, que allí se trataba con corrección a los detenidos, aunque había de todo, como en botica: había quien se comportaba como debía, y había quien se resistía con todos sus medios a ser entrado o sacado, y hasta quien intentaba agredir a un funcionario, casos en los que queda justificado el recurso a la fuerza, una fuerza proporcionada, sin excesos, claro: pero sigamos señalando los grandes yerros que falsifican aún más su relato: según señala usted, siempre en mentirosa primera persona, el estudiante es interrogado inmediatamente después de su llegada a Sol, cuando lo habitual era que el detenido, a su llegada, fuera fichado, reconocido por un oficial médico que se informaba de si precisaba algún tipo de medicación y llevado a una celda individual, de la que raramente salía para ser interrogado antes de tres o cuatro horas, ya que siempre es necesario dejar al detenido en su soledad durante un período mínimo para mejor éxito del interrogatorio, aunque eso usted lo desconoce, como ignora las más elementales técnicas de interrogatorio, queda demostrado en la insostenible descripción que del mismo hace, incluido un verborrágico monólogo del interrogador que quizás tenga algún valor literario, pero que nada tiene que ver con la realidad de un proceso que debe ser conciso, directo, persistente: debería usted informarse mejor, saber que los policías entonces, como ahora, estábamos en la vanguardia policial en cuanto a técnicas de investigación: yo mismo, tras salir de la academia —apadrinado por el comisario Ramos, que seleccionaba a los alumnos más brillantes y se los reservaba para su brigada— pasé un par de años en Estados Unidos, donde me formé con los nuevos sistemas de investigación que aplicaba la agencia de inteligencia norteamericana, las últimas técnicas en la lucha contra la subversión, en el control de elementos peligrosos, en la infiltración en organizaciones, porque los policías de más valía, y mis medallas pesan más que mi modestia, teníamos grandes oportunidades de formación...

... De acuerdo, hubo cosas difíciles de justificar en la policía de Franco y que necesitan de una contextualización y de una atención caso por caso, pero en líneas generales, desde un punto de vista profesional, puede afirmarse que aquélla fue una gran escuela, de ella salieron los mejores policías, los que ya en democracia han seguido combatiendo el terrorismo con éxito en este país, los ejemplares funcionarios que ahora se jubilan y los que se jubilarán en los próximos años, todos salimos de aquella gran escuela, ¿y acaso no somos policías democráticos sólo porque nos formamos durante el régimen de Franco?: quien diga eso no comprende nada, porque la policía es un cuerpo profesional, no entiende de sistemas de gobierno, cumple con su trabajo y punto, pero eso a usted no le importa, se encuentra más cómodo chapoteando en sus mentiras, no merece la pena continuar porque podría desmentir una por una sus ciento dieciocho alevosas páginas, su fácil dramatización para nublar el juicio del lector, su efectismo trágico, como hace con la repentina aparición de un Andrés Sánchez lleno de golpes y ensangrentado (p. 128), o la peliculera sala de torturas a que es conducido el detenido (p. 130), con su mesa de operaciones, su mordaza, su venda y su desnudez, a lo que siguen unas tramposas páginas sobre métodos de tortura que invitan al lector —al que definitivamente se piensa carente de toda inteligencia según su método narrativo— a relacionarlas con las prácticas policiales: y no hablemos de las infames páginas 189 a 194, que merecen una querella criminal contra el autor antes que una crítica que no salvaría ni una coma: si quiere hablamos de los interrogatorios, de los métodos de la Brigada de Investigación Social, si es que usted se atreve a desprenderse por unos segundos de toda esa hojarasca mistificadora: probablemente, es inevitable, hubo ocasiones en que se pudo ir un poco la mano, pero puedo afirmar que en mis años de servicio yo no torturé a nadie, no participé en nada semejante, ni vi a ningún compañero torturar a un detenido: otra cosa es que, en circunstancias extremas, sea necesario forzar un poco la voluntad del detenido, no sé si me entiende, intento elegir con cuidado mis palabras para evitar malentendidos: en los interrogatorios hay quien colabora y hay quien calla, como hay quien miente, y se justifica cierta presión cuando se pueden evitar males mayores, las técnicas de interrogatorio han sido objeto de estudio y desarrollo por los principales centros de investigación policial del mundo, ciertas prácticas no las inventamos nosotros, sino Scotland Yard o el FBI u otros referentes policiales de países democráticos, nosotros, ya lo dije, intercambiábamos información, recursos, métodos, formación, con otros cuerpos de seguridad, no inventamos nada: y en todas partes, desde la republicana Francia hasta la China comunista, se admite que, llegado determinado momento, se hace necesaria cierta dureza, una mayor exigencia con el interrogado, tanto mayor cuanto más vital sea la información que se espera obtener: en muy escasas ocasiones, en casos muy excepcionales, insisto, muy excepcionales, uno de cada cien, o uno de cada mil, en casos minoritarios, se puede recurrir a cierta, digamos, mayor presión, psicológica, y sólo si ésta no es suficiente, un poco de presión física: siempre moderada, por supuesto: es el viejo dilema, y aquí no valen garantismos de boquilla: imagínese que hemos detenido a un terrorista que ha colocado una bomba con un temporizador en un sitio público y concurrido que desconocemos: ¿no estará justificado, no será incluso obligatorio, llevar el interrogatorio a sus últimas consecuencias, sin regatear medios, para conseguir esa información?: siempre de forma gradual, en efecto, pero sin punto final, hasta conseguirlo: estoy convencido de que usted coincide en este punto conmigo, sin escudarse en un humanismo integrista y ramplón poco creíble...

... ¿Que cuántas situaciones límite de ese tipo se produjeron durante el régimen de Franco?: ya veo por dónde va, puede que mi ejemplo haya sido un poco desafortunado: sin tener que llegar a ese extremo, hay muchas veces en que la información a obtener es vital para evitar males mayores: ése es el sentido de la proporcionalidad que nos rige: que el mal cometido compense el mal que se va a evitar: y de ese tipo sí que hubo numerosos casos en aquellos años, aunque no merece la pena recordarlos, porque hoy quizás no se entiendan, sacados de su contexto, de su tiempo histórico, tal vez lo que hoy nos parece injustificable podía estar justificado en otros momentos, cuando nos enfrentábamos a peligros que hoy, gracias a Dios, ya parecen superados en España, como la desestabilización social, la descomposición nacional, la revancha sangrienta de quienes no aceptaban la derrota de un proyecto inviable: en aquellos años la ciudadanía demandaba, como hoy, paz, progreso, estabilidad, consumo: y eso era lo que le garantizábamos, estábamos comprometidos en combatir todo aquello que pudiera perturbar tales aspiraciones legítimas: y como una perturbación de ese calibre podía ser calificada la gran huelga que se preparaba cuando fue detenido el profesor Julio Denis por su participación en la organización de la misma: se preparaba una huelga política para agitar el país, una acción conjunta de estudiantes y obreros, se pretendía dar un golpe de mano, poner a la nación contra las cuerdas, tumbar el sistema de una vez, pues si una huelga así salía adelante, detrás iban los terroristas, los vascos, los catalanes, todos los oportunistas a pedir lo suyo, sin olvidar a los revanchistas que esperaban su vez desde el treinta y nueve: yo no discuto lo del derecho de huelga y todo eso, pero insisto en que hay que entender cada cosa en su contexto, y aquéllos eran momentos delicados, el país no estaba preparado para según qué cosas, era imprescindible esperar hasta que el pueblo estuviese bien maduro para conceder ciertas libertades, no sé si me entiende, porque usted parte de muchos prejuicios ideológicos, lo simplifica todo en una cuestión de libertad o no libertad y no se da cuenta de las infinitas gradaciones que existen, no todo es blanco o negro, todo lleva su tiempo, gracias a que no se precipitaron acontecimientos y se esperó a esa madurez vivimos hoy como vivimos: porque si se hubiera operado de otra manera, a mayor velocidad de la que se podía soportar, ya sé dónde habríamos acabado, mire lo que pasó con la República, que fue puro desorden, con huelgas y más huelgas y muertos y más muertos y así acabó como acabó: por eso nosotros nos aplicamos en impedir aquélla y cuantas acciones desestabilizadoras se intentaron por parte de los comunistas y sus allegados, si una de esas grandes huelgas generales hubiera tenido éxito habría podido degenerar en un nuevo conflicto sangriento, no se sonría, no estoy exagerando, ya se había producido el relevo generacional, los jóvenes no habían conocido la guerra y estaban cada vez más radicalizados, las huelgas parciales solían degenerar en actos violentos, con lo que de una huelga general podíamos esperar lo peor: en la brigada de investigación estábamos siguiendo varias pistas, teníamos localizados a varios de los enlaces, nuestros infiltrados funcionaban con precisión, sólo esperábamos el mejor momento para ir a por ellos, cuando tuviéramos el máximo número posible de elementos identificados, pero no pudimos esperar todo el tiempo que deseábamos, hubo que adelantar la operación ante lo que estaba ocurriendo en la universidad en aquellos días, los graves desórdenes en las facultades, con enfrentamientos diarios, la situación se iba de las manos y comprendimos que en esas condiciones, con los jóvenes tan radicalizados, una convocatoria de huelga podía resultar desastrosa, podía ser el detonante final para un gran estallido en el que todos teníamos mucho que perder: hubo que pasar a la acción antes de que fuera demasiado tarde y se decidió iniciar la caza por el eslabón más débil de la cadena: los estudiantes: sabíamos que en la convocatoria que se preparaba los estudiantes tenían gran peso, estaban trabajando de igual a igual con los sindicalistas obreros, así que era fácil ir a por ellos, comenzar deteniendo a los cabecillas estudiantiles para después tirar de la madeja y coger a los demás: sabíamos que el enlace a perseguir, la clave de bóveda en la operación, el que conectaba el grupo estudiantil con el resto del partido, el que nos llevaría hasta los de arriba, era uno cuyo nombre de batalla era Birón, Guillermo Birón: por supuesto, supimos lo de las novelitas de quiosco, no piense usted que la policía es tonta, pero eso en principio no cambiaba nada, un simple capricho al elegir nombre: buscábamos a un tal Birón sin saber aún quién era realmente, sospechábamos en primer lugar de ese estudiante, Andrés Sánchez, al que teníamos más que fichado y vigilado, sólo nos faltaba dar el paso definitivo, ir a por él, averiguar si se trataba de Birón y, en ese caso, interrogarle a fondo para que nos llevase a los demás, así que cuando decidimos iniciar la operación Sánchez era nuestro primer objetivo, pero el tipo debió de olerse algo porque se puso a salvo antes de que pudiésemos detenerlo, se escondió y no hubo manera de encontrarlo en su casa ni en la universidad, decidimos hacer una batida por los domicilios de algunos estudiantes y profesores conocidos por sus actividades, no piense usted en violentos allanamientos de morada e intimidaciones nocturnas, todo era muy pacífico, una práctica habitual que solía dar buenos resultados y que no implicaba ningún abuso, si lo hacíamos de madrugada era para tener a favor el factor sorpresa, pero llamábamos con educación a las puertas, entrábamos cuando nos lo permitían y raramente era necesario realizar un registro, para el que incluso solicitábamos una orden judicial: buscamos sin éxito a Sánchez en un puñado de domicilios, sin encontrarlo ni conseguir ninguna información válida...

... Supimos por nuestros informadores que Sánchez se había reunido un día antes con ese profesor, Julio Denis, durante varias horas: a este profesor no se le conocía actividad subversiva alguna, pero esa reunión despertó sospechas, pues entre ellos no había vínculo profesor-alumno, muchas veces trabajamos sin más elemento que una sospecha, una intuición, y en ocasiones se acierta: aquella misma noche enviamos una pareja de agentes al domicilio del profesor: le visitaron, le hicieron algunas preguntas y echaron un vistazo al piso, nada extraordinario, sin forzar la situación, porque no teníamos nada contra él, apenas esa leve sospecha, pero cuando regresaron a la brigada los agentes nos comunicaron que habían visto, entre los papeles que el profesor tenía sobre su mesa de trabajo, el nombre de Guillermo Birón varias veces escrito: la sospecha iba tomando forma, para la policía no existen las casualidades, sólo las causalidades, las cosas suceden siempre porque existe una causa, ésa es nuestra verdad, despreciamos el azar o, como decía el comisario Ramos, que era muy leído y gustaba de memorizar citas famosas, el azar sólo es un modo de la causalidad cuyas reglas ignoramos: intentamos encajar las escasas piezas con que contábamos, pero el puzzle todavía no ofrecía solución, así que tuvimos que esperar un poco más, hicimos trabajar a fondo a nuestros infiltrados en la organización estudiantil y pusimos vigilancia al profesor: ambos esfuerzos dieron resultado y un par de días después la sospecha inicial fue tornándose en asomo de certeza: en primer lugar, supimos de un encuentro entre varios estudiantes sospechosos y el profesor Denis en una cafetería y sin que hubiera entre ellos, una vez más, relación docente, ya que eran alumnos de otros cursos, e incluso de otras facultades: las piezas iban encajando: en segundo lugar, el seguimiento a uno de los cabecillas estudiantiles nos condujo hasta donde se reunían los que preparaban la huelga en la universidad, una casa en las afueras en la que, además, se escondía Andrés Sánchez: todo estaba a punto: reunimos un número suficiente de agentes y lanzamos, por fin, la operación en varios frentes, había que actuar con precisión, sincronizados en las detenciones para que nadie escapase: y Ramos decidió ir a por el profesor, podía ser la pieza que nos faltaba, el propio Ramos se ocupó personalmente de la detención y el interrogatorio, yo le acompañé al domicilio de Denis: cuando llegamos, al anochecer, el profesor no se encontraba en su piso, así que decidimos esperarle dentro, forzamos la puerta con ayuda de un cerrajero y teniendo en mano un permiso judicial, y aprovechamos la espera para recoger material, todos aquellos folios que, como comprobamos, no eran más que borradores de una novela de detectives: pero el hecho de que Julio Denis fuera, bajo seudónimo, el autor de aquellas novelas protagonizadas por un Guillermo Birón no aclaraba nada, al contrario, lo hacía más confuso, porque la única certeza, junto a su autoría, era que él tenía relación con los organizadores de la huelga, se había reunido con ellos y, por tanto, seguramente también con aquel que se hacía llamar Guillermo Birón: y ya le he dicho que, en investigación policial, las casualidades no existen, son despreciables como tales y necesitan un mayor esfuerzo investigador...

... Llevaríamos apenas media hora registrando la vivienda cuando apareció el profesor, no lo oímos llegar, entró en silencio y vio el desorden, sus libros y papeles por el suelo, cajones volcados, papeles y ropa por todas partes, los registros siempre son incómodos: no le dio tiempo a escapar, si es que tenía intención de hacerlo, yo crucé por el pasillo, de una habitación a otra, y le vi en la penumbra del vestíbulo, paralizado, le brillaban los ojos de humedad, pensé que de miedo, aunque al acercarme comprendí, por su aliento, que estaba algo bebido, el tipo se quedó mudo, rígido, y eso le hacía incluso más sospechoso, porque si alguien llega a su casa y se encuentra todo revuelto y descubre a un par de hombres de paisano, puede pensar que son ladrones y, en ese caso, reacciona y echa a correr, o puede pensar que son policías y, si no tiene nada que ocultar, hace preguntas, se escandaliza, propone que aquello sea un malentendido, pide explicaciones: pero el profesor no: su actitud era la de quien ha caído en la trampa, la del que no tiene escapatoria, su miedo era el de quien tiene algo, mucho, que temer, un miedo que estaba además acentuado en el alcohol que le dejaba inválido, cuando me acerqué a él noté que le temblaba la mandíbula, era incapaz de una sola palabra, parecía a punto de derrumbarse y llorar, yo ya no sabía cuánto había de miedo y cuánto de borrachera, porque el tipo no reaccionaba, y así quedó, mudo, inerte, mientras concluíamos el registro y la recogida de papeles: Ramos intentó hablar con él, le hizo algunas preguntas elementales, pero el viejo seguía callado, con su mandíbula temblona y los ojos vidriosos, y dígame usted, ¿no es ésa la actitud, no ya de un sospechoso, sino incluso de un culpable?, ¿explica una cogorza esa forma de comportarse, ese entregarse sin resistencia, esa confesión silenciosa de quien no intenta una mínima excusa?: quedó sentado en una silla, con las manos sobre los muslos y la cabeza un poco torcida, mientras concluíamos el registro: le tomé del brazo para llevarlo a la comisaría y sólo entonces, al escucharme decir «levántese, tiene que venir con nosotros», pareció recuperar la lucidez e intentó decir algo como «qué pasa, yo no sé qué ocurre, no tengo nada que ver con nada, ustedes se confunden de persona, por qué», preguntó varias veces «por qué» mientras bajábamos la escalera del edificio, yo le sujetaba del brazo pues en cada escalón estaba a punto de despeñarse, y repetía «por qué», con esa voz lastimera del borracho, e incluso preguntó, con voz baja, «por qué», a la portera del edificio, que al verlo salir en aquel estado, acompañado por quienes no podíamos ser más que policías, le lanzó una mirada de reproche, de esas que significan «ya lo decía yo»: al salir a la calle el profesor, que parecía estar en el momento más crítico de su curda, vomitó sin agacharse ni detener su paso torpe, se lo echó todo encima, en la pechera, un vómito pequeño, de baba amarilla, de bilis hedionda, se limpió él mismo con un pañuelo de tela mientras seguía su lamento, su «por qué» asustado y algunas frases incomprensibles que, ahora sí, parecían tomar forma de disculpa, de coartada urgente, de inocencia tardía: al subir al coche no tuvo cuidado, yo le empujé apenas para que entrara y se golpeó la frente con el marco de la puerta, se hizo una pequeña herida sangrante sobre la ceja y no se le ocurrió otra cosa que aplicarse sobre la hemorragia el mismo pañuelo del vómito: ya dentro del automóvil, mientras hacíamos el viaje en dirección a Sol, tuvo nuevas arcadas, dejó perdida la tapicería, lo que enfureció a Ramos, que me pidió que lo echara al suelo, que iba a llenar de mierda todo el coche, por lo que obligué al profesor a tumbarse, así era como llevábamos a los detenidos que ofrecían alguna resistencia, boca abajo en el suelo estrecho del automóvil, y en esa postura completó el viaje el profesor Denis hasta que llegamos a Sol y lo sacaron entre dos agentes, lo intentaron incorporar pero el tipo no se tenía en pie, le temblaban las piernas, ya se le estaba pasando la borrachera del mismo susto, cayó un par de veces, de rodillas, hasta que entre dos agentes lo levantaron, uno por las axilas y otro por las piernas y lo condujeron dentro, no se aguantaba en pie de los nervios que le entraron al ver dónde le habíamos llevado, porque la leyenda negra de la Dirección General de Seguridad estaba muy extendida por los relatos embusteros de los comunistas: pero ya he dicho antes que no eran más que unas ordinarias dependencias policiales, sin ningún añadido dramático, nadie tenía motivos ciertos para temer en su paso por Sol, sólo tenían algo que temer, lógicamente, quienes se obstinasen en su violencia, en su insumisión, en su delito, pero no quien colaborase, quien no tuviese nada que temer por sus actos más allá de la sanción que toda sociedad civilizada contempla para sus infractores: mire, por ejemplo, el caso de Julio Denis: nadie le puso un dedo encima durante su paso por la Dirección General de Seguridad, salió de allí tal como entró, sólo tenía, ya lo he mencionado, un pequeño corte en la frente, sobre la ceja, por el golpe que él mismo se dio al entrar en el coche: se le trató con la máxima corrección, se le permitió descansar en una celda individual hasta que estuviera repuesto de su estado alcoholizado, y con esto le demuestro una vez más lo infundado de la leyenda negra, lo fácil habría sido interrogarle en aquel lamentable estado, con sus defensas vencidas de alcohol, pero optamos por tratarle con humanidad: cuando estuvo repuesto se le facilitó su aseo en un cuarto de baño, se le ofreció incluso una camisa limpia: sólo entonces se procedió a los trámites habituales, se le completó la ficha como se hacía con todos los detenidos, como se sigue haciendo hoy con cualquier detenido, y después se le condujo al interrogatorio...

... ¿Abogado?: bueno, no, en realidad él no pidió un abogado y tampoco hubo tiempo para ello, porque duró poco en Sol y además estaba todavía dentro del período de incomunicación que se permitía en las detenciones: lo interrogamos Ramos y yo: fue un interrogatorio tranquilo, educado, no fue necesario presionar, psicológicamente me refiero, al profesor Denis, y eso que el interrogatorio no dio los resultados esperados, fue un tanto confuso, porque por momentos el profesor mostraba graves incoherencias en su discurso, se contradecía, balbuceaba, se retractaba de una afirmación anterior, o directamente callaba: comenzó, sin esperar a ser preguntado, afirmando su inocencia, lo cual era precipitado cuando no le habíamos acusado de nada, insistió en que todo era un error, una equivocación: el comisario Ramos no se anduvo con rodeos y le preguntó quién era Guillermo Birón: el profesor Denis se mostró desconcertado, sin habla: para mayor claridad, el comisario Ramos, que era muy sereno en sus interrogatorios, le dijo: mire, conteste solamente con un sí o un no, ¿es usted Guillermo Birón?: entendíamos que aquel viejo profesor no podía ser el enlace, pero había que descartar toda posibilidad, porque bien podía ser que el tal Birón no existiera y fuera sólo una clave, un recurso de comunicación clandestina: a la pregunta del comisario, Denis no contestó, enmudecido, sólo algún balbuceo: el comisario, hombre de buenas palabras, recordó al profesor que le convenía colaborar, que quizás no era consciente del lío en que se estaba metiendo, que estaba poniendo en juego su carrera universitaria: Denis entonces habló, dijo, titubeando, que todo aquello era un embrollo que no entendía bien, pero que intentaría explicarlo: de acuerdo, le dijo Ramos, explíquese, somos todo oídos: el profesor, ante aquella invitación, quedó un tanto desarmado, quizás por saberse víctima de su propia falta de argumentos, dijo de nuevo que todo era un error, que le habíamos confundido con otra persona: bueno, dijo, en realidad ni siquiera con una persona, porque ese Birón es un personaje de ficción, no existe, es el protagonista de una novela: el comisario sonrió y preguntó a Denis si nos tomaba por tontos, a lo que él respondió con una negativa rápida, no he querido ofenderles: el comisario tomó de una mesa cercana un ejemplar de una de aquellas novelitas, no recuerdo el título, la dejó sobre la mesa y le preguntó a Denis si él había escrito aquello: Denis, que quizás en el fondo sí nos tomaba por un poco tontos, suspiró fingiendo alivio y exclamó: ¿se dan cuenta?, tengo razón, Guillermo Birón no existe, es un personaje de novela, ustedes me confundían: el comisario, sin perder todavía la paciencia, insistió: ¿ha escrito usted esto?: el profesor confesó su autoría y a continuación el comisario y Denis se perdieron en una discusión sobre la autoría y el uso de seudónimo, el comisario preguntaba por el motivo de aquella ocultación, y yo no me atreví a corregirle, no se puede desautorizar a otro policía delante del interrogado, pero yo sabía que por ese camino no íbamos a ninguna parte, porque el profesor podía usar seudónimo como tantos otros escritores que se escondían, supongo que por mera vergüenza o por eludir los inconvenientes de la fama, no por algo clandestino: el problema, en realidad, era que la urgencia de la operación nos había impedido alcanzar conclusiones preliminares en la investigación y no teníamos demasiado claro cuál era el papel que el profesor jugaba en toda aquella trama y qué relación tenían las novelitas, ni quién era realmente Guillermo Birón, pero seguíamos por ese camino, pues ya le he dicho, y lo digo con la experiencia de muchos años, que las casualidades no existen en términos policiales: si se produce un atraco en un banco y la cámara de seguridad graba a un conocido ladrón de bancos en la cola de ventanilla segundos antes, eso no es una casualidad, ese hombre no está ahí para actualizar su libreta: por eso el comisario, ante la inconsistencia del interrogatorio, arriesgó la hipótesis de que Guillermo Birón fuera una clave y que las novelitas, en apariencia inofensivas, jugasen algún cometido que no conseguíamos averiguar, por más que sometimos aquellos libros a lectura detenida, al método relacional e incluso a alguna prueba de cifrado: no se sonría, usted sabe poco de organizaciones criminales, le podría contar cientos de casos más increíbles, cómo y dónde se ocultaban los panfletos agitadores para cruzar la frontera, o qué sistemas de comunicación, mediante todo tipo de claves y lenguajes cifrados, se utilizan en situaciones de clandestinidad, o en las cárceles para escapar al control del funcionario: por eso la hipótesis, que no dejaba de ser una hipótesis de trabajo, no era en modo alguno descabellada: ¿no utilizaron en Portugal una canción, emitida por la radio, como señal cuando lo de los Claveles?, ¿no publicaron los militares del 23-F una noticia en un periódico acerca del florecimiento adelantado de los almendros para alertar a los conspiradores?: no era descabellado pensar que se intentase transmitir una consigna determinada, una fecha o algo por el estilo, a través de unas novelas que tenían más distribución que cualquier periódico y que no despertarían sospecha alguna, el ingenio siempre ha estado del lado de los enemigos del orden, que han sabido alcanzar la mayor sofisticación, aquella que se oculta en las cosas más sencillas, en lo cotidiano, y por tanto es invisible: ante la insinuación del comisario, el profesor Denis mostró, o quizás fingió, mayor perplejidad, dijo que aquello no tenía sentido, él escribía novelas de entretenimiento, no tenía ninguna relación con esos grupos ni con ninguna huelga: el comisario, siguiendo su método interrogatorio, le preguntó por sus relaciones con las organizaciones clandestinas estudiantiles, especialmente con ciertos elementos, y ofreció una lista de nombres, con los que el profesor dijo no tener relación alguna, ni siquiera los conozco, aseguró: el comisario, que paso a paso conducía al interrogado a su callejón de contradicciones, ofreció ciertas evidencias que el profesor no había tenido en cuenta: la reunión con Sánchez en la facultad, encerrados durante dos horas en un despacho, o el encuentro con cinco estudiantes en una cafetería: Denis se mostró sorprendido por ambas imputaciones y comenzó a hablar de forma más atropellada, dijo que no podía creer todo aquello, él nunca se había metido en nada, todo era una casualidad: fíjese, lo que yo le decía, el delincuente siempre apela a la casualidad cuando sus coartadas flaquean, yo sólo pasaba por allí, alguien puso la pistola en mi bolso, ese tipo de frases antológicas de la historia del crimen: Denis dijo que todo era un malentendido, que Sánchez había acudido a su despacho para hablar de cuestiones académicas: ¿qué cuestiones académicas?, preguntó el comisario, y recordó que Sánchez no iba a las clases de Denis: el profesor rectificó y dijo, de acuerdo, no fueron cuestiones académicas, vino a pedirme mi apoyo para algo que estaban preparando, unas reuniones de no sé qué, unas asambleas de estudiantes y profesores, me pidió que intercediese ante el rector para que fueran autorizadas: qué contestó usted, preguntó el comisario: Denis aseguró que había negado su apoyo, que no quería saber nada de todo aquello: ¿y para eso necesitaban dos horas a puerta cerrada?, insistió el comisario: el profesor, cada vez más preso de su inconsistencia, expuso otro de esos argumentos antológicos: que si estaban a gusto, que si tuvieron una charla agradable, que si el joven escribía poesía y quiso mostrarle algunos poemas, que si estuvieron hablando de literatura, una charla relajada, aseguró: en cuanto a la reunión en una cafetería, dijo que no había sido nada, que se encontró con un grupo de estudiantes y decidió saludarlos: el comisario le recordó que anteriormente había afirmado no conocer a aquellos estudiantes, y que ni siquiera eran alumnos suyos: el profesor Denis, cada vez más acorralado, retomó su atropello, eso de yo no tengo nada que ver, se confunden conmigo, todo esto es una gran equivocación, son todo casualidades, una cadena desafortunada de casualidades: lo que le decía, ¿se da cuenta?, el delincuente siempre busca refugio en la casualidad, no en una sino en muchas casualidades encadenadas, y cada nuevo error descubierto es una nueva casualidad, pero que yo sepa nadie ha ido a la cárcel por una casualidad...

... El comisario, aburrido de un interrogatorio sin rumbo, desinteresado de aquel tipo que a ratos parecía un conspirador y a ratos un pobre borracho, mandó que trajesen a Andrés Sánchez, al que acababan de detener en el refugio campestre, y lo sometimos a un careo con el profesor: por lo visto llevaban bien preparada su coartada común, porque fueron capaces de reproducir la citada reunión sin muchas contradicciones, insistiendo en aspectos anecdóticos de una supuesta charla literaria: pero cuando el comisario mencionó aquel nombre, Guillermo Birón, ambos enmudecieron, el profesor se mostró retraído, mientras que el joven se delató algo nervioso: el comisario preguntó, dirigiéndose a los dos indistintamente, ¿quién es Guillermo Birón?: Sánchez quedó callado, o quizás respondió que no lo sabía: Denis, en cambio, dijo al comisario: ya le expliqué antes quién es Guillermo Birón: entonces el muchacho perdió la firmeza, se dejó llevar por los nervios y gritó al profesor: «¿qué ha contado?, ¿qué sabe usted de Guillermo Birón?»: el comisario se apretó los dedos hasta escuchar su crujido, gesto habitual cuando veía al fin la luz en una investigación, me sonrió con complicidad y yo le devolví un guiño de éxito inminente, mientras los dos detenidos, Denis y Sánchez, discutían absurdamente sobre la realidad o la irrealidad de Guillermo Birón, hasta que el comisario dio orden de que los llevasen a calabozo, separados, claro, y así tener tiempo suficiente para recomponer la investigación con los nuevos datos antes de continuar el interrogatorio: sin embargo, en el caso del profesor, no hubo tiempo para nuevos interrogatorios: nos faltaba poco para encontrar la solución, cada vez teníamos más piezas sobre la mesa, cada vez más descartada la casualidad, si es que alguna vez fue contemplada por el comisario, que no por mí: estábamos en plena investigación cuando hubo una interferencia que nos frenó: se metió por medio una autoridad, alguien que salvó la cara al profesor: el rector de la universidad, que era amigo del profesor y que además, según repetía, quería evitar un escándalo de ese tipo en medios académicos, tampoco es que nos diera argumentos de peso, él no tenía que convencernos para que soltáramos al profesor, tenía sus propios cauces, a través del ministro de Educación se movieron hilos por encima de nosotros y sin que nos enterásemos de nada se presentó allí a la mañana siguiente el rector, acompañado del director general de Seguridad, con un par de agentes que tenían orden de sacar del país al profesor Denis: el rector, por tanto, no consiguió liberar del todo a su protegido, pero sí una salida, digamos, razonable, digna para el profesor, que oficialmente fue expulsado de España y no tuvo que sentarse en un banquillo ni esperar una condena: se llevaron al profesor directamente al aeropuerto, creo que ni le dejaron recoger sus cosas, lo subieron a un avión junto a dos policías que lo acompañaron hasta llegar a París, donde un par de agentes franceses se hicieron cargo de él: nosotros, ante ese giro de los acontecimientos, optamos por cerrar aquella vía de investigación y centrarnos en los interrogatorios de los demás detenidos, hasta que conseguimos completar una buena operación, dejamos tiritando la organización por una buena temporada y, lo más importante, la huelga quedó en intención, la mayoría de la gente ni se enteró de que estuviera siquiera convocada: en cuanto al profesor, por lo que supimos, desapareció poco después de llegar a París, se perdió del control de las autoridades y eso no hizo más que confirmar nuestras sospechas, porque además recibimos algunos informes del servicio de información de nuestra embajada que señalaban que Denis se había reunido en un piso con dirigentes del partido comunista español: supimos que estuvo un tiempo alojado en el domicilio de un profesor comunista de la Sorbona, uno con nombre vasco, creo que medio etarra, no recuerdo bien el nombre, uno de esos apellidos largos e impronunciables: después se le perdió la pista, no volvimos a saber de él...

... En cuanto al denunciado homicidio de Andrés Sánchez, le invito a que encuentre una sola prueba de lo que afirma, pues nada ha quedado de su supuesta muerte, ni referencia en libros del período, ni noticias en prensa, ni testimonios de contemporáneos, nada de nada: sólo hubo rumores sobre si había o no salido vivo de Sol: sólo eso, rumores: yo estuve presente en su interrogatorio y le aseguro que no se le maltrató pese a que no fue tan fácil como con el profesor, porque Sánchez se negó en redondo a colaborar, resistió hasta el final sin decir una palabra: no me malinterprete: lo de resistir es una expresión, una forma de hablar, me refiero a que se mantuvo en silencio pese a las muchas preguntas, pese a la presión, porque sí hubo que presionarle un poco, psicológicamente, quizás algún guantazo, no se lo oculto, pero nada grave, no lo matamos, que quede claro, y tenga en cuenta que algunos agentes estaban furiosos, porque uno de nuestros hombres recibió un disparo cuando intentaba detener a uno de los estudiantes en la operación de esa misma tarde, y salvó la vida de milagro: fíjese qué angelitos los niños, disparaban a la autoridad, intentaron asesinar a un joven oficial: yo no sé qué fue de Sánchez, nosotros únicamente completábamos la investigación, no nos correspondía juzgar, los detenidos salían de allí con destino a una cárcel, como preventivos a la espera de juicio, y nuestra labor había concluido entonces, no hacíamos un seguimiento de cada detenido: supongo que le cayeron unos años, los pasó en una cárcel y después quedaría libre, como todo el mundo: lo único que puedo asegurarle es que Sánchez salió vivo, ileso, de Sol, porque allí no se mataba a nadie, no se torturaba, todo eso, ya se lo dije, son leyendas malintencionadas: allí nadie murió, bueno, alguno hubo que se suicidó, eso sí, pero también ocurre hoy y nadie se escandaliza, hay detenidos que no resisten la tensión, que se derrumban y acaban por colgarse en el calabozo o se tiran por una ventana, como aquel Grimau: yo estuve presente en lo sucedido con Grimau, lo acababan de sacar del calabozo para un interrogatorio, iba esposado, lo llevaba un funcionario agarrado por un brazo y al pasar por un pasillo con ventanas se revolvió, tomó carrera y se lanzó contra la cristalera: pero después, todos esos historiadores farsantes han dicho en sus libros que Grimau fue defenestrado, que lo machacaron, que fue brutalmente torturado: esos mismos historiadores que han contado mentiras espantosas, que nos han tejido una historia impresentable a los policías que sólo cumplimos con nuestro trabajo, que pusimos nuestro granito de arena para que este país llegase adonde está hoy, que lo hemos dado todo por España, incluso la vida, y no esperamos el merecido agradecimiento público, menos aún el de resentidos como usted, aunque confiamos en que la historia será ecuánime en su juicio...

Renqueante, acaso falta de ritmo, la novela ha avanzado a brazadas desiguales, arrojado a los pies del lector materiales enfermos, explicitado mecanismos que normalmente son encubiertos por la habilidad manufacturera del novelista, el andamiaje siempre se disimula tras hermosas cortinas. ¿De qué se trata entonces? ¿Suficiencia del autor? No, evidentemente. Quizás el hartazgo ante cierta escritura de plantilla —por otra parte perfectamente respetable— que trampea al lector con los viejos recursos ya conocidos: intrigas dosificadas, elementos dispuestos con helada premeditación, motivos repetidos con un compás exacto, ambigüedades afinadas, o ese meritorio runrún que destilan ciertas novelas y del que salimos con sensación de desvalimiento, de haber sido llevados de la mano por alguien que considera que no sabemos andar. Y que nadie vea en esta declaración una ingenua pretensión iconoclasta, ni una contribución —por otra parte no solicitada— al tosco e interesado debate sobre el fin de la novela y etcétera. Quizás, más probable, estamos ante una confesión de invalidez, el recurso deconstructivo de quien no sabe, no puede o no quiere construir, y que al final, en la última página, comprueba entre lamentos que no hay otro modo, que siempre se acaba construyendo algo. Y que la voluntad de alejamiento nos conduce siempre al punto del que huíamos: acabamos transitando por los mismos caminos que decíamos rechazar, aunque pretendamos hacerlo por la cuneta o caminando de espaldas —lo que no deja de ser un preciosismo decorativo y acaso una disipación de herramientas de otro modo aprovechables—. Concluyamos, sin remedio, el juego.

¿Quién no se ha interrogado alguna vez acerca de los mecanismos que sostienen las desapariciones y que escapan a nuestro conocimiento? La facilidad con que una persona puede extinguirse sin dejar huella: alguien se despide por la mañana y nunca más aparece, no queda un solo rastro sobre la tierra, pasa a integrar el regimiento de desaparecidos que distorsiona las estadísticas, que deja familias durante años encadenadas a una fotografía en la que el evaporado, sonriente, parece estar adelantando su marcha. Ninguna búsqueda se prolonga hasta el infinito: toda búsqueda se ve en algún momento aliviada por el éxito, por la desgana del perseguidor, o por la absoluta carencia de nuevas pistas. Hay búsquedas que concluyen en un cadáver con la garganta llena de tierra y cal. Hay búsquedas que culminan en el hallazgo de un hombre despreocupado, diríase que feliz, que sostiene una vida apócrifa en una localidad costera a miles de kilómetros de su punto de fuga. Pero también hay búsquedas que cesan violentamente en un vacío desconsolado, la dificultosa sucesión de pistas se ve cercenada de un tajo fulminante, definitivo, no hay nada más allá, el objeto de nuestra búsqueda ha dado un paso invisible que rompe la cadena, como si hubiera retrocedido con cuidado sobre sus últimas huellas y escapado por un margen del camino borrando su rastro en la arena mientras avanzaba de espaldas; a partir de ese momento podemos abandonar inmediatamente la búsqueda o regodearnos por tiempo indefinido en nuestro fracaso mediante la observación desesperada y eterna de las pistas anteriores. Hay personas que desaparecen y pareciera que en su huida hay una terrible voluntad de extinción total, de desintegración sin remedio. Generalmente no son necesarios esfuerzos especiales por parte del desaparecido y es su propia insignificancia, reforzada por el paso del tiempo que como un viento desordena los campos de huida, la que le regala ese pasaporte a la inexistencia, a salvo de investigadores y familiares. Hay personas que desaparecen y, tras una ilusión inicial de estela visible a su paso, pronto se consumen en una exhibición de prestidigitación y no hay nada más, sólo una vasta ignorancia y un recuerdo condenado a morir o a convertirse en fetiche de sí mismo.

—Yo no conocía lo que había sucedido en Madrid con el profesor Denis. Sí estaba al tanto de todo lo de la universidad, las manifestaciones y la represión, por la información que aparecía en la prensa francesa y lo que me enteraba en reuniones con exiliados. Por *Le Monde* supe, en un suelto aparecido días después de los incidentes, que habían expulsado del país al profesor Denis, y me sorprendió, claro, porque yo fui su alumno a finales de los cincuenta, cuando empezó la agitación estudiantil, y lo recordaba como lo que siempre aparentó: un profesor encerrado en sus estudios y ajeno por completo a la situación política del país. Aquella breve noticia no aclaraba su destino. Si hubiera sabido que estaba en París le habría ofrecido mi ayuda desde el primer momento, el exilio siempre es duro en sus inicios y yo conservaba un recuerdo afectuoso del profesor. Nuestro encuentro fue pura casualidad, él no me buscaba. Yo salía de la facultad, era ya abril, recuerdo que llovía, esa lluvia fina que en España llaman calabobos y que en París tiene una consistencia sucia, de polución licuada. Me llamó la atención la figura de un hombre bajo la lluvia, rígido, con las manos en los bolsillos de un traje viejo, no exactamente sucio pero sí desolado, con ese abandono que delata al mendigo en sus primeros días de habitar la calle, esas arrugas del pantalón de quien ha dormido encogido y sin desvestirse, el desgaste precipitado de la ropa, una sombra feroz en la cara que no es sólo barba sino que es también una mancha de desesperanza, como si la piel se sometiese al mismo proceso de descomposición que la vestimenta. En París, desde el primer día, siempre me llamaron la atención los vagabundos, esos entrañables *clochards* que parecían ajenos al drama de vivir en la calle, casi unos profesionales de la indigencia, con su alcoholismo festivo y su territorialidad civilizada, cada uno con su banco de parque, su andén de metro, su ojo de puente, su soportal en propiedad indiscutida en el que atesorar todo ese equipaje fantástico que acumula la locura callejera. No es que frivolice ni idealice la situación de necesidad de estas personas, pero siempre me llamaron la atención por su talante digno, en contraste con los mendigos españoles, heridos de hambre y vestidos de ese tremendismo tan católico de nuestros paisanos. Por eso aquel día, al salir de la Sorbona, me fijé en ese hombre de incipiente mendicidad, que no podía ser un *clochard* con aquella severidad casi mística, parecía recrearse en su pena bajo la lluvia. Al menos en los años sesenta era fácil distinguir un mendigo español de uno francés, de la misma forma que en el extranjero diferenciamos a un turista español del resto, son esas particularidades inevitables que algunos confunden con lo patrio. Identifiqué a aquel hombre como español y me acerqué a él, no por curiosidad sino por solidaridad, pues en esos años conocí a tantos españoles, exiliados o emigrantes laborales en París, que llegaban con las manos vacías y sin saber una palabra de francés y necesitaban ese primer apoyo, no sólo alguien que les pusiera en el camino, que les orientase para regularizar su situación, dónde encontrar trabajo y vivienda, sino alguien con quien intercambiar unas palabras para aliviar el desamparo de una ciudad como París, en la que además, por mucho que se mitificara, la solidaridad con la causa española iba por barrios. Al aproximarme reconocí al profesor Denis y relacioné su presencia y su lamentable estado con la noticia de su expulsión leída en prensa varias semanas antes. Le llamé por su nombre y reaccionó con temor, quizás creyéndome un policía, así que aceleró el paso para alejarse, hasta que le alcancé, le tomé de un brazo y traté de tranquilizarle. Me reconoció sin necesidad de presentación y me apretó la mano con fuerza, como un gesto de agradecimiento por adelantado. Lo conduje a una cafetería cercana donde se recompuso ante un tazón de café y unos cruasanes que comió con prisa, delatando su hambre de varios días. Me contó que un par de horas antes había entrado en la Sorbona para encontrarse con un profesor español del que había sido compañero en Madrid, un tal Matías Ávalos al que los profesores y estudiantes españoles conocíamos bien y teníamos por un espía de la embajada española. Denis pensó que Ávalos podría ayudarle, por mero compañerismo académico y compatriota. Pero Ávalos era más franquista que Franco y estaba al tanto de la expulsión de Denis, supongo que advertido por la legación nacional. Así que Ávalos le acusó de enemigo de la patria y ese tipo de lindezas que nos dedicaba por los pasillos, y expulsó al profesor a empujones del edificio, amenazándole además con denunciarle a las autoridades y, por supuesto, a la embajada, cosa que seguramente no tardó en cumplir. Y en tal fracaso se encontraba Denis, bajo la lluvia frente a la facultad, angustiado por lo que consideraba una nueva puerta cerrada en sus narices. No me contó mucho de lo que había vivido desde su llegada a París, porque ni de eso ni de lo sucedido en España quería hablar, como un capítulo definitivamente clausurado, y sólo a través de menciones indirectas pude recomponer su trayectoria. Al parecer, al llegar a Francia los policías españoles que lo escoltaban lo pusieron bajo custodia de la policía francesa, que sin motivo aparente lo mantuvo bajo vigilancia varios días. Denis tuvo un incidente, que no me quiso referir, con la embajada española, y probablemente también con las autoridades francesas, así que acabó por abandonar su hotel y, falto de recursos, ya que había salido de España con lo puesto, pasó varias semanas como un vagabundo: dormía en un refugio de transeúntes cercano a la Sorbona, comía gracias a una parroquia que alimentaba a los mendigos del barrio y el resto del día, cuando no llovía, lo pasaba deambulando por las calles o sentado en un banco del Luxembourg. Hasta que decidió resolver su situación y dirigirse a la universidad aquel día. En cuanto a lo sucedido en España, su detención, las acusaciones contra él y la expulsión sufrida, Denis rehusaba mis preguntas, únicamente repetía que con él se había cometido una injusticia, que todo era un error y que cuando estuviese en mejor situación lo aclararía, aunque al mismo tiempo aseguraba no querer volver a España bajo ningún concepto, y mostraba hacia el país un desprecio triste, apagado, como un despecho amoroso. Le hice acompañarme al pequeño apartamento en que me alojaba, un cuchitril por la zona de Saint-Médard que era lo único que me permitía mi exigua beca. Le presté ropa limpia y se dio una ducha que casi agotó el depósito de agua caliente del edificio. Pese a su cortés negativa le convencí para que se quedase un tiempo conmigo, el apartamento tenía una cama y un sofá a cual más pequeño, al menos hasta que hubiese resuelto lo más urgente: legalizar su situación en Francia y buscar una fuente de ingresos que le garantizase no volver a la calle. Le ofrecí, además de alojamiento y comida sin contrapartida, toda mi ayuda; le averigüé los trámites necesarios para legalizar su residencia, su condición de exiliado, y le prometí que, una vez resuelto el papeleo, le presentaría a algunas personas de la universidad que estarían interesadas en su trabajo, pues no olvidemos que Denis llegaba a París con una sólida carrera académica a su espalda. Así transcurrieron un par de semanas, durante las que cada uno se entregó a su rutina: yo a la universidad, y Denis a la no menos rutinaria procesión por oficinas, direcciones generales, despachos; una disciplina que me relataba a la hora del almuerzo, que compartíamos en un comedor universitario al que conseguí franquearle el acceso. Durante la comida me hablaba de visitas a tal o cual despacho, de formularios rellenados, entrevistas con funcionarios más o menos displicentes, complicados trámites que se alargaban por días, el relato de esa lentitud administrativa que todos hemos conocido. Hasta que un día, sin previo aviso, Denis desapareció. Nos despedimos como cada mañana, en la esquina en que yo tomaba el camino de la facultad y él enfilaba hacia algún ministerio. A la hora del almuerzo no se presentó en el comedor, lo que yo interpreté como una demora burocrática que le retenía en cualquier despacho. Pero tampoco lo encontré al final de la jornada, al regresar al apartamento. Me acosté tarde, preocupado por su ausencia y su falta de noticias. Al día siguiente hice mi jornada dominado por ese presagio de desgracia que provoca la incomunicación que precede a toda desaparición, y al volver al apartamento esa tarde seguía sin aparecer. Pregunté al portero del edificio y me reveló que el día anterior había visto salir a Denis —al español que vive con usted, dijo— acompañado de varios hombres, también con aspecto de españoles —ese olfato para los extranjeros que tienen los porteros franceses—, que subieron todos en un coche y se marcharon. Esperé varios días, hasta que opté por denunciar la desaparición, me temía cualquier cosa. Lo primero que se me pasó por la cabeza es que había sido secuestrado por agentes de la policía franquista, que se lo llevaban de vuelta a España para completar su proceso. Lo comenté con algunos exiliados con los que tenía trato frecuente y fue uno de ellos, militante del partido comunista, quien averiguó y me comunicó que habían sido miembros de su partido quienes se llevaron a Denis, para aclarar algunas cosas con él, y que tras aquella reunión Denis marchó bruscamente sin que nadie lo retuviera y desde entonces no se había vuelto a tener contacto con él. Mis averiguaciones no quedaron ahí. Intenté recomponer el recorrido administrativo de Denis para comprobar en qué punto había quedado su solicitud de residencia, y me llevé la desagradable sorpresa de que en realidad el profesor no había hecho un solo trámite, no había visitado ningún despacho ni rellenado formulario alguno, pues no encontré rastro de él en los negociados pertinentes. Al principio me enfureció aquel descubrimiento, me sentí engañado, pensé que el profesor se había aprovechado de mi hospitalidad y había permanecido dos semanas viviendo de mis escasos recursos, a mi costa y mediante engaños, puesto que recordaba los relatos que me hacía en cada almuerzo, pródigo en detalles sobre el talante hosco de tal o cual funcionario, o cierta secretaria que le agradó por su belleza. Y después me entero de que no había hecho nada, que todo era mentira, que pasaba las mañanas, qué sé yo, paseando por el Luxembourg, visitando museos, enredando en los puestos de libros viejos del Sena, o simplemente tumbado en el sofá del apartamento, leyendo el periódico del día anterior. Sin embargo, la inicial decepción dio paso al desconcierto. ¿Qué había ocurrido realmente? ¿Dónde estaba Denis? ¿Qué explicaba su extraño comportamiento? En todo este tiempo he sido, por así decirlo, fiel a la memoria de Denis, sin saber qué ocurrió con él, sin tener ya ni siquiera una hipótesis con la que especular, pero recordando de vez en cuando aquel episodio, aquel hombre tranquilo que tenía su vida resuelta en Madrid, que se encontraba en ese momento de la vida en que sólo queda esperar, remar despacio, y de repente se vio atrapado en un remolino de sucesos que le empujaban, sin remedio, hacia una desaparición sin testigos. ¿Dónde acabó Julio Denis? Aún le busqué, durante un tiempo, en el territorio de los *clochards*, en la mirada tan individual como afín de todos esos habitantes de la calle: le busqué en las estaciones de metro cercanas, en el refugio arcado de los puentes, en los asilos de transeúntes; incluso amplié mi búsqueda algunas tardes hacia barrios más apartados, pese a esa preferencia centrípeta de los mendigos en las ciudades; estuve en los grandes parques del oeste, en zonas marginales, en ruinosos edificios abandonados como comunas de la miseria; pregunté a otros españoles, en reuniones de exiliados que cada domingo intercambiaban sus pesares idénticos en bares periféricos de nombre español, pero nadie pudo darme señal alguna de Julio Denis en París.

Tomé este restaurante en traspaso hace más de quince años. Antes se llamaba La Vieille Espagne y, en efecto, era propiedad de Luis Requejo, un español exiliado que vivía con su hija. Con ella negocié el traspaso, porque el padre estaba impedido: tuvo un derrame cerebral y, aunque salió vivo, quedó postrado en la cama. Fue entonces cuando decidieron deshacerse del restaurante, por la incapacidad de Requejo, no por motivos económicos, pues en realidad el negocio funcionaba muy bien, tenía una clientela amplia, más francesa que española. Aparte de la enfermedad del propietario, su hija no demostró mucho interés en continuar con el establecimiento, tenía prisa por desprenderse de él. Tuvo suerte de encontrar un comprador honrado como yo, amigo de la familia, porque cualquier otro se habría aprovechado de ella, ya que aceptaba cualquier rebaja en el precio o en las condiciones con tal de resolverlo cuanto antes. Era una mujer poco afable, incluso desabrida en el trato; en realidad era su padre quien sostenía el restaurante, él sí era un hombre encantador, no así la hija. Mantuve todavía algo de contacto con ellos mientras vivió el padre, a quien visitaba cada vez con menos frecuencia, dado lo penoso de su enfermedad, que ni hablar le dejaba. Vivían en un piso por la zona de Bonnefoy y desde que dejaron el restaurante apenas salían, él postrado en la cama y su hija en tareas de enfermera. Además, ella nunca tuvo mucha vida social aquí. Él sí, él estaba muy relacionado. Con los españoles, por supuesto, pero también con muchos franceses, yo entre ellos. Los martes organizaba una cena, por así decirlo, política, en su restaurante, a la que asistíamos españoles y franceses por igual. Pero la hija no, la hija se limitaba a servir la mesa y cocinar, pero no quería saber nada de aquellos encuentros que acababan en borracheras cantarinas y nostálgicas. A ella nunca le gustó Toulouse, y supongo que por eso, y por su carácter arisco, no hizo esfuerzo alguno en relacionarse con sus vecinos. Su poco aprecio hacia su lugar de residencia era manifiesto en todo momento. Así, por ejemplo, cuando se le reprochaba su insociabilidad repetía siempre la misma broma sin gracia: decía que no soportaba una ciudad que significa *perder*, haciendo un chiste fácil con la pronunciación de Toulouse llevada al inglés, *to lose*. Una pena de mujer. Yo la conocí desde que era una muchacha de apenas veinte años, cuando llegaron a Toulouse huyendo del régimen franquista, y fui testigo de su proceso de deterioro: fue disipando su encanto original hasta convertirse en un hermoso cuerpo malgastado por un interior que no quería salvación. Cuando murió su padre, hace unos diez u once años, vendió el piso y se marchó de la ciudad, sin informar a nadie de su destino. Entre los amigos de la familia se decía que había regresado a España, pero no lo creo, porque ella ya intentó el retorno a principios de los ochenta y acabó por volver a Toulouse, decepcionada por cómo había encontrado su país, lo que no hizo sino agriar aún más su ya de por sí conflictivo carácter. No creo que nadie aquí pueda aportar alguna información para encontrarla; ya he dicho que no cultivó muchas relaciones en Toulouse, por no decir ninguna, más allá de las obligadas por el restaurante o el padre. Hay personas que pueden vivir treinta años en una ciudad y actuar como si estuvieran de paso, en permanente provisionalidad, parece que se esfuerzan por pisar despacio para no dejar huella de su presencia. Hay personas capaces de cruzar la vida sin mancharla y sin ser manchados por ella. Nunca he entendido esa discreción extrema, esa actitud de quien parece vivir porque no queda otro remedio.

ADENDA BIBLIOGRÁFICA

El vano ayer acumula suficientes deudas como para que al menos algunas de ellas, las más directas y evidentes, sean reconocidas: así, Ángel González aparece como figurante sin ser nombrado, y sin que hayamos solicitado su permiso. De Camilo José Cela hemos plagiado una carta de 1938 poco conocida por sus lectores. De Jorge Manrique, Juan de la Encina, Sem Tob y varios anónimos de la lírica medieval castellana hemos tomado algunos préstamos fácilmente identificables; pero sobre todo del *Poema del Mio Cid*, y de la *Historia verdadera del Rey don Rodrigo* del morisco Miguel de Luna: sus páginas sobre la lucha contra los infieles (en el *Poema*) y sobre Jacob Almanzor y otros reyes árabes en España (en la *Historia verdadera*) permiten una aproximación ácrona a nuestro más reciente caudillo, Francisco Franco, cuyas palabras y hechos están presentes en cada página de esta novela. De la enciclopedia *Larousse* han sido arrancadas algunas páginas, pertenecientes a las entradas «Rata» y «Muerte». Los diarios *ABC*, *Pueblo* e *Informaciones* han aportado también párrafos antológicos.

Merecen ser mencionados algunos libros fundamentales que han acompañado al autor durante los últimos años:

Aub, Max, *La gallina ciega. Diario español*, Alba, Barcelona, 1995.

Caballero Bonald, José Manuel, *La costumbre de vivir*, Alfaguara, 2001.

Campo Vidal, Manuel, *Información y servicios secretos*, Argos Vergara, Barcelona, 1983.

Caro Baroja, Julio, *Los Baroja. Memorias familiares*, C. de Lectores, Madrid, 1986.

Carr, Raymond, *España 1808-1975*, Ariel, Barcelona, 1982.

Carrillo, Santiago, *Memorias*, Planeta, Barcelona, 1993.

Castilla del Pino, Carlos, *Pretérito imperfecto*, Tusquets, Barcelona, 1997.

Falcón, Lidia, *Viernes y 13 en la calle del Correo*, Planeta, Barcelona, 1977.

Fortes, José Antonio, *Novelas para la transición política*, Libertarias, Madrid, 1987.

Franco Salgado-Araujo, Francisco, *Mis conversaciones privadas con Franco*, Planeta, Barcelona, 1976.

Goytisolo, Juan, *El furgón de cola*, Seix Barral, Barcelona, 1976.

Heine, Harmut, *La oposición política al franquismo*, Crítica, Barcelona, 1983.

Laín Entralgo, Pedro, *Descargo de conciencia*, Alianza Editorial, Madrid, 1989.

López Aranguren, José Luis, *Conversaciones con...*, Ed. Paulinas, Madrid, 1976.

López Garrido, Diego, *El aparato policial en España*, Ariel, Barcelona, 1987.

Maravall, José Antonio, *Dictadura y disentimiento político. Obreros y estudiantes*, Alfaguara, Madrid, 1978.

Mesa, Roberto (ed.), *Jaraneros y alborotadores*, Univ. Complutense, Madrid, 1982.

Montoro, Ricardo, *La Universidad en la España de Franco*, CIS, Madrid, 1981.

Morán, Gregorio, *El maestro en el erial*, Tusquets, Barcelona, 1998.

— *Miseria y grandeza del Partido Comunista de España 1939-1985*, Planeta, Barcelona, 1986.

Nieto, Alejandro, *La tribu universitaria*, Tecnos, Madrid, 1984.

Ortiz Villalba, Juan, *Sevilla 1936, del golpe militar a la guerra civil*, Sevilla, 1997.

Preston, Paul, *La destrucción de la democracia en España*, Turner, Madrid, 1978.

Reig Tapia, Alberto, *Memoria de la Guerra Civil. Los mitos de la tribu*, Alianza, Madrid, 1999.

Ruiz Carnicer, Miguel Ángel, *El Sindicato Español Universitario, 1939-1965*, Siglo XXI de España Editores, Madrid, 1996.

San Martín, José Ignacio, *Servicio especial*, Planeta, Barcelona, 1983.

Sartorius, Nicolás; Alfaya, Javier, *La memoria insumisa sobre la dictadura de Franco*, Espasa Calpe, Madrid, 1999.

Savater, Fernando; Martínez-Fresneda, Gonzalo, *Teoría y presencia de la tortura en España*, Anagrama, Madrid, 1982.

Semprún, Jorge, *Autobiografía de Federico Sánchez*, Planeta, Barcelona, 1977.

Téllez Solá, Antonio, *Sabaté. Guerrilla urbana en España (1945-1960)*, Virus editorial, Barcelona, 1992.

Tuñón de Lara, Manuel (dir.), *Historia de España*, vol. 10, *España bajo la dictadura franquista (1939-1975)*, Labor, Barcelona, 1980.

Tusell, Javier, *La oposición democrática al franquismo*, Planeta, Barcelona, 1977.

Vázquez Montalbán, Manuel, *Autobiografía del general Franco*, Planeta, Barcelona, 1992.

— *Crónica sentimental de España*, Grijalbo/Mondadori, Barcelona, 1988.

— *Los demonios familiares de Franco*, Planeta, Barcelona, 1987.

Vilar, Sergio, *Historia del antifranquismo*, Plaza y Janés, Madrid, 1984.

— *Pro y contra Franco. Franquismo y antifranquismo*, Planeta, Barcelona, 1985.

— *Protagonistas de la España democrática. La oposición a la dictadura 1939-1969*, Ediciones Sociales, 1969.

Por último debo agradecer sus valiosas sugerencias a mis lectores favoritos: Antonio Rosa, Fabio Almeida, Olga Elwes, Andrés Moreno y Chema Domínguez.

Impreso en el mes de julio de 2005
en Talleres BROSMAC, S. L.
Polígono Industrial Arroyomolinos, 1
Calle C, 31
28932 Móstoles (Madrid)